生活因阅读而精彩

生活因阅读而精彩

舌尖上的战国

苏秦那张嘴

端木先生◎著

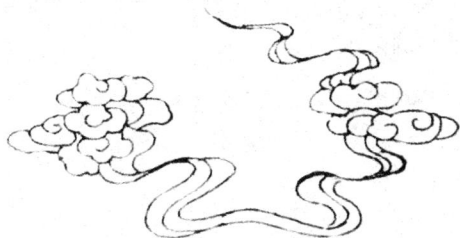

中国华侨出版社

图书在版编目(CIP)数据

舌尖上的战国:苏秦那张嘴 / 端木先生著.—北京:
中国华侨出版社,2013.1 (2021.4重印)

ISBN 978-7-5113-3175-5

Ⅰ.①舌… Ⅱ.①端… Ⅲ.①苏秦(前 340~前 284)
–传记 Ⅳ.①K827=31

中国版本图书馆 CIP 数据核字(2012)第319330 号

舌尖上的战国:苏秦那张嘴

著 者 /	端木先生
责任编辑 /	筱 雁
责任校对 /	李向荣
经 销 /	新华书店
开 本 /	787×1092 毫米 1/16 开 印张/17 字数/260 千字
印 刷 /	三河市嵩川印刷有限公司
版 次 /	2013年3月第1版 2021年4月第2次印刷
书 号 /	ISBN 978-7-5113-3175-5
定 价 /	48.00 元

中国华侨出版社 北京市朝阳区静安里 26 号通成达大厦 3 层 邮编:100028
法律顾问:陈鹰律师事务所

编辑部:(010)64443056 64443979
发行部:(010)64443051 传真:(010)64439708
网址:www.oveaschin.com
E-mail:oveaschin@sina.com

序言

中国历史中，文明最丰美、人性最多彩的时期不是汉唐，不是大宋，也不是清，而是春秋战国。

那应该是几千年来软文明的滥觞了吧，以至于春秋都成为岁月的代名词。在风云突变的局势之下，一大批纵横捭阖的人物应运而生，苏秦，便是其中的佼佼者。

战国风云——给苏秦写一个小传记的第一个理由便产生了——再现苏秦便是再现春秋战国时期的大环境。战争的环境，外交的环境，人人自危人人奋斗的环境，是这些，也不只是这些。不要忘记文化环境，文化与政治军事经济的一般关系，被春秋战国时期做了一个恰到好处的反证，中华文明的思想成熟，春秋功不可没——厮杀、战斗、计谋、明抢暗夺却制造了华夏文明最灿烂的百家争鸣。再现的过程需要细心对证、需要逻辑演绎，演绎不足，尚祈容之。

第一个理由，通过个例看文明形态。

第二个理由，需要从苏秦本身说起。苏秦是从布衣寒士成功达到位极人

臣（一怒而诸侯惧，安居而天下息）的一个非常典型的例子。首先，他是非常有志气的人，在开始游说遭到打击后闭门读书，为了保持清醒竟然用锥子刺自己的大腿，可以说是奋斗努力到极致了。其次，一系列不得志将苏秦的意识进行压抑，在面对很多情况的时候不能理性处理（例子如苏秦与燕文侯的夫人偷情，学术界对此存疑，批驳史记记载的也不少，可据作者看来，这起码能体现出苏秦性格的鲜活，这符合他性格的发展逻辑，因而后文中写了这一段感情）。再次，苏秦和战国的很多术士一样，重视利益轻视清名，这也值得注意。

总结来说，让奋斗的人看苏秦，跟自己进行对比，相信会是一个对照自省的方法。君子慎独，慎，不是恣意随心，也不是死板的教条原则，而是一种清醒的，或者追求清醒进而自知的心态。所以说，每一个人最重要的是面对自己。

第三个理由，张仪。

本书用较多的笔墨写了张仪与苏秦，两位赫赫有名的战国纵横家，在详细对照《战国策》与《史记》对于二人描写之异同，以及多方面参照后人对张苏二人的研究成果的前提下，本着尊重历史真实的精神与感染大众的目的，笔者大胆将二人的故事进行了说讲。也就是说，写苏秦那张嘴，要有历史的求真精神，还要有文学的浪漫精神，这就是"传"的韵味吧。

需要提到的一点是，为了更加鲜活地将二人还原，作者根据遗留下来的二人的言行，将二人设计成为互补的性格，如果说得玄乎一点，就是一阴一阳。另外，为了更好地衬托二人的形象，苏秦的身边出现了一个叫公孙亮的仆人，而张仪身边有一位叫杨公明的朋友。这样，从大体上看来，涉及二人的文字就有张力了。

张仪与苏秦之间的故事，不是两个人的故事，是那一代甚至几代人的故事；张仪与苏秦的思想，也不只是那个时代的思想——今天的社会团体的利用与被利用，真真假假、虚虚实实的关系，不就是袖珍化了的战国吗？其实从这里可以回归真正的主题——人性，人性在与自己的对话中才能成熟，在与别人的交往中才能最典型地被体现。

所以，第二个理由与第三个理由是殊途同归、互为表里的。

文明、人性，如果读者在阅读此书后能够对文明有一个独到的体会，对为人的正法有自己的想法，那便是本书与作者最大的欣慰了。

是为序。

目录 CONTENTS

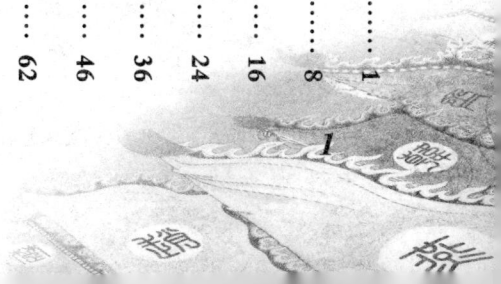

2

鬼谷

太阳慢慢从深林升起，阴着的天空随之变亮，远处的山黛隐隐约约，仿佛被翠色的墨汁刷过一样。一阵风吹过，鸟儿们争先恐后地飞过来。在云梦的梅雨时节，阳光往往都是不期而遇的。

青石板铺的山路上有两个顶着荷叶的孩子，一个十五岁光景，一个稍高一点。他们都用一种轻快的步伐走着，有些怪异，但仿佛十分省力。稍小的孩子随手从草丛中抽出一片长叶，拨弄了半晌后忽然仰起头，对那个高一点的说："师兄，你说这叶子为什么一面光滑一面粗糙呢？"

师兄低头看了一下，"因为正面属阳，反面属阴，这个师父不早就说过吗？"

师弟仍不死心，他扶了一下头上的荷叶，挡住从一边射过来的阳光，又问道："那为什么阳面就必须光滑，阴面就必须粗糙呢？"

师兄略一迟疑，仍回答说："阳面受阳光的照射，反面是影子。"

不成想，还没等他说完，师弟就开口了："那正面不也遭受风吹雨打吗？"

"这……"师兄一时语塞，看样子他也没正儿八经地考虑过这个问题，他微笑了一下，反问道："那你说这是为什么呢？"

"我认为嘛，阳不就是天生保护阴的吗？"

"那……"

两人你一言我一语，直到走到青石路的尽头——几座茅草房子。

这是山的里面了，房子就建在一个缓坡上，房前流过一道不宽不窄的小河，往后十几丈开外就是郁郁葱葱的树林。地上全是落下的叶子，形成一个层，雨水将叶层打得挺硬，便成了一条舒服的小路。

兄弟两个正在争论着，一个五十多岁的老人从树林里背着一捆柴火出来了。他相貌十分平凡，甚至有些丑陋，小小的眼睛躲在腮帮子后面。淡淡的眉毛，头发稀疏，黄白相间，极整齐地梳成了一个辫。衣服十分旧了却很干净，这人正是鬼谷子。鬼谷子稍微弓着腰，极响亮地用手指打了个响，一直浑身金黄的猴儿嗖地蹿出来，跳上他的肩膀，抓耳挠腮。

两个孩子见老人背着柴火，忙接过来，老人在房前席地而坐。师兄将柴火留下半捆，剩下的堆到茅屋的耳房。师弟从屋子里端出了一碗水，恭恭敬敬地送到老人面前。老人喝完后仰身躺下，眼睛一直望着天空，显示出独特的神采。师兄弟见师父正在用自己的方式"休息"便自觉走开。

先前的两个荷叶已经被放到了灶台上，平平展开，原来每个荷叶上都放着另外的荷叶包。二人打开，一个包里面是白盐，一个包里面是羊肉，肉是下面村子里的屠户送的。

师弟看到羊肉问师兄道："师兄，你说这羊肉是阴还是阳？"

师兄回答道："师父说过，羊肉是阳性的食物，自然是阳，凡事都是由阴阳组成。"

"既然这么说，羊肉就是由阴阳组成的喽，为什么你说它只是阳呢？"

师兄一愣，挠了挠头说道："啊对，瘦肉是阴，白肉是阳。"

师弟依旧皱着眉头，他清了清嗓子，"现在是夏季，属阳吧，为什么还要吃羊肉呢，这不成了火上加油了吗？"

"冬天可以养阴，夏天为什么不可以养阳呢？"

……

二人正辩论得不可开交，师父不知什么时候已经站在他们的身后，他看了看二人，说："与人说话，气势不可过盛，这样别人不会真正尊敬你。张仪，你争强好胜，容易咄咄逼人，尤其需要注意。"

张仪看了看师父，然后转过头看门外的日头。

鬼谷子掂量了一下羊肉，说："下次下山将肉钱给人家，无功怎能受禄？这样不好。"苏秦知道师父的脾气，点头称是。

这时，师弟忍不住了，正张嘴要问师父什么，师兄使眼色打住，师弟只好站在那里，师父把这些全都看在眼里，他视若不见，说："今天满月，过一会儿外面就是一片清辉，如此好的观星机会不可错过，苏秦，你去做饭，张仪，你出去收拾一下。"张仪在房前的草地上铺了一层干净的稻草，从茅屋的后墙拿下一张风干了的羊皮，还有几根香。

苏秦做好了饭，师徒三人吃完，鬼谷子点燃香，对着北斗七星，在羊皮上烫出一个个印子。有的时候仿佛忘记了什么，就用一个尺子模样的东西朝天上比画一下，拿璇玑对照，找准了位置接着点。

苏秦和张仪怎么也看不明白，却好像又十分明白。师父在做星图是毫无疑问的，只是天上星星多得数不过来，怎么画呢？张仪忍不住问过几次，师父不回答，二人也只好作罢，只是照着师父的吩咐做罢了。

鬼谷子花了很长时间才完事，张仪和苏秦已经困得不行。鬼谷子一摆手，二人仿佛遇到大赦般钻进屋子睡去了。

第二天苏秦醒来，发现师父和张仪仍然酣睡，心想：师父累了一夜，照常来说还得熬五六天，应该多睡一会儿。师弟干活勤快，比自己劳累，也应该多睡一会儿。昨天师父不是让给胡大哥送钱吗？苏秦看了看外面，晴朗得很，那就现在去吧。

苏秦就拿了钱，轻轻地掩上门，往东走了一顿饭时间，只见地势陡然而下，一股阴冷的风渐渐触及自己的皮肤。草色越来越深，苏秦知道，那便是那条有名的谷地了。在这一段，谷地呈一个长缓的 V 形，非常宽，并不是很深，深的地方在西边，并且越走越深，越走越长，宽窄不一。窄的地方人需要侧身而行，抬头便是一线天；宽的地方从这边爬到那边就需要半天时间。带了足够的干粮，如果一直往西走，走一个月也到不了头，等顺着走到深山里，人烟绝迹，最有胆识的人都只能顺道而回。

关于这谷，有很多传说。有人说，在深不可测的地方通着一个湖底，里面的龙经常下来休息，那呼噜声比老虎吼叫都要响亮十几倍；也有人说，在里面的石壁上见到过棺材，有阴森森的大洞，雪人就住在里面，一次他牵着牛遇见了几丈高的毛人，一巴掌把自己的牛拍死了；还有人说，在天气阴沉的时候从谷里传出过战马嘶鸣声刀枪交接声——这些年各国打仗死的人都从这里到阴曹地府，路上碰见了又打起来了……这地方便是有名的鬼谷。

苏秦走到谷底，往西边望去，一条越来越窄的线通到很远很远的地方，一直与那仿佛在天边的山连着，极目所见是针眼大小的黑影。他的心里忽然猛烈地跳动起来，他有时候觉得自己是一个十分安分的人，没跟师父习学的时候跟爹娘吃糠咽菜，到打仗的时候或者是灾年，就连续好几个月要饭吃，他也没什么话说。但也有很多时候，尤其是从一些富丽堂皇的梦中惊醒的时候，他就有一种拼命冲破一些东西的欲望。到底需要冲破什么？不知道。师父从没给自己定过性，他也是不知道吧！或者是自己本来就难以定性。

可这的确是非常实在的冲动啊，那个幽深的、十分凶险的大峡谷的尽头，到底是什么？

苏秦的脚步不自觉地开始移动，一步、两步、三步……当他抬头看不到谷外时，一下子站定，想了想便飞快地往回奔跑。向上爬的时候，他看到一棵小树上缠着整个的蛇蜕，他停下来小心翼翼取下缠好，放到袖子中，深吸一口气又接着跑。到了茅草屋，苏秦轻轻打开门，将蛇蜕放到一个泥塑的小罐里——师父配药的时候用过蛇蜕做引，他感觉这应该是有用的药材。然后，苏秦到柴房里取过砍柴的长刀，又往谷地里走去，刚才他是为了给屠户钱才往东的，现在他打消了这个念头，过几天不迟，如果朝南走，只要趟过溪水，一顿饭的工夫同样就到了那谷地了，此处应该深一点，的确，但是并没有到无法下脚的地步。苏秦很容易地从上面走到谷地，他稳了稳身子，咽了口唾沫重新开始走。

不知道走了多久，苏秦的脚下已经由碎石块变成了沙状石，这肯定是水越冲力道越大造成的。按说此时多雨的季节，一般的小河道早就满水了，可这儿丝毫看不到水的痕迹。

苏秦十分奇怪，又走了大约一个时辰，他感觉实在太累了，而脚下的路，所谓的谷底，除了石块的大小，并没有什么明显的变化。他有些丧气，在谷底里跋涉是非常没有安全感的，同时他又带有几分喜悦，这喜悦淡淡的，却是确实存在的。跟集市上的人讨价还价、跟在母亲的后面去要饭、正襟危坐聆听师父的教诲，这些体验在此时都仿佛微不足道了，苏秦心中泛起一阵阵激情。有那么片刻，他竟然想要用自己的所有去将这条鬼谷走到底。

另一个让苏秦有些喜悦的原因，是这个谷地里奇异地带有一种永恒的气质——这条谷从诞生开始就是这样的，没见到大棺材大龙大湖。这儿静得如此大气，跟随师父这几年，他偶尔便有这种感觉。

当他按照师父教的方法去观察事物时，也有消失了般的感觉。苏秦想着，太阳又从谷顶露了出来，他算了一下时刻，再不往回赶的话，天黑前就回不去了，苏秦拿起砍刀，砍了一大堆杂草，然后捆起来，拉到一块空地上作为记号，转身离去。

苏秦将路上遇到的三三两两的树都砍下枝条做了记号（因为是荒无人烟的地方，树的枝子没人修理，总是长得很低），天黑之前总算回来了。

鬼谷子和张仪仍然在睡觉，苏秦长舒了口气，他麻利地换下脏衣服，洗好晾着，再从缸里捧出米放到锅里泡了，然后昏昏沉沉睡去。

三个人都享受了非常香甜的一觉。太阳高高地挂在空中时，苏秦醒来了，想起昨天进了鬼谷，他一阵兴奋，但又不想流露出来，这是他自己的事情，并且他不能让师父知道。因为师父从来没有对师兄弟两个提过那个鬼谷，按师父的脾气，不说的东西都不是自己了解得了的。

苏秦转过身子，看见张仪仍然在呼呼大睡，去中间的屋子一看，师父已经不在了。由于前一天劳累得很，苏秦的肚子早就饿了，他下了炕，想打火做饭，却找不到火石了。他满屋子找，最后在放蛇蜕的小罐子旁边找到了，看到那个小罐子，苏秦的心怦怦直跳，这毕竟是自己去鬼谷的唯一见证。想想昨天的事情，简直就是一场梦。

苏秦将那蛇蜕拿出来，展开，竟有一丈长，光滑的纹理、精致的线条，散发着一种神秘的美感。他的确没有见过这么大的蛇啊！想到这里，他对鬼谷那种强烈的向往盖过了饥饿感，痴痴地望着门外，溪流的南边。

张仪在炕上的梦呓打断了苏秦的想象，他拿了火石走到灶台，蹲下点火，忽然发现灶台里有新烧的烟灰，他揭开锅盖，发现里面是已经熟了的米肉羹。师弟从来不做饭，这肯定是师父做的了，难道师父已经发现我去过鬼谷了？他为什么把火石放在蛇蜕一边呢？苏秦只好回屋子里去叫醒张仪，好久没有吃肉的兄弟二人狼吞虎咽吃了个饱。吃完张仪又回去睡觉了，苏秦用一只大的陶碗给师父留了羹饭，收拾好了走出来。

苏秦在溪水边转了几圈，感觉十分清醒，便举步走向后面的树林，如果师父是去砍柴了，自己就去照应一下；如果师父没有去，自己就去逛逛。苏秦慢慢往林子里走，旁边的鸟儿们一片片飞起，唧唧喳喳地叫着，树上就又开始往下掉水，像一场又开始的小雨。苏秦怕衣服被打湿，深吸一口气，依师父教的轻身快行法加快了脚步，顿时脚边生风。树林里的方向就是太阳，所以苏秦不怕迷路，脚下的树叶只簌簌地响，看看鸟儿们，它们只是瞪眼看看自己，有的仍然在梳理羽毛，没有飞起。

走了大约半盏茶的时间，苏秦走得累了，就停下了脚步。正好前方是一片空地，空地四周的树很少，太阳很容易就照射进来，中间是一块天然的大石，大石头上面竖着一块长方形大石。苏秦走了过去，才发现底下的大石头是正南正北放着的，有极规整的刻度，而竖起来的石头打磨得非常光洁，肯定是人为竖起的。他想，这到底是谁制作的呢，是师父？可师父为什么从来没有跟自己提过呢？是别的隐居的人？附近也没有这种人啊？苏秦十分奇怪，但又有一种妙不可言的感觉，因为他隐隐觉得这东西十分有分量，不会是上古的遗物吧？师父没和自己提过鬼谷，也没有提过这巨石，对于这些东西，他感觉师父是避讳的，这么远都没有见到师父，只得回去。

鬼谷子从容地看到了这一切，他有些无奈地叹了口气，从树上爬下来。

第二章
鬼谷重游

"**自**天地之合离、终始，必有戏隙，不可不察也。察之以捭阖，能用此道，圣人也。圣人者，天地之使也。世无可抵，则深隐而待时；时有可抵，则为之谋。可以上合，可以检下。能因能循，为天地守神。……"张仪慢慢读着书，时而停下，思忖半晌，接着往下背，时而在某一句上停顿了，反反复复默诵，苏秦则拿着竹简，坐在溪水边上静静地看着，张仪的那本竹简比苏秦的厚重大约一倍。

鬼谷子则缓缓踱着步子，在两个人之间来来回回，他更多的时候是种白眼望青天的姿态。张仪不时地看师父一眼，心想，这就是"为天地守神"吧。其实这是鬼谷子为二人"守神"。

"师父，我们的世界为什么需要圣人呢？"这是张仪在发问，每次读书，最先开口的必定是张仪。

"人的品格有高有低，没有高的作为榜样，人的灵性就无处印证，没有低

8

的作为对照，也就没有高了，圣人是一个可能性的假定，是不可企及的高度，我们能够做的就是尽力接近这一高度，但是从另一个角度说，每个人都可以把自己称为圣人，每个人也都是圣人，只是，有时候，最有资格作为圣人的人却不被认同。"鬼谷子平时很少说话，但每当与学生讨论的时候，话就多了起来。

"师父，那你明明对圣人应该做的事情做了讲述啊，那说明你的眼里还是有圣人的。"

"我所说的，是可能，也可以是必须，可事实上，谁能真正做到纯粹呢，我说的话，也只是一个假定的标杆。"

张仪便不再说话，鬼谷子便问苏秦："你以为如何？"

苏秦没有直接回答，他说："师父，阴阳是纯粹的吗？"

鬼谷子说："不是纯粹的，你看那八卦图，阴里面有阳，阳里面也有阴，阴阳是总结，是抽象。"

苏秦点头，然后说："师父，那圣人一说，也不是纯粹的，对吗？"

鬼谷子颔首一笑："事物都是阴阳，你说对不对？"

苏秦说："师父，您平常说的开启与闭合的法则，您可以细细地总结一下吗？"

鬼谷子略一沉吟，说："运用开启与闭合的法则，就要从两个方面来看，阴和阳。人的气质是不同的，有的人阳气比较重，有的人阴气比较重，当你和阳气重的人谈话时，需要用崇高的话来试探他，记住，是试探，当我们身处外面的时候，试探是自保的必需手段。如果你感觉一个人比较靠近阴，那就用卑下的话来试探他。所以，我的意思是，卑下与崇高可以很好地运用到交际中。这么一来，所有你想知道的事情都可以实现，无论是一个人，一个家庭，一个国家，哪怕是天下，都可以尽在自己的掌握中。

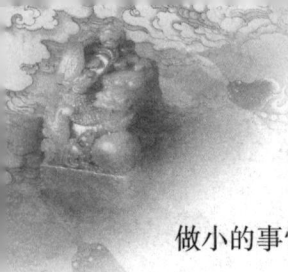

做小的事情，没有内的限制；做大的事情呢，没有外的限制。人与人的关系本来就是阴阳之理。当你面对阳气的时候，就运动出去，面对阴气的时候，就闭藏。阳气占优势的人，道德就会增长；凭阴气安静的人，内心就充实，阳气求于阴气，需要道德来包容；阴气求于阳气，需要施加力量。阴气和阳气的变换，是因为遵循开启与闭合的原理。这是天地之间的规律，也是游说的规律，是一切事物的前提。听明白了吗？"

不知何时靠过来的张仪听得痴了，师兄弟二人都恍然大悟，一起点头称是。

鬼谷子看着苏秦，眼神十分复杂，苏秦愣住了，他感觉到，自从自己从鬼谷回来，师父看自己的眼神就有点不一样。

"师父……"苏秦轻轻唤了一下。

鬼谷子皱了眉头，没有回应，只说道："东坡的菜怎样了？不会涝死吧？"张仪说："我给舀水了，叶子没变黄。"

鬼谷子又问："西园的呢？"

张仪回答道："水都渗进沙土去了。"

鬼谷子便不再言语，起身掸了掸衣服，背着手走向大林子。金色的猴儿蹦蹦跳跳，跟在后面。鬼谷子同样是一种怪异的步伐。

原来这步伐叫做麻雀步，鬼谷子曾经对苏秦和张仪说过，这是他见麻雀在地上行走时灵巧至极，不知疲倦，细心研究后发现这种步子非常适合在山里行走。他教给了自己的徒弟，在林子里遇到的猎户，上山来拜访的人，他都教给他们这步子。苏秦对这件事记得十分清楚，多少年后依然历历在目，鬼谷子很少对徒弟们讲自己的故事，这种闲话更是少得屈指可数，是以苏秦如此。

鬼谷子自从在这里定居，便将四周的地方命名。东边的缓坡叫东坡；西边的一块地是沙质土，鬼谷子命名为西园，满月的黑夜，西园是最美的，只要是晴天。南边二里开外是一片坟地，叫南茔。北面的树林，因为叶子落下来梭梭出声，就叫梭林，只是不大叫罢了。

苏秦望着师父的背影，陷入了沉思：师父到底有什么东西不想让自己知道呢？自从自己跟随师父学习开始，鬼谷就不在师父的谈话范围之内，他是不可能不知道鬼谷的——他自己都叫鬼谷子呢，鬼谷有什么危险？不对啊，如果里面有危险，师父知道自己去过，肯定会告诫自己的，那么，师父不知道自己去过鬼谷？——苏秦十分相信自己的直觉，就凭师父这几天的神态，他应该猜到自己去过，毕竟除了鬼谷，别的地方很少有蛇蜕，而且师父的名字就叫鬼谷子！

苏秦觉得师父处在纠结中，但他不想问。可他的确非常想知道，这一切到底是为什么？

世界对苏秦来说太神秘莫测了！

天黑了，大家睡下，只有一个人眼睛大大地睁着，苏秦。他欣赏着土窗外面天上的群星，一个大胆的念头渐渐在心中生成，再探鬼谷。他认为这是天地阴阳之气对自己的引导，他相信，如果想要走得更远一点，明天早上肯定是来不及的，那就今晚上出发！他等着大家熟睡。

一个时辰之后，鬼谷子和张仪都睡了，苏秦悄悄走出门，照旧带着那把砍刀。他唯一的一个念头就是向南，再向南。越过溪水，过了南茔，从坟地里穿过。他一直觉得张仪怕坟十分可笑，男子汉大丈夫有什么好怕。走，苏秦觉得自己像是一个勇士，尽管没有一匹漂亮的骏马，没有珍贵的宝剑，没有石破天惊的喝彩声，他还是心潮澎湃，指向一个目的，然后达到它，这是多么幸福的事情啊！苏秦认为自己是沉稳的，在寂寞中前行；自己也是伟大的，还是因为寂寞。

走啊走，当他借着月光，依稀能够辨认出树上的标记时，就开始下坡。

终于见到捆着的杂草了，苏秦坐了下来，看着天空已经不太明亮，黑漆漆的感觉比前半夜更明显。他想走到明天早上，太阳出来的时候返回，明天天黑之前是可以回到家的。

休息了一会儿，苏秦又站了起来，刚走出几里地，他觉得谷地越来越空荡，有时左右看看，竟看不到边。然后是同样的感觉，越往前越宽敞，与梦中富丽堂皇的宫殿大厅差不多。忽然，苏秦觉得头上有什么东西，他抬头一看，是非常规整的长方体——棺材！苏秦尽管从来不怕黑，可这棺材出现得太突然，太诡异了！他浑身冒出冷汗，呆了半晌，简直连站下去的勇气都没有了。

传说中的棺材，应验了！那么，传说中的大龙，传说中的雪人呢？苏秦从来没有遇见过这么难以抉择的事情，他身体已经不受自己控制，回去？他从来没有想过。前行？他不知道什么叫前方。苏秦微微激动地喘气，到底应该怎么做？

其实他早就给了自己回答，上去。一种本能的实践力已经非常奇妙地控制了他，一种对于退缩的厌弃使他将返回的念头压得比恐惧还低。结果就只有一个了。

他爬上去了，就算不打开那棺材，他也要绕着它走一圈。此处的坡度没有更陡，坡长却已经是先前的好几倍，苏秦走到一半后忽然习惯了，不觉得那么害怕。他发现棺材上面十几丈高有一个洞，就爬了上去。他反应过来后还想："自己怎么就上来了呢？"

洞中是一片黑暗，但没有刚才那么黑。苏秦想这应该是下半夜了，他将身子伏下来，看着棺材顶部，里面忽然钻出个什么东西来，又觉得自己的这个想法十分好笑。棺材是一个人的最终归宿，正常来说家里人是不喜欢被别人轻易发现的，可为什么这棺材却放在洞口下面呢？并且以一个十分不稳当的姿势放置在坡上。

苏秦不想做没意思的事情，打扰已经长眠的人，他稳住自己进了洞。洞壁十分光滑，看来这洞已经有些年头了，苏秦借着光线再往里走十几步，一个非常大的骨架便赫然出现在自己眼前。看那形状不是人，应该是一个非常大的兽类，其中那根粗壮的肩骨十分像牛的骨头，但细想也不太可能，如果这是先人吃肉剩下的骨头，是不应该这么大这么完整的。

这个完整的骨架，应该不是先人吃肉剩下的，它比一只牛还大呢。

那是什么东西的呢？雪人？苏秦感觉这个世界这么真实又这么梦幻，或者，是大龙？反正他知道，无论是什么啃剩下的，对自己都没有好处，想到这里，他反倒冷静下来了。他想，也许是这东西受了伤，跑到这里死了呢，这是完全有可能的，在幻想中苏秦受到了非常大的鼓舞，他想再往前看看里面有什么。

苏秦又举着砍刀，向前走了十几步，黑暗重新笼罩了他，伸手不见五指的感觉，他的的确确体验到了。

他走出洞口，绕着棺材走了几圈，表示自己来过，表示无意冒犯死者。然后走了下去，东方已经有了一些朦胧，凌晨已经过去了，苏秦知道，再过半个时辰天基本就亮了。他加快了脚步，走出十几里地，没发现什么异样，只是偶尔会有几个棺材。有的只露出个头，有的竖着，他也没有在意，停了下来。因为自己太渴了，太饿了，苏秦带了自己的砍刀，带着自己的勇气，却忘了带干粮和水，嘴唇已经干裂。

在黑暗里观察周围，眼睛也火辣辣的疼，肚子咕噜咕噜叫得响，苏秦知道自己的毛病，可以受热，可以挨冻，可以受累，可以委屈，就是不可以受饿。

他的饿跟别人的不一样，别人咬着牙忍一下，就过去了，苏秦一饿就什么都干不了，浑身上下没有一点儿力气，从心窝到四肢全是软绵绵的。小时候和母亲出去要饭，往往饿得走不动路。他对那种体验永远都忘不了。现在，他又开始有那种感觉，苏秦感到了前所未有的害怕，出发时候的那种气势完全没有了，他仿佛成了一个被世界抛弃的孤儿！

苏秦十分痛苦地坐在一根木头上，抬起头打量左右的坡，他又发现一个洞。这个洞与之前的不一样，洞口十分平整，呈一个规则的圆形，一看就是人为的。他听师父说过，在大山里有规矩，上山打猎的人都有固定的休息地点，一般来说是山洞，猎人可以在里面吃喝、睡觉，但走的时候要留下一些东西给后来的人，师父特别强调说，这是山里的规矩。

那这个洞里面有没有什么能吃的东西呢？苏秦一下子就激动起来，他连滚带爬地跑向山洞，什么大龙雪人，他都不管了，就算是被吃了，也要先填饱自己的肚子！当用尽最后的一丝力气站在洞口的时候，天已经开始发亮了，苏秦的后背上已经渐渐印出朝霞的影子。他把刀竖在洞口，扶着洞壁进去了，这个洞可以一眼望到底，没有什么吃的，苏秦闭上眼，忽然，一个东西从自己头顶飞过，他感觉那是一只鸟儿，有鸟的地方就可能有蛋！苏秦马上兴奋起来，他伸手在洞壁上摸索，在地下找寻，最后终于在一个旮旯里摸到了一个鸟巢，伸手一抓，十几颗带着温度的鸟蛋！

苏秦开始返回。按说这道峡谷还没有人走到过尽头，自己走到的地方，已经是人迹罕至了。他心里有些失落，因为结果不是那么让人兴奋，开始就是凭着一股激情来的，不是吗？苏秦又感觉自己的规划力不行，不够理性，这一趟让自己劳累不堪，如果不是那十几个鸟蛋，自己早就饿得晕过去了吧。

在激情的背后，还有另外的一种声音——自己有胆量来峡谷，自己有砍刀，自己在关键的时候没有放弃，最终找到了十几颗鸟蛋。整体上来说，苏秦在喜与悲之间徘徊，当他拖着疲惫不堪的身躯走到杂草那里的时候，悲喜都感觉不到了，已经成了不喜不悲，峡谷没什么大不了，自己也没什么大不了。他试着用一种稳健的状态来控制自己，至于这么做的原因，他也不知道。

困乏像潮水一样又涌了过来，苏秦重新坐下，背靠着捆着的草，一阵阵植物的清香沁入心脾，这种感觉真是久违了。

师父是一个高深莫测的人，苏秦和张仪都不能真正了解他，所以没有真正的温情，尽管他对师父的崇拜发自内心；来跟师父学东西之前，生活动荡不安，每天过着流离、逃难、要饭的日子，舒服与安逸从来就不属于他。再往前回忆，是模糊的幼年了，他记得自己被抱过，谁抱的不知道。可能有很多人，也可能只是自己的家人，那回忆仅有一些轮廓，看不到细枝末节，他竟然不能够想象一个温暖的怀抱，他嗅着这清香，困意立刻将他笼罩。

苏秦是噙着泪水醒过来的，太阳已经很高，灼人，梅雨一过，他不明白自己为什么哭，他觉得孤单，他在很长很长的时间内，面对的只有自己，这仿佛成为他一生的宿命了。

苏秦渴了，是那种再也忍不住的口渴，他只有用砍刀砍树，等树汁流出来就凑过嘴去吸吮，连着砍了十几道口子喝了水后，他顿时舒畅起来。苏秦怕饥饿感再度袭来，连忙加快速度返回，太阳逐渐升高，阳光也越来越灼热，苏秦将布袍脱下，用砍刀挑着，再担着砍刀，用最省力的方式行进。

太阳已经开始往西方倾斜，苏秦又砍了几棵树来止渴，浑身已经汗淋淋，肚子咕咕叫，他感觉又要不行了，连擦一下汗都非常困难。如果说谷底是条路，那是一条越来越高的路，这路如此漫长，并不是一条普通的归途。

苏秦走过一棵野果树，鲜红鲜红的果子十分惹人，他摘了几颗，吞了下去。果子是甜的，但混杂着一种奇怪的味道，苏秦怀疑有毒，但是有毒又怎么样，再不吃，恐怕就回不去了。

第三章

月光下的谈话

尽管身体不断发出渴的信号，苏秦还是不敢吃太多的果子，因为他的舌头开始发麻。他依旧往前走，在西方出现霞光的时候，他终于感觉回到了属于自己的地盘，最后的那个坡他几乎是爬上去的。当他到达那条小河边时，再也忍不住，大口大口地喝了一气，舌头方才灵敏过来，只是舌面依旧发涩，就像长了层汗毛。

走过木桥，站在茅屋的前面，此时的苏秦才恍然明白过来，自己第一次做标记的那个洞，因为走得太匆忙，都忘记回去看了。他涩笑一下，心里却并没有太多的可惜。

张仪正在劈柴，见苏秦回来慌忙赶过来，神情十分关切紧张。

"师兄，你去哪了？都急死我了！"

苏秦勉强笑了一笑，"出去玩了一会儿。师父呢？"

"还没回来，师兄，你饿不饿？我去给你拿干粮！"

苏秦没有说话，只是坐在地上，张仪见状马上进了茅屋，端出一碗冷的羹饭，"师兄你吃吧，我去给你弄水。"

苏秦感觉自己好久没有吃东西了，以至于他喝下第一口羹的时候喉咙里竟有种呕吐感，但接下来他的肚子开始有了反应，狼吞虎咽一番。张仪此时也端了水回来，苏秦肚子里有了太多的水，只喝了几口，然后使劲漱了漱口。

等体力恢复得差不多了，一切都正常了。苏秦便到河里痛痛快快地洗了个澡，经过太阳一天的照射，水里暖洋洋的，他不断变换着各种姿势，在谷底憋屈的时间太长了，他如今就像一条获得自由的鱼，不，是拥有自我掌控力量的一条成熟的鱼。

当夜幕缓缓拉下来的时候，苏秦换上了干净的衣服，把脏衣服同样洗一遍，放在架子上晾着。

鬼谷子在吃饭的时候回来了，他淡淡地看了苏秦一眼，什么话都没说，等徒弟们晚上默诵的功课做完，张仪睡去之后，鬼谷子把苏秦叫了出来。

仍然是一片清辉，月亮大得让人有种逼迫感，好像扔一颗石子就可以将它打下来。

"人活着有什么意义？"鬼谷子还是没有什么的表情，他轻柔地摸着怀里猴子的手指，说明他心情极其平静。

"我，我不知道。"苏秦的确没有真正地思考过，他跟着师父学习口才，学习纵横之术，了解天地间的构造，可人活着到底有什么意义，他的确没有思考过。

"好，不知道，这不是一个坏的回答。"鬼谷子望着天上的星星，"天上的星，有多少颗？"

"不知道。"苏秦的确不知道。

"你为什么来跟我学习？"

17

"为了……为了明白事理，为了活得更好。"

"好，我现在的知识比你怎么样？"

"师父是一片海，我是一条河。"苏秦照自己的心意回答。

"那我们现在的生活是不是同样的？"

苏秦愣住了，师父和自己同寝同起，吃喝的确一样。

"是，是同样的。"

"说你的目标。"

"出人头地。"

鬼谷子不再说话，他懂得天地间的道理，知道与人交际的窍门，思维极其敏锐，知识极其渊博，但却在一个峡谷边隐居，或许自己也是一个矛盾的合体吧！本来自生自灭，也就罢了，可自己却将知识传给后人，收徒弟的确是源自私心。他明白自己是怎样的一个人物，自己的思想对人类的贡献，他不甘心带着这些知识死去，这是几十年来自己心里的死结吧！收徒弟，再让徒弟按自己的方式生活。可苏秦这几天的表现让他产生了矛盾，世界险恶，他能够三天三夜滔滔不绝地就此举例说明，可年轻人都是成长的麻雀，渴望外面的世界。

"我教会了你们和君主打交道、和大臣打交道、和平民打交道，教会了你们怎样才能使自己立于不败之地，我应该想到，这些对你们的诱惑力……"鬼谷子的表情显然有些无奈。

"师父……"

苏秦曾经是一个生活的弱者，但是，随着年龄的增长，他已经对这个世界越来越有自信了。尤其是从鬼谷回来之后。他尽管没有什么物质收获，但在精神上已经有了气魄，在充满着诡异的环境中，他没有退缩，在口渴饥饿中没有放弃。他觉得外面的世界就像那一条大峡谷一样充满着未知的魅力，

18

这恰好与之前做过的无数次的梦相契合。所以，苏秦看着鬼谷子，眼神里充满着坚定，他可以一个字一个字地对师父说，我苏秦，不想在鬼谷待一辈子。我苏秦，需要虚荣与满足。

"苏秦，你知道世界为什么分为阴阳吗？"

"您说过，阴阳张开闭合，构成了动态的世界。"

"我问的是，世界为什么要分成阴阳两部分。"

"这……"

"因为世界不是单独的，不是完整的，就人本身来说，有的事情能够知道，有的事情一辈子也弄不清楚。我的知识比你们多，但这就像大圆套着小圆，我是大圆，我碰触到的陌生和困惑也比你们多得多，知识让我坚定，不慌张。我却不能将世界上的道理弄得一清二楚，哪怕是，我最熟悉的领域。"鬼谷子望着远方的鬼谷，隐隐约约感觉鬼谷像是一条墨色的巨龙，直接通到天上去。

苏秦说："师父你的意思是……做人也没有真正的健全？"

"是的，我就是这么个意思，可惜我如今也时常想做到健全。"鬼谷子的眼光依然望着鬼谷，若有所思，"你知道树林里有一块空地吧，那是用来观测太阳的，先祖传下来的。"苏秦心中一紧，自己偷偷见过那两块巨石，师父果然知道，苏秦不再隐瞒，他望着师父说："徒弟没有直接向师父请教，是徒弟的错。"

鬼谷子摇摇头，"你没错。还有，你去过鬼谷吧？"鬼谷子问这句话的时候刻意没有看苏秦。苏秦已经料到师父知道自己去过鬼谷，他点了点头。

"你是一个不安分的人，这没什么不好。我见陶罐里的蛇蜕，那是鬼谷里面的蛇的样子。"

苏秦又点了点头。他忽然问道："师父，那你去过鬼谷？"

鬼谷子说："是的，我去过，那里面有棺材，有湖，有洞，却没有龙，没有吃牛的野人，当然，我也没有走到底。因为往里走，没有人烟，草长得比人都高，猞猁时常出没。"

苏秦又问："那您为什么要去呢？"

"和你一样。"

苏秦便不再言语。二人在草地上坐着，过了半晌，鬼谷子缓缓开口了，他说："今天让我给你上最后一次课吧！"苏秦的眼里全是泪水，但他忍住了，点了点头。

"苏秦，既然你想出去，我做什么都是没有用的，我将平日里没有给你讲过的，给你补充出来，你要好好听。"苏秦又点点头。

"你可知道义字？"

"知道，这是为人的基本原则之一。"

"可是今天我要说的义，不是那个义，是义理之义。真正求道的人都善于守义，用简单的话来说，就是坚持做人的义理，这是最根本的。人区别于牲畜，就是因为自身的义理，当你面对别人的时候，要从了解其内心的角度出发，深入探究其意图。掌握从外面控制内心的方法，这样你做起事情来就可以成功，或者至少在成功的道路上能减少障碍。所以，人不同，义理就不同，小人用小人的思想来实行这个道理，就会走入旁门左道，小的方面会误家，大的方面会误国。概括来说，不是贤良智慧的人，就不能用义守住家业，不能以道义守住邦国。想要有所作为，就要掌握道的微妙，这样才可能转危为安，救亡图存。你能够理解吗？"

苏秦说："能。"

鬼谷子说："当你与别人辩论时，驳斥是最需要注意的，所谓驳斥，就是挑对方的短处。人说话多了，肯定会有失误，你这种时候要做的就是议论对方的短处并加以证实，用当时的禁令来震慑对方，这样他对你就不会放肆，如果你觉得此人可以结交，就诚心待他，这是非常实用的方法。"

苏秦知道师父非常注重实用，这在外面的世界里应该是防人之心不可无的一招，他记下了。

"当然，与驳斥相反的，是附和，如果附和用好了，比驳斥管用。但是凡事都有两面性，如果附和用得过度，那还不如不用，听到别人的声音就随声附和，不是傻子就是滑头。音律的协调是五声相互作用的结果，如果音调不协调，韵律就会变得特别悲哀，更差的，如果声音丑陋不和，必然很难入耳。最后只能带来被人唾弃的后果。"

苏秦说："我认为自己还是比较有主见的。"

鬼谷子说："我知道，我们三个在这样的环境中形成复杂的气场，阴阳变化，造就了你的主动性格，这也是天数吧。"说完，鬼谷子闭上眼睛，吐纳了一会儿，然后又对苏秦说："世界上没有永远的高贵，所有的事情都没有固定的模式。"说着指了指河里面的水，"水就是最好的说明，水无形，但随物赋形，是最博大的，因为它没有固定的模式。"

苏秦点头称是。

"苏秦你记住，以你的性格，在外面的世界会受到打击，但你不必气馁，原因还是你的性格，你十分机敏，这几年口才也练出来了。世界上有很多东西与我们这里不一样，外面的世界需要更多的变通。我给你们讲过，但理论不如亲身经历，你既然要安身立命，就不要怕经历，我本来不想你过早接触一些玄妙的东西。比如巨石圭表，还有树林里更多的东西，这对你的成熟不好，可我真的低估你了，当然，人的成熟也可能是瞬间的事情。"

苏秦说："我知道我和张仪的思想都在您的掌握中。"

鬼谷子摇了摇头："不是的。我差一点说走了题。我观察你的气象，日后可以成就大事，如果是这样，你要记着，善于治理天下的人，一定要审时度势，揣摩每一家诸侯的实际情况。什么是审时度势？这就是度量大小与谋划得周密与否，比如衡量钱财的多少，预测百姓是富足还是匮乏，还有，富足到什么程度了？穷困到什么程度了？观察趋势的时候，如果是地势，就要弄清楚哪里险峻哪里平坦，哪里重要哪里危险，优势与不足的程度是什么，并且尽可能地提出自己的看法。另外，君臣之间的亲密和疏远关系是什么，贤明还是愚昧？宾客之间的关系怎样，有没有微妙的不为人知的关系？诸侯之中，谁能任用，谁需要远离？"

苏秦说："我明白师父的意思了，无论在什么时候，自己面对的是人还是事，都要用辨别的眼光来看，这是自己行事的前提，所以，自己终归是需要面对自己的。"苏秦不等鬼谷子说话，又说道："师父，那谋划有什么规律吗？"

鬼谷子站了起来，他的声音变得高亢，"有，当然有！任何谋略规划都有一定的规律，还是那句话，一定要弄清事物的起因，将实际的情况弄通，这叫做了然于胸。这只是第一步。

第二步，你要学会确立三仪标准。三仪就是上智、中才、下愚。这三者互相运用，相辅相成，从而产生非常有用的策略。郑国人挖掘玉石，用装有司南的车子装载，这是为了不失去方向。衡量才干、能力、估计实际情况，也是行事的指导，所以，可以说，只要心意相通关系密切，就可以达到成功；如果两方有一样的欲望却又互相疏远，一山容不得二虎，肯定会有一方受到极大的损伤，另外，同时受到憎恨却关系亲密，结果是什么呢，互相受到伤害罢了；如果两方同时受到憎恨却互相疏远，两方还是会有一方受到伤害。所以道理是需要这么理解的：相互有好处就亲近，有危害就疏远，就是这样，很多时候避免不了。根据这个标准来判断异同的话，同类事物的道理是一样的。所以，墙有了裂隙就会造成大祸，木料一旦有了伤疤就会导致毁灭。

事物变化会生出事端，有事端就会生出计谋，有计谋就会有筹划，有了筹划就会有议论，有了议论就会有学说，从而产生进退，进退产生规章制度，用来制约事物。这是所有事物都遵循的道理。"

鬼谷子说完重新坐下，他盯着苏秦说："但最后这一段，你千万不要忘记，以后会明白的。你走了，我也明白了很多，张仪我看也不是属于这里的人，他迟早也会走。"

苏秦不明白师父为什么非得提张仪，他说："师父说的，我都记住了，这些年您对我的教诲我会永远记住。"

鬼谷子摇摇头："这是我给你讲的最后一次课，恐怕也是我这辈子说话最多的时刻了，张仪知道你走了，会闹的，所以，趁着他还在睡，你走吧。"鬼谷子说完，用手托了猴子，头也不回地走进自己的屋子，苏秦一直目送他，鬼谷子把门闭上后苏秦发现，门前多了一个包裹，苏秦走过去拿了包裹，举步朝着南方走去。

谁也没发现，张仪已经在窗边看到了这一切。

第四章

落魄江湖

苏秦的第一个想法并不是回家，在他的眼里，家从来就不是避风的地方。

幸好雨水不多，苏秦打开鬼谷子给自己的包裹，看到里面有几斤干粮，一包药，还有一包铜钱。铜钱的分量与那包药差不多，苏秦对师父的体贴充满了感激。走到下面村子里的时候，苏秦稍一犹豫，进了胡屠夫的小店，拿出几个钱，想把前些天的羊肉钱给他。

胡屠夫一看苏秦来了忙放下手中的活儿，说："大公子，不是说好了是送给师父的吗？"苏秦抱歉一笑："胡师傅，不好意思，师父的脾气您也知道呀！"胡屠夫叹了口气说："鬼谷子师父给咱们村里算风雨，保了咱们多少粮食呀，这……唉！"

苏秦跟他作别，刚要离开桌凳，胡屠夫又跟上来了，"大公子，您这打着包裹是要采购什么？"

"不是，我要离开这儿了。"

"不回家？"

"还不到时候。"

"唉，这种年岁，出去闯荡一番也是一条路，俺是大字不识一个，不然咱也学着弄个宰相当当，哈，哈哈。"

苏秦见他厚道直率，也笑了，说："胡师傅，往日你帮了我们不少忙，我走了之后，还请你务必照应一下我师父呀。"

胡屠夫说："这怎么还要公子说呢，我胡屠夫谁也不敬，就敬你们这些读书人，放心吧大公子！"

苏秦听完深受感动，他大声说道："好，胡师傅，为了咱们的情分，今天我请你吃个锅子，不可推辞，不然我就走啦！"

胡屠夫哪里说得过苏秦，听这么一说，只好连连答应，马上吩咐妻子安好锅儿，准备肉干蔬菜，拖着苏秦进了里屋。刚进屋，外面的雨就下来了，哗哗地打在外面的草棚子上，胡屠夫的内人非常麻利地将桌椅搬进了耳房。

苏秦与胡屠夫跪坐在地板上，胡屠夫毫不理会外面的雨，只问苏秦一些家里的事。很快，锅里冒出氤氲的水汽，整个屋子就暖融融的了，胡屠夫将头顶上挂着的几条肉干放到锅里，又将盘里的鲜肉片倒进去一半。很快肉香弥漫开来，二人一人一个粗碗，蘸着佐料吃起来。

第一巡后锅里的水变成了白稠的汤，胡屠夫才将青菜放进去，加了油的水温度高，菜煮得烂。苏秦默默看着这些，眼睛湿了，自己多么想有这么一个富足的家啊，有地方可以遮雨，有肉菜不必出去讨饭。胡屠夫劝起酒来，苏秦饮了几口，浑身舒坦。

酒足饭饱之后，雨并没有停，胡屠夫再三留苏秦过夜，苏秦出东房一看，西边房里已经铺好了被褥，苏秦感激地回过头对胡屠夫说："日后定当相报！"

第二天胡屠夫起床后发现西屋的被子早就整整齐齐叠好了，上面有一小堆钱。

苏秦走出十几里地，觉得甚是饥饿，打开包袱，却发现多了一个包，苏秦连忙打开，原来是几段烤羊腿，一股暖流传遍了他的血液。他吃了三段，小心包起来，重新上路。

出了云梦，路上的行人开始变得多了起来，最多的是乞丐。他没有很惊讶，乞丐本身仿佛已经成了一种职业，对所有人敞开。家里没有吃的，亲人去世了，没有求生能力，出路往往只有一条，当乞丐。

苏秦边走边观察，他发现很多几岁的孩子已经开始出来要饭，心里不由得一紧。他想起了童年时候的自己，对家的渴望一下子涌了上来。

他想：我要回家，我想要爱，要充足的爱，我之前是不是太对不起自己了？上天是不是太对不起自己了？这些瘦小的孩子不就是当年自己的缩影吗，流离失所，不同的只是当初我还怀有一个梦想罢了，梦想，那梦想没有根基，没有人帮助，幻想的宫殿只在梦里出现。

他现在是长大的人了，从鬼谷出来的那一刻，不，打进入鬼谷的那一刻开始，他就已经长大了。继续云游下去还是回家？从某种程度上说，这两者都是异乡。他还是回家了。

循着往北方的道路，苏秦边帮人干点农活边赶路。两个月之后，他终于回到了家。一路坎坷无法言表。

哥哥已经娶了亲，爹娘都在，只是显得更加老了，家里人看到苏秦回来了，十分高兴。苏秦终于回到了家，尽管，还是一个很破的家，很穷的家。

到了夜晚，母亲在房前织布，父亲一边扎草人一边问苏秦，"你出去这几年，家里没什么起色，你在南方怎么样？"

"我跟鬼谷子师父学习捭阖的知识，现在已经灵通了不少。"苏秦边帮父亲做活儿边回答。父亲听不懂什么捭阖阴阳。他说："这又是打仗又是欠年成的，粮食越来越不够用，要是官兵再来搜刮，就只能跟以前一样了。"

苏秦知道父亲说的以前，是那段要饭生涯。他皱了皱眉头，坚定地说："我并没有坐吃家里的打算，我会努力给家里做点事情的。"

父亲说："你也已经不小了，现在最要紧的是给你娶个媳妇，不然会被人笑话的。"

苏秦脸红了，他支支吾吾地说："我还没有想好呢。"

说着，母亲给苏秦端过来一碗水，她说："这事情没有个准备不准备，邻村里的一个姑娘，我和你爹看着挺好的。"

苏秦没有说话，父亲此时又开口了，他说："你打算做点什么事呢？"

苏秦说："就是凭着我的这张嘴，我想到处游说，实不相瞒，这次回家，只是我的一次短暂的停留。人活这一辈子，如果不闯荡出点名堂来，那算什么活着呢？"

父亲听苏秦如此说，露出了不是非常满意的表情，他说："我认为我们最大的特长还是种地，你出去靠一张嘴，能够有什么大的出息吗？那些虚的东西没有什么用，只有土地才是最为实在的，你种上什么它就给你长出什么来，在家垦几亩地吧！"

苏秦觉得父亲说的话是一片赤诚，但他同时觉得自己和父亲之间有一种说不清的，但确实存在的沟壑。他在一瞬间似乎停顿了自己的思考。

苏秦还是明智地做出了选择，他没有再跟父亲犟嘴，而是晓之以理："您说得十分有道理，您和母亲的话我都应该听，只是我这些年来，没有学到什么耕地的技巧，在庄稼地里注定没有什么作为。况且现在正是战乱的时候，庄稼地并不见得有种有收。万一没有收成，一年的汗水就白白地流了啊。你们二人不了解鬼谷子先生的思想，通过这几年的学习，我感觉到他是一个十分渊博的人。而且，他的学说在当今诸侯争霸的年代是十分受欢迎的，我敢肯定，只要给我一定的时间，我定能够光宗耀祖，让你们都过上好日子。"

父亲被苏秦说动了，他面露喜色，对苏秦的母亲说："其实老二说的话还是有道理的哩！"

母亲也是十分欢喜，但仍然坚持说："无论你去什么地方，都得先娶了亲，有了自己的家，好歹有个依托，这也是你的根啊。"苏秦只好答应。

这一夜，苏秦睡在自己的炕上，他太久没有过这样舒坦的日子了，不是没有这样的炕，是因为之前没有家的氛围。

没过几天，苏秦便娶亲了。妻子没有什么惊世的容貌，但貌似温柔娴淑，苏秦说不上什么满意不满意，只是认为这是他必须要做的事情。

有的时候苏秦也去帮父亲干点农活，有时候自己温习一下鬼谷子老师的学问，他将自己能记下的都重新写在竹简上，便于温习，往往也有些出其不意的新体会。

一天，苏秦一个人在田野里闲逛，迷迷瞪瞪就走进了一片森林，那时候森林非常多，不熟悉的地方一不小心就会迷路。他一直往里走，心里并不是十分忐忑，因为有一条十分坚硬的小路通往里面。

越往里地上的叶子越厚，直到看不清天上的太阳，苏秦慢慢打量四周，这里的大树少说也有几百年了，大树很粗，一个人无法抱过来。忽然，树林深处蹿出来一只兽，苏秦还没看清，已经被它扑倒在地上。苏秦抬头一看，发现是一只大狗，凶恶的黑眼发出骇人的光芒，苏秦心中一凉，想：我的命竟然在今天结束了！

忽然，背后传来一声嘹亮得有些刺耳的哨声，那狗马上收住自己的爪子，一颠一颠地跑到那个东西身边。那是一个野人模样的人，之所以说他是个人，因为他尽管披着熊皮大衣，脸上的表情却毫不呆滞，那是一种严肃又不失灵动的表情。

那人见趴在地上的是一个人，连理都不理，直接带着狗往回走。

苏秦见状，豪气大发，便跟着那人一直走。那人知道后面的人跟着自己，也不回头阻止，倒是有几次他的狗恶狠狠地转过脑袋朝苏秦瞪眼，一瞪眼苏秦就满身的鸡皮疙瘩。那狗是什么狗啊，样子太凶狠，简直是一头狮子！

走了几里路程，阳光重新照射在前面，苏秦仔细一看，原来是一块空地。这个森林的构造十分奇妙，越往里树木越矮，阳光也就照进来了，在一棵大树下，那人停了下来，极有力地朝后挥了一下手。苏秦赶紧跟过去，树上竟然有一个小屋子，按照树枝的伸展，像长在树上一般，精巧至极。那人顺着树下面的一个简陋的梯子上去，苏秦跟着上去了。

屋里的木壁上全是野兽皮，有鹿和虎豹皮，地上有狼皮，门口上面是一个羊头。那人看也不看苏秦，说道："你为什么来我这里？"

苏秦见他跟自己说话，赶紧回答："一时走错了路，打搅您了，抱歉。"

那人说道："什么打搅不打搅的，少拿这些来恼我，说实话，我看你的第一眼就发现你不是一个平凡之人。"

"为什么这么说呢？"

"你天庭不是很饱满，但是很有神采，鼻梁有痣，说明你敢做事。最重要的是，你竟然跟着我来了，足见你不同于别人的气魄。"说着，那人用木头挖的杯子给苏秦倒了一杯东西，苏秦一闻，是酒，便喝了一小口。

那人自己倒了一杯，开口说道："我在这儿住了有些年头了，除了猎户很少有人会走到这里。"

苏秦说："我也不是故意来到这儿的，我刚刚回到洛阳，先时在云梦跟随鬼谷子先生学习揣阖之术，所以对这个地方不是很熟悉。"

那人很文雅地喝了一口酒，苏秦诧异于他粗话连篇的话语和他动作的差异。正想着，那人说话了："云梦鬼谷子？嗯，应该也是个人物。"

苏秦十分吃惊，"怎么您也知道我的师父？"

那人说："当然，可惜他不知道为官之道，最后还不是落了个自己孤家寡人的下场？"

苏秦有些不快，说："鬼谷子先生的知识我认为非常博大，恐怕不可以妄自否定他。"

听苏秦这么说，那人没有生气，说："你说得对，鬼谷子的确是个天才。可是我不认为你能学到他知识的十分之一。你信不信？"

苏秦没有否定，而是问道："您是什么人？与我师父鬼谷子先生有什么交往吗？可不可以相告？"

那人背过身子去，"有些事情，你没必要了解，我跟他没有真正的交情，我的师父和他的师父是同门，我对于鬼谷子的印象也只是听我师父说的罢了。"

苏秦一听，更加惊异，他说："原来您是我的前辈啊！"

那人冷冷笑了一声："什么前辈不前辈，我就是野人一个，鬼谷子最让人佩服的便是那一张嘴了，据我师父说来，他没有见过比鬼谷子更加有口才的人，你跟他学的就是这个吧？"苏秦点了点头。那人说："他把自己最擅长的教给你，说明他还是很器重你的。"说完自己点了点头。

苏秦站在那儿，不知道该对自己的这番奇遇抱有一种什么样的心态。他自嘲地想，自己的人生还真是丰富多彩，现在就已经碰上这么多的奇遇了。这个人和师父一样，应该也是有一肚子学问却甘心在荒山野林里面过活的人，谁知道他们经历过什么事情呢？只有自己经历过才知道吧。想到这里，他说："遇见前辈十分荣幸，我不会在这里待很长时间的，我会有自己的世界。"

说完，苏秦做了一个揖，转身下梯子。走出那片灌木林子时，他回头看了看，看到那人正在树上看着自己。在苏秦回头的一刹那，他马上消失在了树叶中。

时间过得很快，苏秦成亲一个月了。在家待得有些烦闷，他想是时候出去闯一闯了，尤其是那天的际遇，让他越发觉得世界之大，奥妙无穷，至少对于现在的自己来说，是这样的。

苏秦的性格是想到做到。作别了妻子、父母、兄嫂，苏秦毅然出发，开始了云游生涯。为了自己的梦想，苏秦到处举荐自己，最希望哪个国家的大臣能够见自己一面，听听自己的见解，哪怕当个门客也行啊。

可是苏秦此时还是不通事务，最基本的局限是，身上没有太多的钱，一份像样的礼都送不起，更别谈别的了。接连走了好几个国家，他只能帮着人做做活，挣点钱吃饭，好不容易有人对他感了兴趣，当听说这是个专门耍嘴皮子的主，也便匆匆放弃了进一步的打算。一段时间下来，其实帮人干活挣口饭的机会也很少，尤其是在国家的交界处，基本上没有完整的村子，就算有完整的村子，也没多少人。人，都避难去了。

一天，苏秦在给一大户人家舂米的时候，忽然听下人到处喊叫救命，他闻声打听，原来是公子掉进了河里。水性一流的苏秦认为这正是表现自己的时候，他奋不顾身地跳进河里，几下就将公子捞了上来，那一家人才放了心，急忙感谢苏秦，苏秦应答有礼，大家更喜欢他了。

主人听说苏秦是一个读书人，想要召见他看看。在这个人才稀缺的时候，应该试一下，不要错过，准备见上一面，顺便赏赐苏秦一些钱物。

苏秦并不知道主人是谁，但他知道主人是个人物，他想自己的机会终于还是等来了，他换上一身干净的衣服，理了一下思绪来见主人。

主人面相和善，眼睛发亮，一看就知道是个有主见的人，他相貌魁梧，举止威严，苏秦猜想这人可能是一个武官。

主人道："多谢壮士救我孩子。"

苏秦答道："多谢夸奖，可我实在不是一个壮士，只是个读书人，水性比较好罢了。"苏秦知道，以一个粗鲁莽夫的形象站在这里，不如以一个读书人的角色受宠。

主人面色更加和蔼："哦？壮士原来是个读书人？"

"是的，一个穷困潦倒的读书人罢了。"苏秦这话一点不虚，他真是一个潦倒的读书人，说到这里，不免感伤。

"我最欣赏读书人了，壮士学的是什么学问？"

"捭阖之道，师从云梦鬼谷子先生，不知先生知道我师父否？"

那主人说道："捭阖之道？我从没听说过，但我愿意听您说一下。"

苏秦想师父胸怀天下，隐居起来也难怪这里的人不知道，想想这里离师父师弟岂止千里，不由神伤，但是他很快舒了一口气，想想师父曾经教给自己的话，说道："一开一合，便是事物发展的规律，所有的事物莫不从这开合之中出来，所以，要想了解世界并且掌握世界，就必须要懂得事物开合的道理。我师父鬼谷子的闭合之道，尤其体现在与人的交谈之中，当人游说的时候，要细致地观察对方的气场，或者充分陈述自己的理由，让他信服自己，或者闭上嘴，以静制动，等待时机，应对变化。当我们向人们陈述的时候，是为了取得其信任，告诉自己他的真实意图。这样自己才能了解实情，才能立于不败之地。当静下来的时候，我们可以等待时机，这也是为了下一步的说服工作做准备。总体说来，这便是我师父的主要观点，不，这是我师父教我们师兄弟两个的主要观点，我师父鬼谷子先生精通多门学问，胸怀天下，实在不是我所能够衡量的。"

"鬼谷子先生这么厉害，为什么不出来找份事情做？以他的学问想必能够闯荡出自己的事业的。"

"主人千万别这么想，我师父精通易理、星象之学，他不出来想必有他的道理，要是先生去寻找他，怕他早就无影无踪了，而且，我师父未必没有做过官，他选择隐居自然有他自己的道理。"

主人点点头，又摇摇头，显出十分惋惜的样子。他靠着椅子想了一会儿，说道："恕我直言，这捭阖的学问在当今的用处有多大呢？我认为一个国家要想强盛，必须从法度入手，这是一个国家生存的框架，您不知道秦国正是通过商鞅的变法才强大起来的吗？"

苏秦早就学会了从容应对一切，他面不改色地说道："可是，国家之间未必是独立的呀，如果当今七国平分中原，互不侵犯，那自己图强是有一定道理的，可是七个国家从来就没有单独存在，他们之间的联系不是一直持续到现在吗？既然有联系，有交往，就需要交际力量，就需要捭阖之法。"

"没有强大的军事实力做后盾，任何口才到最后都会消失在炮火里面，每个国家都有一批非常聪明的人。对于时事的衡量，他们自然有理性的想法，游说的人没有什么大的作用。"

苏秦见对方十分自以为是，心中又气愤又懊恼，自己从鬼谷出来的第一次正式游说，就这么失败了吗？他非常不甘心。

过了半晌，苏秦开口道："先生说的十分有道理，一个国家的军事实力，钱财的多少，都是非常重要的，可是我认为，任何的强大过程都离不开游说。您刚才说商鞅变法，商鞅在变法之前为了表达自己的决心，传出命令，如果能够将城南的木头搬到北面，就给若干金，这就是交际手段啊！交际手段是无处不在，无时不在的。就拿军事来说，将军与士兵的关系，主将与副将的关系不都需要交际智慧来稳定吗？"

主人点点头又摇摇头："那么，在鬼谷子先生的捭阖之术产生之前，已经有强大的军事，有稳定的关系，有了商鞅变法，这是交际的功劳，可是这不是捭阖之术的功劳。或者说，捭阖之术并没有想象的那么难。现在掌权的人才掌握话语权，代表一个国家的是最受宠爱的大臣，捭阖之术，我看没有什么用处。"

苏秦说："专门的游说人才可能不受太多重视，可那是他们没有真正理解捭阖之术，真正游说的人才是需要很多条件来历练的。并且，一旦游说的人才成才了，他的力量是无穷的……"

苏秦还要说下去，主人的脸色已经有了掩饰不住的不耐烦，如果自己莽撞，一味往下说，肯定会让他大发雷霆，那自己也是违背了捭阖之道。这样想着，苏秦硬生生地将自己剩下的话憋了回去。

苏秦又说："先生说得有道理，今天的谈话让我受益匪浅，实在是幸会幸会。不瞒先生说，令郎相貌堂堂，一脸正气，双耳清亮，肯定是读书的好坯子。"

苏秦适宜地提起了对方的儿子，对方又想起苏秦是儿子的救命恩人，怒气消了大半，又有些歉意，呵呵大笑起来，说道："犬子淘气至极，最不喜读书，还是欠教育啊，适才不是有意冒犯先生，请不要见怪。"苏秦直说岂敢岂敢。

到了晚上，苏秦在床上辗转反侧，这家主人爱才是无疑的，可惜我所学的不对他的胃口。是他太局限还是自己太狭隘，见识太短浅？他向窗户外面望去，星星没有了，转而是无边无际的黑云，他从来没有感受到过这么黑的云彩，他看得有些痴呆。这时候的感觉像极了在鬼谷里面走投无路的时候，那时幸运地找到十几颗鸟蛋，现在呢？他摸了摸身边的金，他情愿这家的主人没有奖赏给自己什么东西，而是举荐自己给什么人。世界就是这么怪，有时候你想得到的东西并不能如愿。

苏秦坐起来，算了算从鬼谷出来的日子，大概半年了吧，自己经历了很多事情，有好的有坏的。他摸了摸自己的下巴，下巴坚硬了许多，有时候他去担水，能照到自己的脸，眉毛清扬，眼不大不小，不知道这是漂亮的容貌不是？

就这样庸庸碌碌又过了几年时间，苏秦还是没有得到重用，他不免犹豫起来。

在从鬼谷出来之前，苏秦的世界简单到极致，屈指可数的事，重复了不知道多少遍。在这些年里，他经历了真正的社会，却还坚持自己的想法，希望有一天能够实现，他不认为坚持自己的梦是什么坏的事情，梦想在之前的日子里给了他太多的慰藉，他现在怎么能够忘掉？

下一步怎么办呢？钱有花光的时候，衣服有穿破的时候啊。苏秦又陷入了犹豫，无论怎么犹豫，他知道现在只有三条路在自己面前，回鬼谷，回家，继续云游下去。

第一种基本没有可能。第二种和第三种之间的抉择呢？他要做个对得起自己的决定。

蒙蒙眬眬睡过去，天亮的时候太阳照射到苏秦的脸上，有些刺眼，却让人安静。在阳光下，苏秦渐渐产生了一个想法，回家。

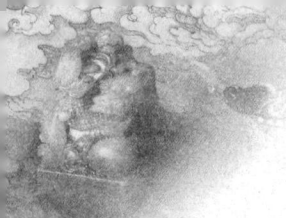

第五章

张仪的抉择

苏秦走后，张仪和鬼谷子开始一块生活。关于苏秦的离去，鬼谷子没和张仪说过，张仪看到了一切，也没有问鬼谷子。

以前苏秦做饭，张仪去摘蔬菜瓜果之类的。现在苏秦走了，张仪不得不做起没做过的活，可张仪和苏秦不一样，他比较急，也比较直。

有的时候蔬菜没长大就摘了来，做饭时经常烧火过了头，一顿饭熟了之后，灶台上往往已不成样子了。鬼谷子从来没有在意，他将自己攒下的柴绑好，让张仪去集市上换了几只鸡。好在张仪还能做几个蛋吃，那不是什么需要特别技巧的事情。

师徒两个过得和从前一样，早上起来早读，中午太阳出来了就休息，进屋默诵，下午接着读书。张仪在做饭等方面比不上苏秦，但是在读书上绝对胜过苏秦很多，这样过了两三年，到了苏秦当年出走的年纪时，鬼谷子教授的书张仪基本已经背得滚瓜烂熟了，在举一反三方面，他做得比苏秦还要好。

　　和苏秦的结果一样，目标始终如一的张仪开始摩拳擦掌，要干一番大事业。

　　还是那条河，还是星星满天，还是形如鬼魅、高深莫测的鬼谷子，还是那只顽皮的猴子——只是个头大了一倍。

　　"师父，我走之后，你要照顾好自己。"张仪用手摸着那只猴子的头，"你也要听师父的话，不要偷吃别人的东西惹师父生气。"那猴子吱吱呀呀地叫了几声。

　　鬼谷子说："猴儿听不懂人话，但能理解人的想法，你说妙不妙？"

　　张仪见师父少有地和气，激动不已，连连说："妙，妙，妙在师父驯得好。"

　　鬼谷子将眼光从张仪的身上挪开，望着满天的星星说："你和你师兄不是一样的人，但我教授的东西是一样的，你十分聪敏，如果我把所有我知道的教授给你，你学会也用不了多长时间的。"

　　张仪说："那师父不全部教授我的原因是什么呢？"鬼谷子说："我知道的东西很多，是的，很多，我也不知道自己知道多少，可是，我活到今天，仍然不能将自己学到的东西全部吸纳，吸纳是什么意思你知道吗？吸纳不是了解，这些知识我全部都了解，我说的吸纳，是说这些知识造成的矛盾我到目前没有一个调和的方法，所以我没有将自己的毕生所学给你们，你能理解我说的吗？"

　　张仪思考了一下马上说道："师父，我大概能够猜到您的意思了，所有的知识都可以统一到一起，在统一到一起之前，人知道得越多，相应的苦恼可能就越多。"

　　鬼谷子赞许地点了点头，这是他经常对张仪做的动作。鬼谷子说："你知道你和你师兄有什么不一样吗？"

张仪想：终于说到我师兄了，当年说的话有一些自己听不明白，现在可以好好地请教师父了。张仪说："师兄比我沉静。"

鬼谷子说："那只是表面，就像我平常给你讲的阴阳，人的表面和内心未必一样，而且在某种程度上，还是相反的呢。"张仪不答。

鬼谷子看他在思考，就说："你师兄是一个外柔内刚的人，他十分有理想，内心火热，你不一样，你外刚内柔，表面略微浮躁，内心沉稳。哈哈哈，我鬼谷子收的这两个徒弟，也是阴阳互补嘛，哈哈，真是妙。"

张仪说："师父说的有道理，那师兄为什么不辞而别呢?"

鬼谷子说："就是因为他内心的火热，他耐不住这儿的寂寞了，不，不可以这么说，应该怎么说呢，我想想啊……"鬼谷子少见地说话含糊，他抓着那猴的肚皮，轻轻梳着，又开口说道："有了，你师兄找到了对自己来说更有意义的事情，其实他当时并没把我所教的所有东西学会，但是来不及了，他发现了这个世界的另一面，他发现了自己的另一面，他要用自己的另一面来适应世界的另一面，这是需要气魄的，你师兄是一个十分有气魄的人。"

张仪心说，"我和师兄相处了这么多年，还真没注意到他的大志，但他早已经隐隐约约觉得师兄是一个不寻常的人，他的神秘之处也不在少数，今天听师父这么一说，心中自然变得开明。"他又问："师父，那您看我呢?"

张仪跟随师父多年，很多说话的道理早就已经领会，他不说"您看我以后会怎么样""您看我是个什么样的人""您看我强还是师兄强"，而是问，"您看我呢?"

鬼谷子说："你的心智没有你师兄成熟，他是那种自我认识十分到位的人，在社会上也有很长的路要走，你更要时时留心，事事注意。而且有一件事情我无须避讳，你和你师兄可能会有不一样的见解，日后你们可能碰不上，但碰上了，就可能有矛盾。"说完，鬼谷子盯着张仪。

张仪猜不透师父的眼光，反正猜不透的时候多了去了，他就基本没猜透过师父，他也不是很在意，心想，我和师兄是亲如手足的关系，怎么会有矛盾呢。

鬼谷子又说："打算什么时候走？"

张仪只看那猴儿，"我不想和师兄一样地走掉。"

"还是在怕黑？"

"早就不了。"

"放心，当你们有所成就了，如果能够保全自己，就来看我，但不要想接我出去。我不会走出这一块，我自己的问题都还没有解决呢！"

张仪低下头，不再说话。两天之后，他背着包袱，出了鬼谷，鬼谷子站在茅屋的门口，看了看就进了树林。

张仪在外面待了不长时间便回到魏国，回到了自己家里。

他在家里务农了一段时间，慢慢地，张仪的心境开始变得平静，直到娶亲之后的一天。妻子从集市上回来后，脸色十分难看，张仪开始没有在意，但逐渐感觉出不对劲来，问道："你怎么了？"

妻子终于等到发泄委屈的机会了，她带着哭腔说："我在集市上，看人家去裁布料，想买什么样的就买什么样的。偏偏我，一年到头就只能穿自己纺的粗布。"说到自己一年都这么寒碜，她眼圈都红了，接着哭起来。

张仪呆呆地听完，陷入了沉思，他想：自己学习捭阖之术，最大的目的是什么，就是为了让自己的家人过得更好。可自己现在呢？自己的妻子连一身好的衣服都没有，这真是太悲哀了。

张仪的脸上显现出了少见的忧愁，他站在那里，一动不动。他的妻子哭着哭着，看见丈夫越来越不正常，吓得马上停止哭泣，走过来拍了拍张仪，"你，怎么啦？"张仪没有回答，只是摇摇头，过了一会儿，又叹了一口气。

妻子以为张仪丢了魂，扶着他到屋子里躺下，然后就要出去找神婆子，刚出门槛张仪就说话了，他说："我没事，只是在想一些事。"然后站起来，望着自己的妻子，说："我太大意了，被一些东西打磨得没了理想，谢谢你提醒我，不光是责任。"

说完张仪又笑了，"我一定让你们过上好日子，从明天开始，我出去打拼。"说完走进屋子，躺了下去。妻子跟进去，擦了擦眼泪，说："你真的确定要出去吗？好，如果你出去了，我在家里种地养老人，只要你混出个样来！"

张仪点了点头，意思是：我确定出去，我会闯出个样子来，你要说到做到，照顾好家里的老人。

过了半个月，张仪来到楚国，通过介绍，他见到了楚相。

楚相早就听说张仪是一个人才，也想一试，便设了一个宴席，招待他。二人正谈得兴浓，忽然有人来报王先生来了。话音未落，从外面进来一个人，衣裳十分华丽，宝剑缀于腰间，挺胸昂头，十分傲慢，张仪马上站起来说："在下张仪谨参。"

那人看都没看张仪一眼，楚相见来了此人，马上离座欢迎，送入席上，笑道："王先生来得巧，正好来了一位新客人。"张仪见楚相介绍自己，马上又站起来，对王先生拜一下，王先生只看了他一眼，便对楚相说："大人好客也要有个度，一些人为了蒙大人的几金，装成读书人的样子也是有的。"楚相马上说："这位是张仪，据说是十分有辩才的。"张仪出于礼貌和颜点点头，那人睥睨了张仪一下，又对楚相说："大人十分确定？在下最好辩了，为了辨识是骗子还是有真才实学，倒想讨教一番。"

楚相看了看张仪，对王先生说："二位都是客人，论说我是没什么话说的。"说完又看向了张仪，"既然王先生有此雅兴，客人是否可以一试以娱玩?"张仪自从出门就告诫自己不要太直,待人不可太有气焰,所以一再忍让。现在他发现楚相有了想衡量一下自己的意思,他必须得应下,慨然道:"任凭楚相裁夺。"楚相见如此,连说好,于是离席,亲自给二人斟满了酒,然后自己斟一杯,说道:"二位高谈阔论,在下洗耳恭听,来,先干一杯!"张仪与王先生都起立干了。

王先生不等张仪坐下便说道:"请问世间万象源自何物?"张仪立刻回答道:"阴阳。"王先生嗤笑一下,"既然天下事情是阴阳,那你说阴阳的强盛之别是什么?"张仪说:"阴阳各自发展,又互不相离,它们是相辅相成、相互转化的,所以,如果非要强调阴阳的强盛之别,是没有什么意义的,因为,它们本身就是一个整体,伏羲祖先在创造阴阳八卦的时候,遵循的就是这个道理,后来文王演绎,易术得以大兴。""这桌子是阴是阳?""反面为阴正面为阳。""这肉羹是阴是阳?""下层为阴,上层为阳。""我的舌头是阴是阳?""在嘴里为阴,伸出来是阳。"

张仪见此人的问题十分幼稚,觉得比与师兄辩论简直不是一个档次,他反问道:"先生可知道世间万物是怎么由阴阳来的吗?"

王先生暗道这人的才气未必很盛,但反应极快,思维敏捷,就怕他来给自己刁难个问题。正想着,张仪的问题就过来了,他看了看楚相,强打起精神,说:"这个阴与阳是世界上最复杂,最玄妙的问题,这个……呃……这个也是我正要问你的问题,你说说吧。"张仪不知道这是他故意推脱的法子,还以为他本来就是要问自己这个问题。

张仪回答说:"我师父认为,阴阳的闭合与张开造成了万物,我的观点与这个观点是有益处的。我认为,天下万物都是由气组成的,而阴阳是气的两种形式,天地之间时时刻刻都有各种气充斥,它们有的在大河之下,有的在山谷之间,有的在高山之上,有的在石缝里,有的在泥土底。同时,由于天地万物时刻都在运动当中，这些阴阳之气就会互相融合，然后产生新的事物。产生的事物是不同的，如果阴气占运动的主导，生产出来的就可能以阴性东西为主要表现的物体，如果是阳气，则相反，在人身上，就是男女之别了。"说完，张仪停顿一下，他看了看楚相，发现他听得入神，张仪就更有勇气往下说了。"同时，这种变化不是单向的，气可以变成不同的事物，同时不同的事物也可以变成气体。当事物消亡之后，最终会变成气体，等待下一次运动与生成。"

王先生几次想插嘴没插进去，只好闷着头听，张仪说完后，他连话都没说就站起身子来向楚相告辞。

楚相见张仪思想独到，笑着说："张子果然名不虚传，在下今日大开眼界！"更对他出言挽留，张仪微微欠身，心想好歹没有给师父和师兄丢脸。想到师兄，张仪心中一动，他们两个处境太相像了。楚相招呼了一下后面，马上有仆人换下酒菜，重新上了一桌山珍海味，张仪倒也不十分谦让，与楚相重新共饮。为了打听苏秦的下落，他转弯问过楚相，楚相并不知道有此人，张仪只是想苏秦肯定现在和自己一样，都在落魄中。

席后，楚相叫人送出来一个包裹，给张仪安排了房子，张仪到自己的住处打开包裹一看，整整五金！他立马差人将三金给自己的妻子送回去，关门刻苦读书不提。

在当时，豪门最经常举行的活动便是设宴请门客了。在家中设豪宴，是十分正常的事情，为了保证人才的数量以及人才的质量，有权势的经常会召集门客来谈讲：第一，这样可以让大家联系感情，保证内部的团结；第二，这样可以及时发现人才以及冒称人才的那些伪君子；第三，这样能够给那些门客足够的面子，那些人基本都是好面子的。

一日，楚相在家里宴请门客，大家浩浩荡荡，好不气派。王先生和张仪都在席上，楚相归了正座，简单寒暄了几句后大家就开始用餐，一时声音沸起，好不热闹。

酒席刚刚过了一半，楚相招呼家人拿出一个托盘来，上面用布盖着，众人都不知道是什么，楚相开口了。他笑着说："我无意中得到一块东西，也不知道是不是宝贝，请大家给帮忙鉴赏鉴赏。"大家都知道楚相肯定得到什么宝贝来显示了，都随声附和说好，真是好宝贝，楚相更加喜笑颜开，便非常豪气地对家人说："拿下去给大伙挨个都看看吧！"家人小心翼翼地托着那玉璧来到席中，众人拿过去各个品鉴。

过了半晌，楚相忽然想起来玉璧还在下面，便吩咐家人收上来，家人下去，久久没上来。楚相忽然有了种不好的预感，他招呼了一下，众人马上安静了，他又说道："家人为何还不把玉璧拿上来？"

家人赶紧回来，用极度颤抖的声音回答说："相国，玉璧，玉璧不见了！"说完一下子就跪下了。大家听说，席中如同炸了锅，议论纷纷起来。楚相听说心里咯噔一下，强忍住心中的怒火，平静地扫视了一下下面，说："大家静一下。"大家马上就静下来了。楚相又说："玉璧最后是到谁的手里了？"没人答应。楚相再也按捺不住心中的怒火，"谁看到了玉璧，举报的话，本相赏金一百！"人群又开始沸沸扬扬。

这时，一个穿着非常体面的人站了出来，正是王先生，他自从那日被张仪驳得体无完肤之后一直怀恨在心，想设法报复，今天见此情景，一个卑鄙的念头出现了，他要陷害张仪。

王先生指着张仪，义正词严地说："是他！我亲眼看见他把玉璧藏起来了！"楚相视这块玉璧为镇家之宝，当时哪里管得那么多！听人告发，马上就招呼武士，"来人哪！给我绑了！"

话音没落就出来几个彪形大汉，把张仪绑得严严实实。这时早就有几个

小人为了讨好楚相，又在他耳边说了不少张仪的坏话，说他十分贫穷，品性恶劣，楚相更加恼怒，喝道："将他绑在柱子上！"大汉依言照做。楚相说："打！"接着就噼噼啪啪地打起张仪来，张仪还不明白怎么回事就已经被捆上了，还没等还口就已经被打起来。

一阵子过后，张仪身上哪里还有块好的皮肉？楚相问道："你到底偷没偷？还不快给我招了？枉我对你的一片情意！"

张仪说："不由分说就把我绑起来打，这是有情意的人做的事情吗？"

楚相被呛了一下，厉声问："有人可以作证，难道会平白无故地陷害你吗？"

张仪说："你以为王先生是个好东西吗？那天跟我们一块吃饭，一派傲慢，我都不知道您是为什么让他当客人的，他辩论没有赢得了我，没有才气，您没看出来吗？我当日没有给他面子，他今天是来报复的，这不合常理吗？"说完朝着王先生大叫道："卑鄙小人，你死无全尸！"

王先生被说中了心事脸上通红。楚相听张仪这么说，更加犹疑，且懊悔至极，可是为了面子他只能朝张仪发火，"你说的简直是一派胡言！你到底招不招!?"张仪大笑几声，说道："不要一味地追求面子！您已经让我失望了，当然，您也可以说是我让您失望了，为的还是您的那张脸皮，不是吗？随便指一个人就当他是盗贼？那我指王先生，您去捉他啊！诸位，你们看如何？"

众人都不敢作声，有几个比较正派的出来说："楚相肯定没什么失误，大家不必庸人自扰，对于张仪，就请楚相开恩吧。"楚相好歹找了个台阶，说："你走吧！"张仪愤愤地一瘸一拐地回到了家里，妻子见张仪回来了，连忙迎上去。可见到张仪浑身是伤口后，吓了一跳。忙问怎么了，张仪就将事情的经过说了一个大概。

　　妻子叹了口气说："唉，你如果不读书，不出去游说，只和我在家种地，该有多好呢？"张仪说："我在家种地，你哪有好衣服穿呢？"

　　妻子一下子羞愧得从脸红到了脖子根，张仪后悔辩得太快，没有考虑妻子的感受，于是笑着说："我没事，你瞧一下，看看我的舌头还在不在了？"妻子果然瞧了瞧，说还在，张仪说："这不就足够了吗？"妻子不语，掩面而泣。

　　生活，总是要继续，张仪也转入了一个落魄的圈子。

第六章

壮志难酬

远在洛阳的家乡仍然存在于苏秦的记忆里，而且越来越清晰，见过了这么多的家，他自己的家应该成了什么样子了？一路向北，当看到自己模模糊糊熟悉的道路时，苏秦禁不住流下了眼泪。但是他不知道，有更让他伤心的事情在等着他。

行李已经不成样子，衣服破烂不堪，当他踏进家里时，他所想象的景象并没有出现。他的嫂子在门口洗衣服，见了苏秦还以为是个要饭的，或者她装作认错了，将苏秦当做要饭的，苏秦日后想到这是极有可能的。当时嫂子抬起头看了他一眼，眼睛顿时变成了白色，以苏秦的那个角度，那就是白色的。然后，她极麻利地端起木盆，走进屋子。

苏秦愣在那里，这难道不是自己的家吗？这门口的老槐树，自己在上面玩过多少次啊，自己重新出游的这几年他们不至于不认我了吧。嫂子尽管不像自己走的时候那个样子，但仍然能够认出来。他想，是自己穿得太破烂了，他们没有认出自己来吧。

苏秦便跟着进了屋子，院子里面空荡荡的。他看到西南方向有个草棚，应该是茅厕，茅厕后面是牛棚，东面有一堆杂草，他忽然想起自己在鬼谷的时候割的草。

"什么人？"苏秦的背后有一个男人的声音，他转过头来，心情一下子变得激动起来，"哥哥！我是苏秦。"

那人上下打量一番，眼色忽然就变得淡淡的，他只问了一句"回来了"就走去喂牛，苏秦的心情一下子就冷到了极点。他梦中梦到过无数次的家就是这么欢迎他的！他既愤慨又伤心，猛然转过身子去，就要出门，这时哥哥边喂牛边说："爹娘在前年的混战中出去讨饭，再也没有回来。"

苏秦的心又咯噔一下，为什么会是这样！他痛苦地倚在门框上，觉得天旋地转。半晌他回过神来，一步步向爹娘的老屋子走去。哥哥见状对着他的背影说道："吃了饭再回去吧。"只听他嫂子在屋子里马上说道："你留兄弟在咱们家喝西北风吗？你瞅瞅粮食袋子里面还剩下什么东西了！"哥哥便不再作声。苏秦仿佛没有听见似的，一直走到老屋子那。

门口一个妇女在纺线，见苏秦来了，马上站了起来。苏秦仿佛没有看见她，只是往里面走，发现院子里面几乎全是杂草，基本上露不出地面来。苏秦往墙角看一看，一只黄色的野兔飞快地钻出墙。如此萧条的景象苏秦简直承受不过来了，在外面的时候他的依靠就是自己的家，可现在家里面竟然成了这个样子啊！他又累又饿，歪歪扭扭地走进屋子里躺下。

外面又传来纺线的声音，还是那么有规律，苏秦不作声。过了半晌，只听外面说道："凭一张嘴就想混出个人样来，可真是没受过罪的爷才能想出来的！"苏秦知道这是妻子在说他，他刚想还嘴，但强忍住了。过了一会儿，外面又开始说话了："什么玩意儿！一走就是几年，人家种地的好歹有粮食

吃，嫁个兵士的，都有个贴补，万一立了什么功的，一颗头就好几金！哪像你，没头没脸地回来了？在外面吃不动了就回来了？现在有些买卖的人家，呵，好富贵派头，跟皇帝吃穿差不多了，按照周人的习俗，弄点产业，做点买卖，哪个不行？偏偏耍那张嘴皮子！"夫人越骂越狠毒，苏秦只当是没有听到，用被子蒙住自己的脑袋。其实按照师父的捭阖之术，这时候应该迎上去，可是他没有。

不知道过了多长的时间，苏秦从梦中醒来，他只觉得自己的肚子非常饿，便招呼妻子。妻子没作声，苏秦从炕上下去，却被一个人绊了一下。原来妻子已经睡下。苏秦只当是没有碰到，下炕，去灶间点火，刚把柴火塞进去，一只老鼠嗖地蹿出来，不见了踪影，苏秦倒吓了一跳。他朝屋里面说道："你都不用这灶台吗？"

屋子里面没有反应，苏秦只好找了几块饼子放到锅里，然后烧火，边烧火边听到屋里传来一声声叹息。过了一会儿，叹息变成了小声的啜泣，苏秦将火烧得越来越旺，红彤彤的火焰将他的额头照得透亮。他又开口说："咱爹娘到底是怎么回事？"

屋子里说："你还管他们啊？你弄你的什么捭什么阖的去吧，你还回来干吗？"

苏秦叹了口气，说："如果爹娘还在，我肯定让他们过上好日子！"

啃完了几块干粮，苏秦觉得肚子暖和了，他重新上炕。从妻子身上跨过去的时候妻子拉了他的腿一把，苏秦没有反应，他回到自己的地方躺下，狠狠地瞪着眼，一直到天明。

这条路真是走不通吗？鬼谷子师父最擅长的一条路？自己运用最得心应手的技巧真的是一无是处吗？

十年了，自从跟随鬼谷子学艺到现在，已经十年了，自己可以非常有信心地跟别人辩论，只要他是讲理的，可是为什么天下没有容纳自己的一席之地呢？甚至连自己的亲人都与自己形同陌路？

第二天早上，苏秦沉沉睡去，到了下午才起来。其时太阳已经斜得很厉害了，妻子在洗衣服，微微的风将院子里的草吹得摇动。苏秦忽然有了一个想法，他下炕后找出镰刀，花了一个傍晚将院子里的草除得一干二净，然后洗了澡，刮了胡子，换上干净衣服，天黑之后就睡了。

一夜无梦，苏秦起早便出了门。顺着上次自己走过的路，一直走到森林里面，再往里走，那条小路仍然在。再往里走，一阵猛犬的吠声，只是这次那条狗在自己面前停下了，好像认识苏秦一般。长毛狗往回走，苏秦就跟上次一样跟着它。走过了矮的树林，走到了那棵异常粗的树下，那人还在。身上穿的是白黄相间的羊皮，见苏秦来了，笑着说："我就知道你还会来的。"

苏秦见他的举止与自己上次来的时候没有什么大的差别，主要是没有老态，他觉得此人有种超乎寻常的能力。

苏秦跟着他上了树上的屋子，发现靠近小窗户的地方多了一个树墩，那应该是当做凳子的，窗户外面透过来阳光。按当时的时辰是朝南，北墙上的狐皮、虎皮、熊皮都还在，只是少了一件羊皮。东面一根极长的枪，光是头就有自己脑袋的两倍长，整个屋子以窗户为准，是坐北朝南。苏秦毫不客气地坐在了木墩上，那人没有和他说什么，苏秦也不说话，他现在什么都不会，就会沉默，什么都不喜欢，就喜欢噤口。

猎人玩完了杆子不知从什么地方找出了陶罐，里面是水，他便坐在地上喝了一气，喝完又给苏秦拿了另一罐，苏秦就接过来喝。

过了半晌，猎人开口道："你怎么不说话呢？"

苏秦反问道："你为什么不说话呢？"

猎人微微一笑，"这是我的地方，我想笑就笑，想哭就哭，想不说话就

不说话。"苏秦说："古人曾经说过……"

猎人马上制止他，"古人算什么东西，今天和我谈论，不要拿以前的事情做证明，以前的事情都是不靠谱的，凡是人记下来的东西，都是不靠谱的。"

苏秦说："照你这么说，人类都没有可以借鉴的过去了？并且，过去也未必全是人记录下来的，可能是口口相传的。"

猎人仍是微微一笑，他又喝了一口水，眼睛里却是不屑，但这没有影响他辩论的激情，"口头的？那比文字记录的更加不靠谱，不信你就说一句话，让人传出去，第二天你听到之后，肯定是变得不成样子了。有自己的想法在，为什么要听过去人的想法？"

苏秦沉默了一下，口口相传的弊病就是容易被更改，他后悔没思考周全给对方钻了空子，但他没有投降，说："我不会相信你的思想没有借鉴过别人，人是世界上最有灵性的，就算你没有直接借鉴，也已经在不自觉中借鉴了。"

那人摇摇头，"就算有不自觉地借鉴的成分，那也是占用了极其小的部分，并且，那是毫无用处的部分。我的老师是大自然。"

苏秦冷笑一下："你说的话是谁教给你的？"

猎人脸色一变，咧了咧嘴，过了一会儿说："这，这是我父母教的吧。"

苏秦得势马上如滔滔江水，连绵不绝，他说："既然你说的话就是从以前的人那里学来的，你还说这是毫不相干的部分吗？你如果不会说话，还会在这里跟我辩论吗？"

那人的脸色早就变了回来："以前可能是非常重要的，现在你看我在这里，能跟谁说话呢？有必要跟谁说话吗？十年以来，除了见你的两次，我没跟人说过话，因为，我不需要。"

苏秦说："你现在不需要，现在的想法不是以先前为根基的吗？先前既然需要，那就是已经通过根基作用在你现在的思想里了！"

猎人说："以前都是假的，唯有现在才是真的！"

苏秦说："没有以前就没有现在！"

两人忽然住了嘴，才发现不知什么时候已经站了起来，四目对视，对峙着。

猎人忽然哈哈大笑："鬼谷子啊鬼谷子，你的徒弟厉害啊。"苏秦想，不要跟这个年长的人争论得没完没了，他决定放他一马，就说："还是回到你为什么不说话。"

那人笑着看了苏秦一眼，"我这不已经说话了吗？"苏秦恍然大悟，也笑着说："我还是被你蒙了一次。"

猎人说："我知道你肯定会经受很多东西的，因为你在社会上的时间还太短，现在你的经历可以算是丰富的了，甚至比某些在社会上生活了几十年的人都要丰富。你的家人对你的态度是正常的。所以，人最相信的只有两样东西，自己和这些花草树木。"

苏秦不是十分相信，但又找不出驳斥的理由，他忽然想到了胡屠夫家，可那毕竟是别人家，自己是一个孤独的人，以前是，现在也是，以后也是了吧。苏秦不语，他陷入了长久的沉思中。

猎人从虎皮后面抽出一把剑，明晃晃，很耀眼，那是一把苏秦从来没有见过的剑，刃口只开了一边，把柄是纯乌色，透出一种逢人便杀的血性气息。

猎人说："为了打造这把剑，我花费了三年的工夫，但是这把剑从来没有杀过一个人，见过这把剑的没人和我交手。因为它的杀气太重。"说着，把剑递给苏秦，让他横起剑柄。猎人随手从头上摘下一根头发，往空中一扔，细长的发丝落到剑上，无声无息就成了两段，苏秦看得目瞪口呆。

猎人说："这剑开刃的一边与没开刃的一边，代表阴阳，这剑的灵气需要有灵气的人才能发挥，我认为你是一个这样的人，当实在没有办法的时候，你起码有这把剑来保护自己，独善自身。"说完，把剑鞘也拿了出来，"带上它吧，我们这样的人能碰到一块不容易，走吧。"

苏秦初时十分惊讶，继而静静思考，最后当猎人说出他们碰到一起不容易的时候，他竟然被深深地感动了，他们都是孤独的人。他接过剑鞘，把剑插进去，用布缠好，然后回家。

当他走出几里地，又一次往后看时，那棵树上没有出现猎人的注视，苏秦恍然觉得十分轻快了。

妻子见苏秦回到家，心中说不出的滋味，她看着苏秦从门口进来，背上是缠得严严实实的一个包裹，看着他走进屋子。好像自己根本就不存在。

"自私的玩意儿！"她在心里骂了一声。

屋子里，苏秦摩挲着他的剑，映着太阳闪烁着光芒。他想，究竟应该怎么过下去。鬼谷子是个厉害的角色，这是他坚信不疑的，但是是否合乎现在的形势，是他怀疑的。苏秦坚信自己所欠缺的，是经世致用的能力，这是他第一次从失败的阴影中走出来，第一次清醒地考虑以后得出的结论。

苏秦想，一个人最需要的应该是两种能力，一种是大自然的认知能力，一种是懂得生存的能力。自己在鬼谷子那里学到的东西大部分是第一种，就算是有第二种能力的提及，自己也是缺少实践，于是一个大胆的念头在他的脑海里渐渐浮现出来——自学。

从这一天开始，苏秦将自己的书全部找了出来，夜以继日地看，看累了，他就伏在桌子上睡一会儿，等醒了接着看。当困意袭来的时候，为了避免自己睡觉，苏秦就用铁锥扎自己的大腿，有的时候睡得太过蒙眬，扎得腿上全是血，他也不在乎。

52

这么过了一年，苏秦把家中的书都看了一遍。觉得很多以前没有体会到的东西现在可以融会贯通了，与人说话的时候可以说到一起去了，就是他得时刻注意不要陷入到贫嘴的圈子里面。他的辩论意识非常强，往往驳斥得别人不高兴，他开始注意这一点。在这期间，对苏秦帮助最大的不是别人，就是他的妻子，可能是觉得苏秦回家的时候自己的表现太不近人情，苏秦的妻子有些惭愧，但看到苏秦仍是只懂看书，仍然很无奈。但她已不再刻薄对他，仍然按时做好饭，有空就纺线，田地里面的活大部分也是她去做。

两人说话却不多，一是因为苏秦的工夫全部在书上；第二是苏秦对这个女人的看法是矛盾的，开始对她是彻彻底底地厌恶，直到看了一阵子书，吃了一阵子她做的饭之后，苏秦才觉得这个人不是坏，是内心太贫穷。但是，他仍然自己待在一个屋，不喜欢和她沟通。

苏秦觉得有必要看一本内容十分齐全的书来综合一下自己的知识，他觉得这本书一是要与时事有关；二是要与统治者的介绍有关。如果想要有所作为，被君王们赏识，就得知道他们喜欢什么，不喜欢什么。经过仔细的筛选，苏秦选择了《阴符》。

当苏秦将这本书读透了之后，他走出屋子，久久注视着已经不太熟悉的太阳，踌躇满志。他想：如果这次再不行，这个世界就注定不属于我了。

出了家门，站在路口，苏秦放眼看去，一片寂寥，到底应该往哪里走呢？苏秦很快给了自己一个回答：往西，去周都。为什么去，他也说不清楚，甚至有点迷茫，可能是一种人所共有的天下归根的情结吧。

出游对苏秦来说并不是一件很困难的事情，在某种程度上，甚至比在家里种地都要轻松一些。并且，这次不同，苏秦的包袱里面有积攒的钱，这些钱够一段路程的使用，还有一把剑，分量很重很顺手。走过一段路，苏秦就在树下休息，拿出剑来把玩，剑好像也认为苏秦的选择是对的，闪闪放出灵性的光。

周都渐渐临近，一天下午，苏秦又走到林子里乘凉，倚着树休息，渐渐地，他开始睡去，开始做梦，苏秦先是梦到师徒三人共同学习的场景，自己和师弟辩论的口气非常蛮横，师父竟然破天荒地打了自己。苏秦十分害怕，就一直向鬼谷跑，一直跑到棺材上面的石洞里面，好不容易喘息一下，师父出现在洞口，有着凶狠的目光。苏秦马上爬起来又开始跑，一直跑到洞的另一个出口，这时候张仪出现了，他恶狠狠一笑，说："苏秦，你敢偷学师父的东西，今天就是你的死期！"说着拿自己的那把剑往苏秦头砍来，苏秦心道我命休矣！仰天大叫，猛然惊醒，发现四周已经开始变黑，原来是一个梦。

苏秦换了一个舒服点的姿势靠在树上，他想，张仪和师父现在怎么样了呢？师父的猴儿是不是还偷吃东西呢？师父的身体怎么样？师弟是不是还在鬼谷待着？又想到自己出来了这几年，一事无成，忍不住慨叹了一番。

月亮出来之后，苏秦起身找住处，在一个小镇子里找到一家酒馆，苏秦算算自己剩下的钱，坦然进去。店家见来了客人，先端上一盘切好的牛肉，一碗酒。苏秦喝了口酒，仿佛泡了个澡一样，疲劳全消，他又点了一斤牛肉，一壶酒，慢慢吃着喝着。

忽然，门外进来三五个大汉，虬髯满面，目光凌厉，苏秦知道这未必是善辈，转头不看他们，可这几个人仿佛看出苏秦的不自在来，径直朝苏秦走过来。苏秦这才发现他们扛着一些东西，他十分害怕，常常听人说，自打周朝没落，都城周围鼠盗蜂起，乱得很，这几个莫非就是强盗？想到这更加觉得心虚，只好低着头喝酒。

那几个大汉点了十斤牛肉，五只肥鸡，三坛高粱酒，在苏秦旁边的桌子坐了。眼却不住地觑苏秦的包袱。苏秦心里越发虚了，他心想：这次恐怕凶多吉少，只怪自己不安分，总是想出人头地，想冒险，其实经历在鬼谷里差点饿死那次之后，就应该改掉性情激进的坏毛病。如果第一次回家的时候听父母的话，种地垦荒，现在也是当父亲的人了吧！想到这，不禁怅然若失。

等苏秦回过神来，偷偷看那几个人的时候，发现他们也正在看自己，其中一个眼睛通红，仿佛一只随时可能跳起来吃人的大老虎。苏秦再也憋不住了，他砰地将自己的包袱摔在桌子上，打开，用尽力道抽出剑来，一道寒光在众人脸上闪过。他注意到那几个人的脸色霎时间就变了，苏秦认为第一步得手，便轻轻把剑放到桌子上，一脸严峻，叫道："小二，结账！"

苏秦给了钱，拿起剑与包袱，故意慢慢走出酒店，刚出门，就飞也似的逃离了。

第二天，苏秦到达了周都城，当时的王是周显王。

苏秦求见，周显王没听说过他，可当时周朝的势力已经微不足道，这也算是落难之时，谁多看他一眼，他都感动不已。所以，苏秦上门求见，显王非常欢迎，便见了他。

苏秦首先行了国礼，显王受过，问："阁下有什么才能吗？"

苏秦回答道："在下专门师从鬼谷子先生，最擅长的是与人论辩。"

显王还以为有什么变法要策，原来这个人只会耍嘴皮子，便不十分高兴，说道："先生难道只会用嘴说吗？"

苏秦想，曾经有人也这么质疑自己，如今又碰见类似境遇，心中十分气愤，对显王的热情也减掉了大半，说："人如果不会说话还能够做什么大事情呢？"

显王听了这话不但没有生气反而很高兴，说："你说得对，其实每个人都是有优点的。"说完看着苏秦，好像要鼓励他说下去。

苏秦想，这个人倒是十分和气，但好没主见。这时候，显王身边的一个侍臣悄悄在显王耳边说："报告大王，这苏秦就是一个靠嘴皮子吃饭的东西，

大王切记不可被他迷惑了。我听说，他在之前已经游走了很多地方，但一是太过傲慢，二来不通人情，三来十分虚浮，所以没人想要他。大王想想，如果我们现在要了他，那些个诸侯国还不以为大王是跟他们作对啊。"显王是个耳根子软的人，最后这句话直接切中了他的要害，他马上觉得苏秦是绝对不可用的，对苏秦说道："人嘛，这个……总是有优点的，只是先生的知识不适合我罢了。"说完呵呵笑着。

苏秦看到这里，心里面明白了大半。想这显王如此窝囊，没一点脾气，难怪周朝越来越弱，自己也懒得跟他说了，于是施礼下去。

苏秦又碰壁了，但这次他没有丝毫的沮丧，反而觉得十分幸运，他想，要是在周朝当官了，有这么蠢的王，自己的下场可想而知。如果说从鬼谷出来之后，自己的惆怅是不知道社会是怎么一回事，第二次回家，是因为对师父的学说产生了怀疑，那现在自己已经克服了这些。师父的学说自己到现在也没有完全领悟，但可以确定的是，师父的思想有升天入地的能力，苏秦在这方面说得不是十分清楚，但在这一年多的苦读生活中，他经常体会到这一点，不经意地就将很多东西用师父的阴阳捭阖之术来解释，且都是通的。第二点，自己之前对于当下的社会了解得太少，可这几年的经历已经足够让自己用自信的眼神来看待这个世界了。

简单地说，苏秦在这个社会上找到了自信，这个自信的源头可以追溯到他在鬼谷里面跋涉的时候。

后面的路，需要好好考虑一下。首先应该进一步了解现在的形势，那周朝就是最好的选择了，因为这儿的信息流通量应该说是中原最大的。

此后的十几天，苏秦基本上都是在周城里面转，他找了个偏僻的酒馆住着，这个酒馆非常简陋，料想也没什么盗贼来偷这么穷酸的店。

经过一番打听，他听说了楚相殴打张仪的新闻，心中既喜悦又十分悲苦。

喜悦的是张仪也出山了，不知道他会不会来找自己。悲伤的是，师父的两个徒弟出来之后都没有什么大的能耐，到处被人欺负。苏秦有种去楚国找张仪的冲动，可是盘缠肯定是不够的，再者张仪现在也未必在楚国了，他可能回到了魏国。苏秦便打消了去寻找张仪的念头，有缘分的话，师兄弟两个肯定还会再相见。

苏秦还听说秦国已经处死了商鞅，如果自己去秦国会怎么样呢？论实力，秦国现在最强，既然周朝不欢迎自己，我就让他后悔去！打定了主意，苏秦收拾了一下又开始往西走，目标是秦国。

举世闻名的秦孝公已经死了，这个和商鞅一起给大秦帝国奠定雄厚基础的人同样死去了。

和苏秦见面的是秦惠王。与周显王相比，秦惠王要自主得多，但苏秦看这个人面相不是很明朗，气度不足。

苏秦拜了几拜，然后归坐。

秦惠王先开口道："先生来得好，十分欢迎，我们正需要你这样的人。"言笑中满是和气，苏秦知道今不如昔的君王都是喜欢和颜悦色的，周显王就是一个例子。但这样的人也最虚伪，这也是苏秦所担心的。他以阳对阴，用十分荣幸的语气客气了几句，隐隐透露出自己想寻个一官半职的愿望。

秦惠王终于回到苏秦以前面对的路子上，他说："不知阁下崇尚什么样的学问呢？"苏秦终于长舒一口气，如果秦惠王把自己透露出来的愿望视若无闻，那情况才是最大的不妙呢。苏秦如实回答道："在下跟随鬼谷子先生学习的是纵横捭阖之术，主要集中于交际方面。"秦惠王"嗯"了一声，表示自己听见了苏秦的话，但苏秦听不出一丝认同的意思，当然，也没有反对的意思。

苏秦想，现在自己只好孤注一掷了。他站了起来，整理了一下衣服，说

道："当今唯有秦国最强，在地势上，秦国虽然没有占领中原，但是占领了最坚固的地区，四面环山的结构无疑是最有用的保障。并且，秦国不是一个资源匮乏的地方，这里有渭水，一条富饶无比的河流，土地非常肥沃，还有比这更有利于成为一个称霸中原的霸主的条件吗？从军事上来看，秦国先时就是一个十分注重军事的国家，军队骁勇善战，训练有方，在战斗中所向披靡；从农业生产上来看，这里的民风朴实，粮食产量十分高，您完全可以建立千秋万代的伟业的！"苏秦十分高兴终于把自己在家里看书学到的东西用上了。

可秦惠王并没有表现出苏秦预料到的那种激动，他说："先生既然这么说，我十分欣赏，也十分感激。可是秦国自从建国，经历了无数的贤明君主，他们当中比我有才能的多得多，都没有建立起一个真正能够称霸的国家，我怎么可以呢？况且，自从商鞅变法之后，人心肃静了不少，可还没有真正达到预料中的强盛国力的效果，我怎么可以轻举妄动呢？"

苏秦一听，与自己给他相的面不差，这是一个喜欢计算，斤斤计较，在气魄上一般的人。他想引他一下，便说道："大王这么说完全是看低了自己，在往秦国走的路上，谁不称赞您的贤明？谁不知道您遵守祖宗的规矩？只是就我看来，大王面相沉稳，霸气外露，完全是一代枭雄的模样，所以我才敢跟大王说那些话的。"

秦惠王听后果然十分受用，连连叫人给苏秦斟酒，他长叹一声，说道："先生对我秦国的熟悉程度很令我佩服，称霸四方是所有君主的梦想啊！我又怎么会不想呢？只是我认为，一只羽毛没有长满的鸟儿如果擅自飞翔，后果只能是自取灭亡，这不跟国家政事一样吗？秦国有非常辉煌的历史，现在经历了一些东西，国家的政治还没有真正步入正确的轨道，兼并天下，恐怕不到时候啊。"

苏秦还要说话，这时秦惠王从袖子中拿出一册竹简，招呼人递给苏秦，苏秦打开一看，不由倒吸一口冷气，原来上面写的是"禀告大王，近日会有游说之人名苏秦者入我秦国，此人晦气至极。与其他游说之人无异，望大王以商鞅之事为鉴，从重处理此人。"

秦惠王说："这是昨天有人给我送来的，寡人并不想滥杀无辜，读书人在很大程度上没有自己决定命运的权利，这真是一个悲哀。你知道商鞅吧，老实说，我并不认为商鞅的举措对整个秦国没有丝毫的用处，只是，读书人就是因为没有自决权反而愈加渴望权力，这就是很多悲伤的事情发生的原因，先生的话十分让人激动。可是，读书人对我大秦意味着什么，还很难说。"秦惠王不再看苏秦，眼神里淡得好像要淹死人。苏秦的第一感觉的确是这样的，这事情似乎也不是不可预期，看秦惠王的表情，他似乎没有受那封信的影响，没有处置自己的意思，心倒也宽了大半。他想自己竟然忽略了秦国可能十分憎恨游说之人这一点，差点将自己的性命搭上，真是好险啊。

从洛阳到秦国的千余里路他是一步步走来的，就这么逃回去，心中自然是非常不甘，苏秦决定冒一次险，他说："我知道大王您是一个非常仁慈的君主，而今看来果然是名不虚传，如果是其他有这么广阔领土的君主，肯定会飞扬跋扈，怎么会饶恕我呢！所以，我私下里认为，我的判断是正确的，大王当真是千古一王啊！"

秦惠王忍不住笑了，苏秦连忙说："大王既然决定饶恕我唐突冒犯之罪，何不将我留下，我将竭尽全力为您出谋划策。"这种话苏秦从来没有说过，可一路磕磕绊绊地走过来，经历了各种坎坷，苏秦已经十分现实。一千多里，他吃了太多的苦头啊，他要像抓救命稻草一样抓住这个机会。

秦惠王见过的术士很多，这样有勇气直接举荐自己的还是第一个。通过刚才和苏秦的谈话，觉得苏秦反应敏捷，洞察力强，嘴上功夫了得，如果在平时，他肯定会大加欢迎的，可现在是不同的时期，全朝的大臣没有一个不恨游说之人的，就连自己，也已经不自觉地对他们产生了偏见。惠王的结论是：这是个人才，但自己要不得。

秦惠王没有再回答苏秦的话，离座去了。过了一会儿，有仆人将一个大包袱送来，苏秦见如此，也已经死心，见有人拿过包袱，心底下不由地暗暗生喜。略谢一两语，离开了。

这次苏秦的心境与以前完全不同，不用说别的，包袱里的几十金就足够说明秦惠王对自己的欣赏了。用这几十金自己可以在洛阳与秦国之间走上十几个来回，他心里的自信已经开始膨胀了。

如果说苏秦屡败屡战，是一个坚毅的模范，那么，在秦惠王这里得到的赏识便是他走下去的第一把推动力，这次的会面给了他莫大的勇气。

苏秦在城里换了一身很结实的衣服，买了鞋袜，舒舒服服地穿戴好了，走出高高的城墙，漫无目的地游荡。他想给自己点时间，静静地想一想下一步的计划，那就找一个安静的地方想想吧！苏秦走出大约十几里地，发现人们见了生人都是同样的反应，远远地避开，苏秦很是狐疑，他问一个路人这是为什么？

路人十分惊讶地说："你是外地人吧，你不知道，商鞅新出的法令里面有规定，不准接待生人，不然自家人就遭殃了！"苏秦一听方才明白过来，原来是这么一回事，自己投奔人家的念头趁早打消算了，那么自己应该去哪里呢？

苏秦在一个饭馆里面买了几斤饼，几斤牛肉，包好了放进包袱，用剑挑了走。这是跟鬼谷子学的，鬼谷子经常用担柴的扁担挑猴子。想到师父，苏秦不由得记起那天晚上做的那个噩梦，他记得师父曾经说过，梦都是可以解的，不知这个梦是凶是吉。苏秦又想以前自己和师父、师弟待在鬼谷里，都是花小钱，吃的都是自己种的菜，就是厌恶至极也得吃，除了这没有别的呀，可今天秦惠王一下子就给了自己这么多钱，当真是天上地下。不管怎么说，自己已经和统治者搭上话了，这就是最大的进步。苏秦心里乐滋滋的，他找了一家废弃的房子住下，整晚做的是同一个梦：一屋子的宝贝，金光灿灿，自己可以随便拿……

第七章

邂逅赵国

这里需要提到赵国，一个对苏秦十分重要的地方，提到赵国就不能不提到当时战国初期的天下大势。

天下大势是这样的：自从三家灭晋，韩赵魏十分团结，通过和平瓜分晋国，三国的关系反而变得越来越亲密，这当然是利益使然，但是在一定程度上保证了相对和平的局面。其实战国就是这样的，冷战热战，和平与战争，复杂交错才叫战国。

这时候有一个人开始不安分起来，魏文侯。为了进一步扩大自己的利益，他费尽心机当上了三晋的领导人，他上任只有一个目的：瓜分中原各国。当时三国的计划是这样的，从齐楚秦下手，灭掉最强的气焰，然后统一剿灭其他小国。自从瓜分了晋国，韩赵魏的自信心爆棚，在一定程度上甚至超越了自身的实力范围。

为了抵抗强大的三国联盟，齐楚秦进行了相应的变革策略。

先看秦国的改革：在秦国，十分有才略的商鞅被秦孝公重用。从公元前356年开始，秦国进行了一系列改革，为了发展地主阶级经济，商鞅实行了一系列有利于他们的政策。他鼓励发展农业生产，坚持重农抑商，确立了地主阶级的统治地位，因为商鞅看到，土地私有已经是一个潮流了。另外，为了加强对人员的管理，商鞅推行十分先进的县制，还编订户口，加强刑罚，人们的法律意识增强，给各项政策的实施奠定了一个良好的基础。还有就是军事上的变革，秦国的处境上面已经说了，战国初期它并不是很强大。为了加强军事，商鞅冒着非常大的风险废除世卿世禄制，加大对军功的奖励。最后还有一点就是，社会风俗上的变革，商鞅推行一夫一妻制，以收税来强制成年男子与父母分居，这样户口变多，生产的积极性就被迫提高了。

商鞅变法中有一个十分有名的故事：南门立木。为了体现自己执法的公正，对于诚信的追求，商鞅设了一个计策。他把一根三丈高的木头立在南门，发出告示，谁能把这根木头移动到北门，就奖励给他十金。当时当官的在人们心中的形象是慵懒贪婪的，谁也不相信商鞅会这么讲究诚信，于是大家只是把这一件事情当做一个玩笑来谈说。商鞅见没人来移动木头，心中十分酸楚，在人们的心里我们就这么没有诚信吗？他想出一个更妙的办法，将奖励增加到了五十金。

重赏之下必有勇夫，有一个人很轻松地将这根木头移动到了北门，果然得到了五十金，众人既懊悔没去搬又十分惊奇。这件事很快传播到了全国，人们心里知道，商鞅这次是说到做到的。这使以后的变法措施得以快速实行。

之后是楚国的变革。在楚国，战争使得民不聊生，路上经常有饿死的人，最为讽刺的是，楚声王竟然被盗贼杀害。一时间，所有的诸侯都将策略对着楚国，妄图分一杯羹。面临严峻的形势，楚悼王任命吴起为令尹，主持变法。

吴起变法的第一件事情便是打击旧贵族势力。在当时，楚国的爵禄制度

是世袭制，祖先有功劳，后代子孙就算什么都不干都有饭吃，可以承袭这个官，这样有好处，使人人都想为子孙后代积累势力。到后来，一些在战争中有非常大的功劳的人反而没有官当，后代吃苦受罪，这就造成了很多人的埋怨，竟然有了危及社会稳定的趋势。吴起为了平复这种现象，实行均爵平禄的做法，这样就极大地激发了官兵作战的积极性。同时他废除无用、无能的官职，使这些蛀虫没有立足之地。

其次，为了发展农业，增加粮食产量，吴起给楚悼王建议，开发之前已经占领了却还没有开发的土地。楚悼王认为十分妥当，这项法令便实行开来，吴起命令手下的一干人等组织军民开发荒地。楚国的粮食产量因而有了极大的提高，农业上来了，其他的一系列做法便有了基础。

后世史书里这么评价吴起："事悼王，使私不害公，谗不蔽忠，言不取苟合，行不取苟容，行义不固毁誉，必有伯主强国，不辞祸凶"，"吴起为楚悼王立法，卑减大臣之威重，罢无能，废无用，损不急之官，塞私门之请，一楚国之俗，禁游客之民，精耕战之士。"可以看出来，吴起在变法上面是很有决心的，并且很有成效。

而齐国经过管仲变法之后一直遵守着强国之法，实力同样不容小觑。这就是与韩赵魏相对的齐楚秦三国的情况。

对赵国来说最为糟糕的是，韩赵魏三国的关系随着时间的推移变得微妙起来。最为强大的魏国与赵国的关系尤其恶劣，最后竟然到了为了争夺利益大打出手的地步，三晋联盟不得不瓦解。

所以，想象一下便知道，赵国的日子并不好过。

苏秦在秦国住了一段时间，慢慢地，他不喜欢这种静谧的日子了。这与在鬼谷时期有很大的不同，他喜欢找人多的地方凑堆，谈天说地，他的嘴又好使，秦国人也没什么讨厌他的。只有一件事让苏秦觉得不太痛快，他觉得自己的钱还是太少，每天鱼肉吃着，如今已经花去了三分之一，需要有个进项才好。所以没时间再住在秦国了，他雇了一辆车往东北走，去哪里心中已经有数——赵国。

苏秦这么做是有道理的，邯郸是一代名城，赵国幅员辽阔，现在在诸侯争霸中赵国不占优势，但潜力很大。自己现在去混个一官半职，有朝一日肯定飞黄腾达，那时候把挨打的张仪接来，也试着把师父鬼谷子接来住一下，师父待不了，那也多赠他一些珠宝。

苏秦到的时候，赵肃侯正跟属下大臣谈话。"大王，我认为那胡人打仗凶猛是与他们的习俗有关的，他们的衣服刀枪倒是附带品，我认为他们的管理训练方法我们大可以借鉴一下。您以为如何呢？"赵肃侯十分认真地听大臣说完，点点头说道："这是个不错的想法，现在诸路诸侯都变着法儿地求强，咱们也不能落后呀。"大臣说："大王英明，想我们赵国学习那胡子比其他国家肯定是有优势的，首先，咱们距离北方比较近，两边贸易往来是很早就存在的事情；其次咱们的民心是统一的，大王只要抚慰天下，学习胡子的打仗本领可以说是手到擒来呀。"赵肃侯抚掌大笑道："妙，分析得实在是妙呀！"

这时候有人来报告："苏秦求见！"

赵肃侯想，这个人什么时候来到邯郸了，边嘱咐那个大臣做一个详细的计划表边让苏秦进来。苏秦进来照例拜了几拜，赵肃侯让座，苏秦请了个座坐下。

"先生打什么地方来的？"赵肃侯问道。

苏秦连忙回答道："在下从家中来，久闻大王最是爱惜人才，英明豁达，特地来求见，如有可用之处，愿效犬马之劳。"苏秦已经不是刚出道时候的那种扭扭捏捏姿态了，他想过好几种见面方式，还是觉得直接一点好。这样一来免去了废话，这是很多王不想听的；二来可以显示自己的磊落。

可赵肃侯没什么强烈的反应，淡淡地说道："先生才气早有耳闻，只是如今掌事情的是在下的弟弟奉阳君，很多事我做不了主。"苏秦心想素来听说赵肃侯最喜欢权势，看如今赵国太平，不像是经过政变的，要说是赵肃侯主动让出去的，这又不大可能。苏秦有些气急，最有把握的赵国竟然给自己来了这一出。可他还是按捺住心中的狐疑，说道："既如此，恕在下打扰之罪了。"赵肃侯着人给苏秦安排了地方住宿。

这赵肃侯为什么不正经接待苏秦呢？这要从赵国的最近几代说起。赵肃侯所说的奉阳君是自己的胞弟，是赵成侯的儿子。赵成侯有三个儿子，并且都十分争气。大儿子赵语与三儿子赵城是最有出息的，他们一文一武，关系又好，深得赵成侯器重。但乱世之下，人心思变，赵成侯的二儿子想要夺取太子也就是赵语的位置，赵语联合赵城将老二赶出了赵国，这样一来赵国基本上就是赵语的了。但正应了那句无巧不成书的话，赵语尽管是太子，可是他最擅长的是笔墨文章，在军事管理方面，远远没有经常随父亲出战的赵城有经验，再加上赵国战争不断，赵城指挥有方，勇猛异常，渐渐地赵城愈加飞扬跋扈，大哥都入不了他的眼了。

秦国夺取了赵国的晋阳城，赵城领兵救援没有成功，自己反而差点被俘虏。年少气盛的赵城发誓要报仇，想要带兵与秦军进行决战。但是赵肃侯觉得弟弟的决定太过鲁莽，不会有好下场，就坚决不同意赵城出兵和秦军拼命，兄弟俩的矛盾渐渐开始浮出水面。

最深谋远虑的还是赵语，他当着所有人的面对赵城说："你去打秦国我不拦你，只是求你一件事。"赵城欣喜不已，便问，什么事情，赵语拿出国君大印对赵城说："除非你拿去这块印。"还有比这更让人尴尬的吗？赵语的潜台词谁都知道，要是你一意要违背我的意志，那就是违背一国之君的意志！赵城满脸通红，匆匆退了出去。

　　赵城此后的威风却丝毫没有减，他凭着自己的军事实力为所欲为，有一些大臣看不下去了，请求赵语杀了他。赵语不但没有听从大臣们的意见，反而将丞相的权力都交给了赵城，让他统领国政，赵城被封为奉阳君。

　　苏秦不知道奉阳君已经是统摄国政的丞相，如今听了赵肃侯说，又多方打听，方得到了确切消息。他望着屋子前面的一个湖，杨柳周垂，里面百十条鱼在戏耍，他看得痴了，边看边想，自己不就是这些鱼吗？别人给点吃的就生活下去，没有吃的就可能饿死，那个湖就是自己的命。想到这里悲哀从心底冒上来，苏秦有些恍惚。

　　他一直有一种习惯，把自己忘却，忘得一点影子都没有，然后听周围的声音。这是在鬼谷里养成的习惯，在茅屋前面的那条河里，他一上午能听到几十条鱼的甩尾声，他有些留恋那里的生活了。

　　师父曾经说过，他自己没有出来的把握。苏秦本来能够很好地理解这句话，他没有一个字一个字地去分析，他也用不着，直觉告诉他，他要接近师父的答案了。但是从秦国坐了车到赵国，把他的心颠得都乱了，他再也没想起过师父的意思。

　　苏秦睁开眼，赵肃侯已经叫人给自己送来了饭，一盘油虾，一盘肉干，一只肥鸡，一盘不知道名字的蔬菜，另外是一壶酒。苏秦见了这些东西，所有的不快顿时消失殆尽，他美滋滋地品着酒吃着鸡。窗户外面的柳叶都随风摆动起来了，苏秦很快就吃完了，他没等人来收拾就走出门去，伸了一个懒腰，站在湖边上，摘草叶儿逗鱼。

　　苏秦认为自己已经上了一个档次了，起码已经不是刚出道的那个愣头儿青了，刚出来时自己是什么待遇？没饭吃，得给人家做工才有钱吃饭，为了救别人的孩子自己差点淹死，现在呢，鸡鸭鱼肉不断，走路都从小车上过！可当他想起这一切的改变是为什么时，他自己又不免因为茫然而伤感了，这些年自己做成的事情是什么呢？没有一件，自己的经历总是饱含着冷落。对！自己唯一的收获是——走了这么多的路。"哈！哈！哈！"苏秦自嘲地笑了。

临近天黑他终于找到了使自己自信的一个理由，自己到现在都坚持着在鬼谷时萌生的梦想。这个理由庄严而肃穆，苏秦顿时觉得自己还是很了不起的人。这一夜，苏秦睡得十分安稳。

第二天，不见有奉阳君的人来请自己，自己明明报上去了啊。好在地方还让住，饭还照送不误，苏秦也没有怎么埋怨。到了第三天，奉阳君还是没有动静，苏秦有些气躁了。第四天，仍是如此，苏秦便有些气恼。到第五天还没传自己，苏秦实在忍不住了，他抓着来送饭的人说："奉阳君为什么不让我进去见他？"

那人冷笑一声，说道："您是奉阳君请来的吗？"苏秦心下一惊，松开手，那人不理苏秦，兀自收拾东西走了。苏秦想了一会儿忽然哈哈大笑，道："我可真是聪明一世糊涂一时啊，这点道理都不明了！怪不得给的吃食都越来越乏味了！"

又一日，那人来送饭的时候，苏秦笑脸相迎，那人态度也随之温和。两人谈笑一番，苏秦从袖子中摸出一块金来，送到那人手上。

那人一见，眼都亮了，连忙说："太多了，苏先生，这太多了。"

苏秦忙把他的手推过去，笑着说："兄弟这就不要见外了，这些天没有你的照料，我还不早饿死了！"那人仍是低头笑着，等苏秦把感谢的话说完了，他抬起头说："先生不必惊慌，我有一个最好的弟兄是奉阳君下的执事人，帮您传达的事情就交给我了。"

苏秦料定这一个送饭的必不会有什么大的脸面，肯定是里面有人才仗势压人，暗地里逼人钱财，仍笑着送出更大一倍的金子，说道："如此最好，兄弟我一定不敢忘你的大恩。"那人见如此忙说："不可不可，先生这就见外了，不过是一句话的事，劳着我什么了呢？"苏秦说："如果不拿就不是兄弟。"那人方才收了，千恩万谢走了。刚刚离开苏秦的门，便将那两块金子掉个个儿，将大的自己留着，小的给了那奉阳君下的执事人。

第二天，苏秦就见到了奉阳君。

那人面色黝黑，肩膀十分宽阔，两道剑眉斜上额头，双目狠烈烈的，苏秦一见心里便咯噔一下，这种人谁见了都会先害怕。

"听说你要见我？可有什么事情要说吗？"

苏秦想自己昨天直来直去地碰了钉子，这次一定得注意，于是赔笑说道："没什么要紧的事情，只是素闻奉阳君是个顶天立地的人，是燕赵第一好汉，心中十分敬仰，特来拜会。"苏秦这几天打听的就是赵国的这些事情，他知道赵城是一个军官，可能不喜欢文绉绉的辩论，自己扮作一个慷慨的时士，更有可能被接纳。

果然，奉阳君这个人尽管是个书生的打扮，言谈却十分大度，那份敌意早就消去了一半，眼神也没有那么吓人了，又听这人在夸奖自己，心中十分受用，便说："原来先生早就知道我名字，可也不知知道的是好名字还是坏名字？"

苏秦心下想，这人在赵国飞扬跋扈多时，肯定有很多闲言闲语，褒贬不定，他的话肯定就是这意思了，我且绕过去卖个呆。便说："臣一路赶来，打听消息时，凡是过往路人无人不称赞您精猛勇进势不可当。"

习武之人最喜欢别人这么称赞自己，奉阳君不苟言笑的人现在眉梢都开始带着笑意，"哦？大家果然都是这么说吗？"

"臣敢拿项上人头担保。"苏秦太渴望一个稳定的职位了，这一路拍马下来，嘴仿佛都不是自己的了，不自觉地就朝奉阳君喜欢的地方靠拢。

奉阳君哈哈大笑，说道："算是他们有些见识！"

苏秦想你现在这么高兴，干脆赏我一个职位算了，可等了半天奉阳君没有丝毫的表示。他心想这人看似草莽，心中委实细腻，他现在正在观察我哩！于是悄悄地将激动的神色掩盖下去，正襟危坐。

又过了半晌，奉阳君果然说话了："先生来这一路可带了什么行李了？"苏秦心想他问这个干吗，是了，想看自己是不是投钱来的，于是说道："臣从家中雇车而来，现下仍有几金，足够吃用。"他给奉阳君的潜台词是您不必送给我钱财。

奉阳君听了脸色开始温和，点头道："先生这一路想必也不容易。"

苏秦说："谈不上什么难易的，只是在魏国境内盗贼猖狂，小人凭一把利剑救命。"苏秦故意说魏国盗贼猖獗，心想赵魏国不和，贬低一下魏国对自己有好处。

奉阳君听到这里果然站起身来，苏秦不知道，奉阳君站起来为的不是魏国的贼，习武之人最喜欢听斗贼杀敌的故事，适才听苏秦这么一说奉阳君立马激动，请苏秦详细说一说。

苏秦见自己的话越来越管用脸兴奋得满是红彩，他也慌忙站起来，做揖道："臣家乡有一位异人朋友，独居在森林，臣外出云游的时候他送给臣下一把乌把手的钢刀，一边开刃，一边没开，象征阴阳，吹发可断、杀人不见血，只是……只是在下从没用它杀过人。"

奉阳君听到阴阳二字眉头紧锁，及至听到吹发可断、杀人无形的时候，眼里便放光。苏秦继续讲了自己在所谓"魏国"的故事，其实是他在周国饭馆里遇到的那几个不善之辈，奉阳君听得津津有味，及至听到苏秦猛地将剑亮出来的时候，他不禁叫"好！"苏秦哪里知道，剑客之间有亮剑之说。两方对峙，只要一方亮出自己的剑，另一方不亮剑便是自甘求败，多数情况下是被吓住了。

两人相距不过两尺，言谈正酣，这时候一个臣下走到奉阳君面前。奉阳君立马从故事里回过神来，意识到自己失态，咳嗽几声，回到椅子上端正坐下。

苏秦见状也只好回到自己的位置，双方都没有说话。

最后那臣子说道："君上到用膳时间了。"苏秦只好作别。

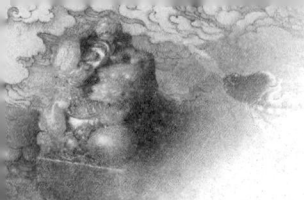

第八章

相逢匆匆

从奉阳君那里走出来，苏秦的心情极不平静，如果那个人不打断自己呢？苏秦畅快地想着，奉阳君说不定会邀请自己用餐呢！那事情就有七分准了，天知道那臣下是不是故意捉弄我。看样子未必是，最好别是，不然，等我发达了一定让他不得好死。走了十几步回想，又觉得自己的报复心理是越来越重了，苏秦不得不摇摇头，他便是故意让奉阳君远离我，也是自有他的道理的，我岂可蓄意报复？

想着，不知不觉就回到了住处，少刻那送饭的又来了。苏秦记起他让自己称呼他王九，王九笑嘻嘻地从饭桶里端出八个盘子。除了惯常的那四个，还有一盘螃蟹，一条鲤鱼，一碗燕窝，一条羊腿，苏秦连忙道："真是太客气了。"王九说："大哥只管吃，想吃什么只管告诉我，兄弟我别的本事没有，在膳房里说话还是管点用的。"苏秦笑着说"多谢多谢。"

那王九自从拿了苏秦的金子觉得不是个事，万一他见到奉阳君，两人一投便合，日后他发达了还不报复自己啊。想趁早好好亲近一下苏秦，日后也好有个臂膀。当时苏秦道谢，王九自去给苏秦斟酒，便试探性地说："哥哥今天见了怎么样？"

苏秦哪里知道他心里的小九九，便如实回答说："不好嘛，总是说一些边缘的话，我想要告诫他的，一个字都没说呢。"

那王九连忙说："哥哥可休再告诫奉阳君，他是个油盐不进的主，连赵大王都奈何不了他，他那个人敢拿敢放，所以人都顺着他。"

苏秦苦笑一下，"只和他讨论武功奇遇，也不是办法啊，迟早会漏泄的。况且，我看奉阳君精明得很，我说的只怕他只当了传说奇事来把玩哩！"说着自顾摇头不言。

王九见状不好多问，便告辞出去了。

第二天，奉阳君宣苏秦进见。

苏秦想自己搜肠刮肚的奇遇玩意儿也不过就那些，再往外掏时，不过是鬼谷里走的那遭事情，自己添油加醋地浑说，也顶多能顶一天。过了明天又不知道该如何应对这个主儿了，干脆且挨着吧。于是整理一下自己的袍子，神色严肃地走进奉阳君宫中。

奉阳君与昨天自己初见的时候没什么两样，两道黑黝黝的眼睛仿佛有无数道黑光射将出来。苏秦还没说话，就有些胆怯，但他强忍着不表现出来。

"先生来到此地有什么意思？"奉阳君依旧是那副十分严厉的口吻。

苏秦心想我昨天白给你讲了半天冒险故事了，他忽然灵机一转，既然他鸣金收兵，自己就攻他一下，便编派道："臣下今天来参见大王，路上见到了一番奇怪景象。"

奉阳君说声哦，语气平淡至极，丝毫没有昨天那种孩童般有趣儿的谈吐。

苏秦心下生疑，莫非有人说我坏话了？这么一想，直奔主题的意思在脑

子里更加膨胀，他反而抬起头看着奉阳君开始说话："臣从湖下来，路中发现一棵十分奇特的树。"

奉阳君想自己这里什么珍禽异兽、名贵花草没有，他看到这棵树就当成了奇遇，当真没什么见识。

苏秦又说道："那棵树的主干早就被折断了，在树桩上长出另一棵树，这树上粗下窄，看似壮大，其实根基不牢，容易折断。"

奉阳君不知道他说的意思，回答道："先生这番奇遇未必就真的是奇遇，树木被雷劈断，从周围发芽也是很正常的事情，并没有违背世间生长的道理。"

再看苏秦的时候，见苏秦满脸都是汗，仿佛在做一个极大的自我斗争。奉阳君便不再说话，盯着他冷冷地看，可越是看，苏秦的身体抖动得越厉害，最后几乎都坐不住了。终于，苏秦霍地站起来，一个字一个字说道："树犹如此，人何以堪！"

奉阳君听后脑袋嗡的一下，他狠狠地瞪着苏秦，苏秦的意思他终于明白了：自己不是正牌的太子，却掌握全国大事，他是在说自己根基不牢，容易折倒！

奉阳君没有再说话，他久久思量着，这种话他相信除了这个不了解自己的苏秦，没有第二个人敢说了，可这，明明是事实啊！早就有人对自己的职位指三道四的，他知道，可折倒的后果自己的确没有真正想过！

奉阳君其实就是这么一个性格，只喜欢自己的判断，在战场上厮杀惯了的人都这样。自从他成为一个勇壮的男人开始，上战场杀敌便是自己最大的任务，他喜欢这个任务，那上面没有人能够帮助自己，世界只剩下自己和敌人，他杀得天昏地暗，再提着自己的命回去。今天，第一次有人这么说话，他被惊了一下。

苏秦说完，长舒一口气，这种冒险的时刻又让他想起决定前往鬼谷的那个夜晚，不同的是，那个决定之后是长途的奔波，这个决定之后他十分舒服地坐回自己的位子。

最后，奉阳君伸出有力的右手，朝苏秦缓缓地挥了一下，不再看他。那手势不是赶人，是让人离开，苏秦离席回去。明天如果他不叫自己，那就走吧，苏秦知道自己也是个狂热的人，从此更加知道。

王九过来送饭，见苏秦的脸色不大对劲，便不多言语，今天是菜最丰盛的一次，十个菜，珍馐玉食自不必说，苏秦吃得却了然无味。

一夜雨水，苏秦一夜没有睡着。第二天一大早他就起身，发现外面的湖水变得混浊不堪了，柳树叶子撒了一地，他过去摘一片叶儿，夹在口里吹了几下，然后苦笑了。

到了昨天的时间，没人来寻自己，苏秦苦笑，他走进屋子收拾自己的行李，包括半年前从老家穿出来的那件粗布袍子，妻子织的布。然后苏秦恍然发现，自己的所有家当就是这些东西了。

钱，钱呢？王九和他执事兄弟的两块金子已经是自己的老本了，自己赌的这一把当真失败啊。就剩下几个铜钱，他放进自己口袋，叮叮当当，仿佛在嘲笑自己的无知与没有见识。

然后苏秦将棉布大袍子折叠起来，枕在自己脖子后面，昏沉睡去……

是王九叫醒苏秦的，王九的身边站着一个不苟言笑的人，苏秦从他穿的衣服与派头上看出来是宫里面的人。那人见苏秦醒来，叫王九去打一盆水，让苏秦洗了脸，苏秦顿觉清爽，心一下子就悲哀起来，这人不是奉阳君来捉拿自己的吧？

那人问道："苏秦，你的那把剑呢？"苏秦闻听此话，不是捉拿自己的意思，心先放下来了，他连忙从打得严严实实的包袱里抽出那把剑，双手递给

来的官人，那人拿了剑什么话都没说就走了。

苏秦再看炕上时，一包比自己包袱还大的细软金银！他激动得差点哭出来，天要绝人是多么容易的事情，天要生还一个人不也是这样吗？旁边的王九见苏秦好久没说话，就小心地解释道："奉阳君用这些财物买你的宝剑，咱自己人都知道，天下没有这么贵重的剑，剩下的钱，君上说是给您的……"王九还要说下去，苏秦摆手止住了他，他的心情多么复杂，无奈、惊喜、踏实、忧虑，所有相矛盾的字眼仿佛都扎进了他的脑子。

苏秦跟王九说："兄弟你看哪样东西好，留下吧。"王九脸色十分尴尬，他推辞道："先时为了讹先生的钱，故意出计策耽搁，家妻重病，不得已出此下策，于心终是不忍。"于是从袖子里掏出一块金子，"哥哥拿去吧，权当我对不住你了。"苏秦微笑一下，他早就怀疑王九故意做计来要自己的钱财，此时他却没有一点恨意，他十分坚定地拿出一块狗头金，"这个必须拿去，否则我苏秦日后权当没见过你，一个连自己妻子的病都不顾的人，我怎么能够结识他！"

王九眼泪婆娑，倒头便拜。苏秦拍拍他的肩膀，出门，早有一辆马车等在那里，这也是奉阳君给自己的。苏秦将包袱抛上去，俯身上车，使劲抽一下鞭子，那马登登地离开了。太阳西下，一条金光大道仿佛向着苏秦铺开，在等着苏秦的到来。

去哪里？苏秦知道，自己的钱基本上够花个十几年了，甚至几十年，现在自己最担心的人不是家里，是师父，还有那急脾气的师弟。师弟和自己朝夕相处那么长时间，当真是亲如手足，魏国距离邯郸不过几百里地。可以去吧？可以去。

苏秦驾着马车，寻着一个市镇，找到铁匠铺子买了口精钢铸刀，用粗布包了，买些酒肉干粮存在车里，一日日挨到了魏国地界。尽管苏秦和奉阳君说起过自己在魏国遇到过强盗，是谎话，可魏国多强盗，却不是谎话。苏秦为了防止被盗，进了魏国就走大路，尽量在市镇休息，白天只有四个时辰，眼看距离开封越来越近了，苏秦的心才慢慢地放下来。

忽一日，太阳毒辣辣地照着，苏秦只在车内挡着光，那马却越来越渴，路过一个大岗，将要上坡时候，再也走不动了。苏秦只好下车，左手挡着日头，右手拉着马，一步步走。走不到一半的路程，那马嫌车子沉，只翻身一拧整个车子便翻了，苏秦的东西都在里面，这一翻来，就像一个珠宝铺子被砸，金的银的玛瑙玉璧……五光十色的真好看。苏秦吓得连忙松下马，拉到五十步之外的高丛草里卧下，一群蚊虫立马爬了一身。苏秦又赶紧回来收拾细软，连些泥土都扒拉进了包袱，也不嫌。然后也找个草丛蹲着，怕有什么歹人出来将自己抢去。

好在天气实在太过炎热，除了马的喷嚏声外，马尾巴抽打蚊虫的声音，再也没听到别的声音。过了大约半个时辰，苏秦估摸那红马休息得差不多了，就给它套上车子。终于过了那坡，有话说得好，上坡容易下坡难，那马如果拖着一辆车子，除非跑得飞快才能撒开力道，走得正，若一慢下来，就是车翻马跳的事。苏秦细想一下，看那坡下无比漫长，便将行李背着，刀插在里面，把鞍装在马身上，十分果决地骑上去。那马好像懂得苏秦给自己减掉压力，欢快地打了个响鼻，撒开蹄子开始跑。苏秦想，此地绝对不可以久留，这个岗子又大，看不到边，岗子连着岗子，是抢劫的好去处，只好快走了。

那马是匹好马，只休息了少些时间再跑起来就健步如飞，可这马在奉阳君宫里用的时候，也不过是在邯郸城里寻亲访友，并没有出过远门。因此这马跑了半个时辰后，浑身便是被雨浇过一般的汗，湿淋淋浸透了苏秦的下半身袍布。

苏秦见日已西斜，心急如焚，想我今天莫不是将要把命留在此地也！只

好下马解鞍，自己往两边去找个溪水泉眼喝几口，这一日带的水全部洒在车子里了。可这个地方就像跟自己赌气一般，树是有几棵，就是不见泉水溪流。苏秦找得烦了，倚着棵树歇脚，忽然想起自己在鬼谷时，也是渴得要命，当时自己用刀在树干上砍的吧？苏秦猛然就兴奋起来，抽出刀来便砍，十来刀后才喝足，然后牵过马来，砍了让它也喝，那马喝得起劲，直喝了四五十道口子才罢休。这时已经快黑了。

苏秦牵着马走，走不过半里地，那马就显得十分惊慌。苏秦往后看，却没发现什么东西，想这马和人一样，都是有胆大胆小的。又走了半里地，那马越来越紧张，苏秦再往后一看，十几个火把在迅速向自己移动，苏秦哪里见过这个架势？慌张中匆匆上马，死命抽打一下，马既喝足了水吃够了草，又恢复了无穷的力气，飞一般地往前冲，苏秦只听见耳边的风呼呼地刮过，他若不是伏在马背上，早就刮下来了。

奔跑了大约半顿饭的时间，马的速度慢了下来，苏秦往后看时，再也没有火把了，幸好前面便是一个村子，苏秦就像望见了天堂，急匆匆敲一户人家的门。

叫声讨扰，里面一个青年汉子拿着火把走了过来，将苏秦放进去，正要引着苏秦进屋时候，只听后面叫了一声"师弟！"汉子听得这声熟悉，忙回头看时，隐约是张熟悉面孔，将手中的火把凑上去一看，对着屋内叫道："出来！师兄到咱家来了！"说着拉起苏秦的手，哭泣道："不知道师父他老人家现在怎么样了！"苏秦叹了一口气说："为兄的没出息，没能有条件照顾师父！"正说着张仪的妻子过来给苏秦施礼。

苏秦慌忙扶起说："承蒙照料师弟。"三人进屋，苏秦暗地里早就将东西分作两部分，一部分大头，一部分小头，苏秦将小头的拿出来道："我去奉阳君那了。"张仪一看十分惊讶，"师兄真乃厉害！却为何不在那里做一个官来当当?"一手将那包拿过来,没有一点不自然,苏秦心中笑笑,便将自己在赵国的遭遇并自己宝剑的来历告诉了张仪,张仪听得入神,妻子见二人说话畅快,自去点了油灯来照着,苏秦马上制止,并将后面有人追踪的话道了出来,张仪夫妇听后唏嘘不已。

那天大约交了三更,师兄弟两个方同屋睡下,张仪妻子自去另一屋睡了。苏秦实在太过疲惫,很快就睡去。

第二天,苏秦日上三竿方才醒来。张仪已经出去打兔子吃,他妻子忙着做饭,苏秦看见炕边上有一套新衣服,知道是给自己准备的,便穿了,坐在那里迷迷瞪瞪。回想昨天自己的奇遇,仿佛都是梦,只有窗户外面那匹马表明那是真的。

不一会儿张仪回来了,肩膀上一个钢叉,手里空空,他小声对妻子说:"现下打野兔的太多,这玩意儿也不好找了。"他妻子说:"为什么不用哥哥昨天给你的钱买些东西来?"张仪不好意思地红了脸,"哥哥刚给的就花去,有点不好吧。"这时候苏秦从屋子里走出来,张仪的脸更红了。

苏秦想他们两个肯定是穷怕了,留着钱舍不得花,请我吃肉都得去打野兔,想到这里感觉非常心酸,于是苏秦装作什么都不知道似的对他们夫妻两个说:"这一觉睡得迷迷糊糊,师弟领我出去散散心吧。"

张仪刚要开口,他妻子示意打了他一下,他方领着苏秦出去了,不远便是个镇子,早上起来倒也热闹,苏秦见一个卖肉的铺子便拉着张仪,边走边说:"师兄我出来这么多年了,还没好好请你吃顿饭呢,今天就借你家的灶台用用,尽一下师兄的爱惜之情。"张仪支支吾吾,苏秦哪里让他回答?早拉着到了那铺子前,苏秦拿钱买了十斤酱牛肉并一坛子酒,打发店里面的人送到张仪家里去。二人又在集市上逛,苏秦一并买了些鸡鸭菜蔬,还有些珍奇果子,觉得肚子饿了,二人商议回去。一个早上并不谈论师父鬼谷子、阴阳之道，只是谈论各自的云游经历罢了。

回到家的时候，张仪妻子已经摆好了饭，苏秦想肯定是自己买东西的缘故，也就坐下来与张仪把盏，二人吃得欢畅，非常开心。

来魏国的这一趟，给苏秦的感触很多，自己是一个穷困潦倒的云游汉，得求着这位那位，来鉴赏一下自己，给自己银子花，可自己不知不觉就成了那样的人，自己活着的所有动力是钱和别人的赏识，如此罢了。是不是悲哀？这个问题有点复杂，苏秦的经历太单一，还理解不了，很多人的一辈子就是那么单纯的一回事，苏秦同样知道这点，自己与那些人的区别也只是在于知道自己的单一吧！他有些怀念师父了，如果师父在，肯定会一语道破自己的谜团。就算不是师父，是洛阳林子里面的那位异人，也会给自己指点迷津的。在想这些东西的时候，要么苏秦的身边是呼呼打鼾的张仪，要么自己被酒肉引去，也的确静不下来。

这一趟给苏秦感触最大的是，张仪变了！他整天忙的是锄地，耧草，很少和自己谈论天下大事，就是说一些云游的事情也是注重猎奇，好玩。这可真不像他，以前在鬼谷的时候，他可比自己活跃多了，提出的问题也是五花八门，他的思维好像基本不会停下来，这也是苏秦最佩服他的地方。而现在看来，张仪与一般的农夫没什么区别，他叹了口气，有些得意，更多是失望，自己和张仪跟随师父开始，就已经养成了和他比较的习惯，更何况，在大多数时候，张仪的表现比自己好，自己怕说错话，往往噤口，保持颜面罢了。失望是因为师兄弟的感情在。

想到感情，苏秦更加感慨万千，有什么感情是不变的吗？妻子刚过门的时候对自己多好啊！嫂子刚见自己的时候，笑得多和善。还有哥哥，十几年的兄弟情义他竟然对自己冷若冰霜。比起他们来，素不相识的猎人对自己倒是一直不错，亲情有什么意义呢？世界的变化真是太折磨人了。苏秦的脑海里一直是张仪，不知道自己和师弟以后会怎么样。这个问题如果给张仪来回答，张仪肯定会说师兄弟的情义一辈子是不会变的。可苏秦不相信，一切都会变的。

一天，苏秦想起张仪的巨大变化，终于忍不住了，想和张仪谈谈，便借口出去遛弯儿。

张仪猜出来师兄是什么意思，只是笑笑，说："咱们不如边喝酒边谈。"这合了苏秦的心意，二人便走到前日卖肉的铺子里，张仪叫上一个锅子来吃，苏秦便与张仪相视一笑。跟随师父学习的那些年，二人只吃过一次锅子，还是胡屠夫请的，这无疑是师兄弟最美好的记忆了，现在重温一下，所以都觉得这锅子恰当。

很快火炭点着，锅子架上来，"咕嘟咕嘟"冒泡，苏秦与张仪席地而坐，老板摆上新鲜的牛肉和蔬菜。苏秦又要了些干菜，向店家要干肉时却没有了，只得作罢。

苏秦给张仪让吃的，先开口了，说道："看师弟与先前有区别。"张仪正在捞肉，听如此说便停了筷子，笑一下说："为什么要与以前一样呢？世界上的东西在阴阳闭合之下变化。"

苏秦知道张仪是在打趣，也笑着喝了口汤，说："我还不知道这个吗？只是，事物的变化总是有原因的吧？"张仪说："原因就是阴阳闭合之道啊。"对啊，原因就是阴阳闭合啊，苏秦被张仪顶了，微笑一下，张仪劝酒。

张仪用袖子抹了嘴，问苏秦道："师兄觉得我是变得俗了呢，还是变得高尚了呢？"苏秦细想一下，不禁语塞。是啊！自己还没搞清楚什么是高尚什么是庸俗呢。张仪接着给苏秦斟满了酒，二人再喝一口。

"我看啊，你是变得……变得……呵呵呵。"苏秦还没想出来用什么字眼来形容。

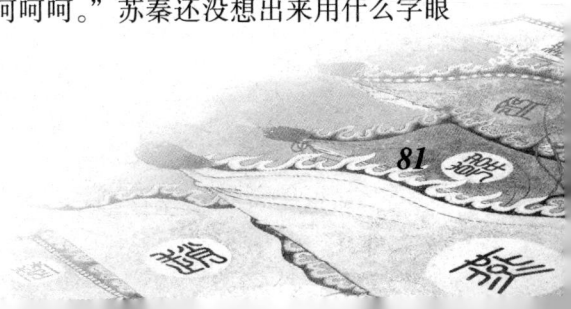

张仪自己抿了一口酒，说：“师兄，你说这肉是不是好东西。”口气没有疑问。苏秦说：“兵祸连年，这肉的确是好东西，因为平常百姓很少能够吃到。”张仪说：“有道理，那吃肉是高尚是庸俗呢？”苏秦心道不激他还好，一激又重演鬼谷的日常辩论了，他在心里不抵触这辩论，每次完事（尽管是自己输的多）都感觉十分畅快，好像一下子明白了许多道理。

苏秦便说：“这也不是我能够理解的。”张仪见师兄说得坦诚，也叹了口气，说道：“是啊，世上的东西如果非要分个庸俗高尚，也确是难，伯夷叔齐是高尚的人，可是最后饿死在首阳山。咱们这些天喝酒吃肉，没人理会咱们，也倒自在，师兄如果说，自在是人生最大的追求吗？我以为，不被别人误导，做自己想做的事情，那就是追求。”苏秦见张仪如此，心中大异，却忽然想起一件事情来。

苏秦听了张仪的话，心中一惊，忽然想起被楚相殴打的事情来了，又想起自己孤零零四处漂泊，没有个依托，不禁悲伤起来，想起张仪，大生同病相怜之感。拍拍张仪的肩膀，"咱们要是现在遇上师父，那该多好啊！"

张仪使劲点了点头，"看来只有师父能够解答我们的疑惑了，可是他在千里之外。"

苏秦叫店家添了热汤，二人慢慢吃着。张仪却笑了，笑得很简单，苏秦问怎么了，张仪说："师兄不必担心，我觉得现在的生活比之前倒是痛快许多，不用担心别人对自己的评价，种自己的地，吃自己的粮食。"苏秦不以为然，心道如果不是我请你资助你，恐怕你今天还在四处打野兔，口上却说道："可是这兵荒马乱的，种地容易吗？还是困窘的多啊。"张仪不语。

苏秦又说："你我二人还是得拼一把，我没有做一个官，却也没饿着，这就是希望吧！我在跟他们谈话的时候隐隐觉得师父的道理十分深奥，且十分有用，只可惜我一直奔波，没有好好真正地领会。"

张仪说："不瞒师兄，师父的话，我闲来无事倒是多有参考，也偶然会有心得。"苏秦听说马上兴奋起来，他将两腿跪着，神采奕奕地问道："师父曾经讲过的决断一词，到底应从什么方向思考，师弟解答我疑问。"

张仪略一沉吟，抿了口酒，缓缓道来："人的一辈子总是面临着选择，有选择就需要有决断——选择的疑惑带来的决断。人其实是一种十分简单的动物，得到了福气就高兴，遇上了灾祸就痛苦，所以明白决断的道理是十分有用的。这是当初师父说的开头吧！"

苏秦说："是"。

张仪又说道："这是我的理解，决断是由利益来决定的，失去利益就使人难过，这样需要的是什么东西？那就是俗话说的巧妙计策了。如果有利于自己利益的决策隐藏在不利的表象之下，就不会被接受，疏远由此就产生了。什么是失败的决断？我认为使人失去利益，或者使人遭受损害的决断，都是失败的决断。世界上有很多圣明的人，他们往往能够做事成功，这里有五条规律体现这一点。

第一，如果事情成功需要的条件是公开的，是见得人的，那就用公开的道德去解决，这是最普遍意义上的，法令的产生就是一个说明，当然，这里不是将道德与法令相混淆。

第二，如果情况有所隐秘，是虚伪的，那就需要隐秘的方法来决断，这里需要注意的是，隐秘未必不合乎道德。

第三，道术如果是正直的，最可靠的办法就是用信用与诚实决断。

第四，如果是奸邪小人遇到了危险祸患，唯一可以做的事情就是躲避起来，没有别的办法，当然，我是不喜欢给这种人出办法的，师兄也是吧？

第五，如果事情是按常规出现，这种情况不太多，那就很简单了，按照平常的方法来处理，再说一遍，这种情况还是不多。"苏秦听得十分入神，见张仪说话又回到了鬼谷里那种好为人师的口气，他不由得笑了。

张仪接着说道："对于当君主的人来说，他们的道路是无为。对于大臣来说，他们的道路是有为。有为与无为是相辅相成的，这有为的方法与无为的方法结合平素、枢机两项使用，那决断肯定就会合乎情理的。那么人们需要做的事情就很简单了，根据过去的事情加以衡量，根据将来的事情进行判断，根据平素作为参照，可以进行就尽快做出决断，这就容易事半功倍了。如果费尽心思，事倍功半，只要事情可行，还是可以做出决断来的，只是这样就失去效率了。总体说来，判断实情是应对各种事情的关键，拨乱反正来决定事件的成败，不是那么容易的事情。所以以前的君主都用蓍草和龟甲来帮助他们自己做出判断。"

张仪说完长舒了口气，喝了口汤，苏秦早就笑眯眯地看着自己了。

"师弟，你的确是十分难得的人才，师兄我比你差远了！"

"嗨，嗨。"张仪有些不好意思，"师兄你过谦了。"

"不，不，像我这种没有什么才气的都可以出去赚一点钱养活自己，你如果有机会，更会飞黄腾达！来，咱们干了这杯！"

张仪只好再干了杯中酒。

苏秦终于忍不住问道："师父在你出山之前没告诉你些什么事情吗？"苏秦一直想知道鬼谷子告诉了张仪什么东西，这也是自己来找张仪的原因之一，苏秦知道，鬼谷子的博大难以想象，他告诫张仪的事情肯定很有价值。

张仪边吃菜便回想，说道："也没什么，他主要让我注意自己的品性，不可被热血冲昏头脑跟人争斗；还有……还有什么来着？"张仪挠着头想得可真是着急，苏秦也着急。忽然，张仪拍脑门，说："师父告诫过我，说我们师兄弟或许会闹矛盾？"说完照常吃喝，在他看来，这是十分荒唐的，苏秦听后脑袋嗡的一下，自己现在就师弟是比较可以信任的人了，如果和他再有什么矛盾，那世界真是太可怕了。

这么想着，心理隐隐地又有另外的一个念头，那好像是个不受自己控制的念头，苏秦不知道具体是什么，但他明白那是一个对自己有利对师弟有害的念头，可能是师弟太信任人了，自己多虑了。苏秦想，最好是这么一回事。张仪心地实在，却也聪明，他见苏秦不太自然，就说："师父有些东西也是弄不明白的，不然他不会选择那么孤单的生活，所以，师父的话也不可全信，师兄试想，如果师父的话都是对的，咱们不早就飞黄腾达了吗？"苏秦听了觉得有理。

刚要继续把盏的时候，忽然从外面进来一个人，笑道："张仪兄，家中来了贵客就忘了兄弟我了？"

苏秦抬头一看，来人脸色明朗，剑眉星眼，双耳清亮，直鼻权腮，真是好一个人物。那人见了苏秦先作了一个揖，道："哥哥请了。"

苏秦慌忙站起来回礼。张仪哈哈笑着叫店家添一副碗筷来，将来人拉下，对苏秦说："师兄，这位叫杨公明，是此处的一个饱学之士，与我相交甚笃。"然后对杨公明说："公明肯定知道这是苏秦哥哥了吧。"杨公明笑着说："早闻得大名了，游说奉阳君的那位先生嘛，这个谁人不知谁人不晓啊。"苏秦听了脸有些红，想自己被撵出来了他也知道吧。

杨公明好像看出来苏秦的不自在，说道："不瞒你们说，今天我还真不是空着手来的。"说完变戏法似的从身后解下一个包袱来，层层打开，是一大块油兮兮的布料。苏秦和张仪正在狐疑，杨公明将那布料一把揭开，苏秦与张仪同时咦了一声，那是一把极其不同寻常的"剑"，更不可思议的是，那剑与神秘人给苏秦的竟然有着惊人的相似之处，一边开锋，一边没开，剑身散发出幽幽的寒光，因此苏秦叫出声来。张仪叫是因为这剑仿佛有灵性一般，他觉得上面有一双眼睛在望着自己。

杨公明见二人如此，十分得意，说道："初次见面，没什么见面礼给兄长，这把剑就送你吧！"苏秦心想这人会办事，待不要这剑了，可它除了把柄是黄色的，整个就是神秘人给自己的那把啊，他觉得自己跟这剑是有缘分的，于是也没有太推辞，连敬了杨公明三杯酒。

原来那杨公明是一个专门喜欢结交四方朋友的角色，听说奉阳君花大价钱买了苏秦的一把剑，而苏秦来到魏国寻找自己的师弟，就专门把自己的一把祖传的剑送给了苏秦。这种投资杨公明做得多了，也不全是为了巩固自己到处的关系。什么样的东西配什么样的人，他从苏秦的一系列经历中明白，这人日后非常有可能成大器。

三人把盏言欢，直到太阳西下才散去。此后便不是苏秦与张仪二人出来吃酒谈天了，变成了三个人。杨公明经常一语惊人，这也使得苏秦对他另眼相看，心道这人果然不简单。

这样又过了十几天，苏秦觉得是时候走了，他没有专程告别。一个早上张仪起身一看，不见了苏秦的踪迹，然后他在饭桌上发现了一小包，里面是一大包钱。他便知道师兄离去了，张仪去寻杨公明，杨公明也感叹了一番，各自回家不提。

单说苏秦挑了个十分晴朗的天气起身了，当时已经是秋天，十分清爽，苏秦牵了自己的马，到集市上买了车子，套上马，又开始了自己的行程。至于去哪里，他自己已经有数，洛阳那个家对自己抛过白眼，可没有决断自己的路子，回家读书的那一年多，自己吃的东西不都是妻子做的吗——从宏观上说，这是苏秦回家的唯一理由。

不到二十天的行程，苏秦第三次从外面回到阔别的家，这次他没有从哥

哥家门前走过，见到那棵十分高大的槐树他便往北拐。一会儿便看见了自己家的土墙，那种土墙的颜色苏秦再熟悉不过了。他拉住马，从车上跳下来，在门口站住了，萧条的屋子与门口丝毫没有变，院子里面的杂草也没大变化。妻子在里屋门口纺纱的声音也没变，变了的，是妻子的样子，苏秦以为自己出去没有多长时间，妻子却好像老了五六岁。

妻子的头发有些杂乱，嘴唇干白，她见苏秦出现在家门口，说了句："回来了？"就退回屋里，给苏秦热饭。

苏秦见如此心中涌起一阵酸楚，他马上赶过来，在门框那儿站定，故意冷冷地对妻子说："这次我不是要饭走回来的。"

妻子只是烧火，过了一会儿才幽幽地回答道："你还知道有个家。"苏秦说"是，你一个人过得怎么样。"

妻子便不再说话，低着头烧火。

苏秦想这人真是硬心肠，对自己还是那么不太搭理，便举头看看四周邻居的房子，看看门口的茅厕，顶上一根野草孤零零地摇摆。忽然，苏秦感觉脚下有些不对劲，仔细看妻子时，发现从她垂下的脸上滴下无数的泪，苏秦惊呆了，说："这……"妻子抬起头，她的眼睛已经哭得通红，她啜泣道："你心可真是挺硬啊。"

苏秦忽然想到，妻子先前嘴是非常快的，自己大多时候都说不过她，今天回家发现她的语气那么气若游丝，心中先痛了。她这半年的时间肯定跟人说不到几句话，一个人就像守活寡，兵荒马乱，税收又重，交上去之后家中就没什么吃的了吧。

苏秦按着妻子的肩膀，记忆中也就是刚成亲的时候他比较喜欢按她的肩膀，那时候她的肩膀是柔软有韧性的，已经过了多少年没有按她的肩膀了啊，现在手中仿佛握着一根枯柴，用点力气就断。苏秦就那么按着，说："交上去就没什么吃的了吧。"妻子没有答话，哭得却更厉害了。

　　苏秦想起马车，便出门将马与车赶进院子，从里面拿出包袱，打开放在妻子面前，妻子见里面的金银珠宝不由大惊失色。

　　苏秦看着她的眼睛，缓缓地说："不是偷的。"妻子过了好久才接受了这个事实——苏秦没有当官，可他带了钱财回来。

　　苏秦见太阳还高，便带着妻子到集市上买了些菜蔬吃食，还买了一些酒肉，给妻子买了几匹做衣服的布料。妻子一句话没说，苍白的脸上却有了红润，苏秦奇怪。如果照以前，这个女人早就大呼小叫了，最后他们在集市上吃了饭，苏秦同时明白了一个道理：吃过苦的人才会变安静，尤其是女人。

　　安静的女人才可爱，他平生第二次好好地观察妻子，发现母亲给自己挑的这个女子的确非常漂亮。只是之前被贫苦遮住了那张秀气的脸罢了，苏秦人生中第二次恋爱开始了。

　　日子过得十分惬意，苏秦第一次做任何事都不用考虑钱，而且还是和自己的家人。他现在称妻子为自己的家人，唯一的家人。而妻子也逐渐和苏秦熟悉了，他们本来就是熟悉的，现在是重温。妻子没有了以前的唠叨——不管以前唠叨是因为经济的拮据还是其他的什么，苏秦对妻子的印象从来没有这么好过。

　　这么过了两个月，苏秦碰见过哥哥，彼此点点头就算招呼过了，只是苏秦从来没有再去过他家。听说哥哥已经有了孩子，苏秦也没想过去，另一个非常重要的原因是——哥哥嫂子和妻子住得那么近，苏秦回家竟然看到一副愁苦沧桑的面孔，不由他不怒。

　　苏秦花钱重新盖了房子，是乡里最气派的屋子。这一段日子应该是苏秦一生中最美满幸福的时期，在享受着助人的乐趣——帮助师弟张仪，并且获得堪比手足的师兄弟情意后，自己又得到了美好的爱情。苏秦终于可以放下

紧张的心，可以任意地畅游驰骋，可以随便睡觉吃喝，自由自在地在自己的梦里享受。

一天，苏秦忽然想起来那个神秘的猎人，想想自己能够得到这么多的钱来享受，那个猎人送给自己的剑当属最大的功劳，于是苏秦骑上那匹马，沿着自己半年前走过的那条小路，走进了森林里面。一切都没有大变样，只是这次是秋天罢了，树叶落了一半，树上的一半也基本变黄，继续往里走，当松树越来越多，颜色越来越绿的时候，他到了。

那只凶猛的狗老态龙钟地趴在地上，嘴角流出口水，身上的长毛盖过整个身子，就像一条极大的虫子。见苏秦来了，那狗懒洋洋地叫了一声，树上的木屋开了，神秘人下来了。他微微打量了一下苏秦，蹲下来摸着狗，先是背再是肚皮然后是头，当浑身都摸了一遍后，他开口道："剑呢？"苏秦一听，脑袋嗡的一下，他怎么知道自己把剑卖了？又一想反正杨公明送给自己的那把与之前的一模一样，不如就这么骗他一下，想着便从随身的包袱里抽出那布和剑，递了过去。

猎人掂量了一下，看着把柄对苏秦说："这不是那把啊。"语气既冷又平淡，苏秦说："那个把柄坏了，所以找能工巧匠换了一把。"猎人便不言语，仍然摸他的狗毛，那狗十分享受似的趴着，嘴里不断冒着泡泡。

"再过五天它就死了。"猎人的语气丝毫不伤感。

苏秦说："一切东西命有终数，不可强求，有些事情只要记住就行了。"猎人不再答理他，只顾梳理狗的毛。又过了半晌，猎人好像玩累了，说："你不上去看看了？"苏秦求之不得，马上整理衣服，跟随着猎人上树，一开门苏秦就惊呆了，整个屋子里全是虎皮！除了地板，其他五面几乎没有一处空闲着，全是黄花花的虎皮，黑纹飘扬！

苏秦忙问这是怎么回事，猎人淡淡地说，这有两个原因，第一，老虎把

90

先生的婆姨和儿子都吃了，我就把碰见的老虎都杀了；第二，我想多卖几张虎皮凑点钱，我要离开这里了。在说这些话的时候，苏秦始终没能看清他的表情，他的头发太长了，并且故意遮住自己的脸。

苏秦便问："为什么离开这儿？这儿不好吗？"

猎人说："我不属于这儿，谁都有一个真正属于自己的地方，比如——现在的你的家。"苏秦闻说十分惊愕，他怎么知道自己现在过得挺好？想来又是师父那种类型的一个异人了，他感觉自己在他面前像是一个玻璃人，正要说一些作别的话，忽然苏秦转而一想，既然他善于预测计算之类，何不让他给自己留几个字？——从鬼谷子那里出来没有要几句指引自己的话苏秦早就后悔了。

苏秦说道："您是一位高深莫测的人物，临走之前能不能给我留几个字？"那人早就知道苏秦的意思，拿起笔来写了十六个字：思我渡河，心诚意和，君莫为凶，终是德道。

苏秦看了半晌也没看出什么意思来，便问："这到底是什么意思，还请先生明示。"那人摇摇头，说道："不可泄露，你现在的悟性未必能够看出我的意思来，可你日后终会明白的。"苏秦问道："我日后可有大灾？"猎人没有回答。苏秦见如此，只好问道："你的虎皮需要我帮着卖吗？"那人哈哈笑了，声音原来十分沙哑，他说："我这些年没用你帮过，不照样过得挺好吗？你走吧。"

苏秦一时语塞，只好做了一个揖，走下屋子，拉起马，跨上去一道烟离开了，后面那人一直冷冷地看着苏秦的那条路。

第十章

茫茫燕国路

苏秦回到家，心情久久不能平静，他感觉那个神秘人和师父一样深不可测。在某种程度上可以预知自己的未来，宿命是人类最害怕的东西，对于苏秦来说同样如此。

一年很快就过去了。

同样的季节，苏秦躺在藤椅上，这次的梦是在太阳下做的。摇啊摇，苏秦恍惚觉得自己飞了起来，天上是一个非常大的太阳，明晃晃的，自己的眼都被照得亮了，然后就那么飞着，上升，上升……忽然，一个晴空霹雳，苏秦的身子霎时从空中降落下来！苏秦大声呼喊，一下子惊醒，原来是一个梦，他拿布巾擦擦汗，想，这个噩梦是为什么呢？

苏秦不懂解梦，问问师父可能会有答案，他记得师父给自己解过梦。可现在就一个人待着呀，他什么都没明白，唯一明白的，是一年以来这种日子已经使自己厌倦，空中坠落，就是说自己还没有根基吧。除去建房子与花销，带回来的那一大包珠宝还剩下三分之一，这种坐吃山空的日子使他非常忐忑。

正在不爽快，妻子端着一个托盘，上面一壶酒、两个小菜，静静地放在自己身边的桌上，轻轻一笑回去了。苏秦心中十分感动，妻子现在总是知道自己在什么时候需要什么，如果钱足够，他是希望这种生活一直过下去的，这当然是他自己的想法，为自己的出走找的一个没有多少说服力的借口。苏秦坐起来喝了一杯酒，望着院子里高高的墙想，大丈夫志在四方，自己还不到三十岁，还能够闯一闯！

这次去哪里？

苏秦认为，赵国没有门道，那就试试燕国吧。三天之后，苏秦已经安排好佣人收拾了行李，这次的行李已经不是个包袱了，唯一不变的是那把剑，这东西让苏秦在任何时候都有一种安全感，大不了就拼命一搏嘛。

妻子的眼泪很快涌了出来，苏秦还是拍了拍她的肩膀，在她耳边说道："如果嫂子哥哥再腆着脸来，你可以让他们进门来，一年之前我一直拒绝他们，现在我走了，你身边也没有真正的亲人。如果对你不好，你也可以不让他们进来，我不喜欢他们进来的。还有，你可以把你娘家的亲戚接来一起住，只要你喜欢。你肚子里的孩子，我看像个男孩，如果在我回来之前生了，先不要给他起名。"

妻子抬起头问道："就不能等孩子生下了再走吗？"苏秦摇摇头，他可不想让妻子再种地去啊，可这话怎么说出口呢！苏秦毅然走向马车，四匹马的车子，早有佣人赶起马车。苏秦在车上望了一望家门口，转身揭开帘子进入车子。

这次的旅途十分轻松，苏秦的盘缠足够，马匹也足够，在路上还买了好几匹好马，以至于这次行程已经不是云游了，只好以旅程来形容了。

苏秦经魏国赵国，终于到了燕国。

跟前几次一样，有人向燕文侯报了苏秦到来的消息；跟前几次不一样的是，苏秦早拿出钱来给了报信的人，报信的眉开眼笑，去了。

苏秦在城里面住下了。到了晚上，燕国的气候分外寒冷，还没入冬，苏秦就睡不着觉了，那仆人只好叫酒家上了酒。苏秦喝了几口，温暖了一点，长夜无聊，就和仆人说起话来。

"你叫什么名字啊？"苏秦这个仆人是妻子找人挑的，据说十分能干，且安分，苏秦出来的时候便挑了他，其实连话都没说过几次，也就不知道名字了。

那人恭恭敬敬地回答道："老爷，我叫公孙亮。"这种对话在那时候是极其少见的，所以公孙亮显得异常受宠若惊。

"哦，这地方现在比得上咱们家的冬天了。"苏秦说。

公孙亮说："这儿也没咱家炉子暖和，炭火也不够旺，想必是伙计偷懒了，我去催一下。"说着出去了，不一会儿端进来一个火盆，比屋子里的更亮更暖。

苏秦顿觉一股热气扑面而来，心情不由轻松起来，再者公孙亮一口一个咱家，让苏秦觉得十分温暖。于是苏秦对公孙亮说："来来来，过来喝一杯，也搪搪雪气。"苏秦受鬼谷子影响最深，对于那些繁文缛节本来就不很在意。

公孙亮起先不肯，见推辞不过就坐了，他先给苏秦再斟满酒杯，然后给自己斟满一杯，恭恭敬敬地敬苏秦。苏秦喝了话又多了起来，无非是问问家里有几口人啊，有多少地啊，出来感觉怎么样之类的。直到谈论各自的女人的时候，公孙亮显示出极可爱的羞涩，苏秦才意识到他还没有二十岁呢，便呵呵笑道："她多大来着？"

公孙亮说："十八了。"

"噢，那你得快点找人托媒啊。"

公孙亮说，自己这次陪主人出远门，挣完路费钱就成家。苏秦十分动情地听了公孙亮的经历，他现在对人与人的感情有种异乎寻常的渴求，多少年的云游生活，学习生活，使他在大部分的时间里只能面对自己，问题自己回答，自己经历。可这一年的时间，与妻子重归于好之后，他才发现，古人群体而居，现在的各个势力集团，都说明一个道理：个人的力量在众人面前是微不足道的。不止如此，他觉得妻子给自己的温情仿佛年少时候的父母一样，有种久旱逢甘霖的功效。所以他竟然有些世俗地问面前这个小伙子的爱情了。

公孙亮是一个实在又聪明的人。与其他的呆头呆脑的仆人不同，他的眼神十分深邃，穿的粗布衣服却十分干净，有的时候显现出豪爽的表情，完全是燕赵豪杰的风采。苏秦此后对这点更加确认，如果给他这个机会，或者说，如果这个人生下的环境好一些的话，他肯定会成为一个叱咤风云的将军。起码，比四海讨饭的自己要强一些。

转眼间十几天的时间过去了，报信的人还没有来找自己。苏秦十分焦虑，倒不是身上的钱的缘故，而是他担心自己的妻子，以及妻子肚子里面的孩子啊！

公孙亮开始的时候十分耐得住性子，和苏秦的反应不一样，安安静静。可到了十天之后，他也开始急了，除了服侍苏秦的生活起居，便自己拿着带来的铁剑练习。苏秦见过公孙亮的剑法，沉稳凶悍，比自己琢磨的那点剑法高明多了。苏秦也问过他，他说是一个云游的猎人教给自己的。苏秦也没有怎么在意，好在公孙亮是个可靠的帮手，苏秦想自己不至于被抢劫了，心里安稳。

又过了一个月，冬天真的来了。苏秦本来想自己一个月就差不多回去了，现在竟然连燕王的面都没见到，只好让公孙亮从一堆包袱里找出棉袍，二人穿上，晚上便开始下雪了。

漂亮的树木被遮盖得严严实实，从屋子里的微弱的光往外看，越发显得寂寥，在黑夜饮酒已经成了主仆二人打发时间的最好手段。

公孙亮照例喝了三杯就停了杯子，他问苏秦道："给老爷报信的人可靠吗？"

苏秦说道："无论可靠不可靠，给他钱的人都可靠就是了。"公孙亮觉得有道理，又问道："老爷既然觉得可靠，那干坐着等不如做点有意思的事情。"

苏秦说："噢？你说我这些天急得浑身就像起火了似的，做什么事情都不顺心啊。"

公孙亮说道："老爷为什么不拿出先前读书的劲头呢，据说老爷读完了那些书立刻变得博学多识呢。"

苏秦想这人聪明是聪明，就是社会经验太少。如果论知识，鬼谷子师父和洛阳森林里面的猎人都是高手，他们都没有实现自己最后的目标，更不要说还不如他们的自己了。如果论知识就能行的话自己早就发达了。可公孙亮的话也并不是没有道理，这些天除了郁闷还是郁闷，倒不如多找些书来读读，日子过得还有意思些。

此后苏秦除了日常的休息出门打听新闻外，就在屋子里读书。书有从家里带来的，有公孙亮去城里给自己买的。公孙亮喜欢陪着苏秦读书，因为苏秦读书的时候他可以听。开始的时候苏秦没当一回事，此后他忽然想到这公孙亮是在跟着自己学习呢，他自己不识几个字，说服自己读书，然后自己跟着读，实在是太聪明了。苏秦倒是没有感觉到厌恶，反而有一点感动，这么好学的人，如果真的受过好的教育，肯定是文武都好的人才。

于是苏秦在念书的时候就放开嗓音，故意让公孙亮听清楚，公孙亮意识到主人明白了自己的企图，有点不好意思，可也没有停止。

又过了一个月，报信的人终于来回了个信，苏秦见了眼泪都差点流出来，那人急匆匆说道："大王生病多日，我出不来宫，所以耽搁了这两个多月，不是故意要先生的，还请不要见怪。"

苏秦急忙将报信的人请到里屋坐了，公孙亮捧上茶。苏秦先问："那大王的病现在应该不是很坏吧。"

报信的说："总算是熬过来了，医生说今年应该没什么大的问题，可是要看能不能熬过今年冬天了，如果明年春分的时候觉得好一点，基本上就没有大的问题了。"

苏秦最担心的事情差点发生，国家失主。如果燕文侯死了的话，势必会引发权力的争夺，那样燕国处在动荡之中，自己一个外国人想来做官，肯定会被封死出路，甚至命都可能丢掉。听说燕文侯现在情况好转，方才放了心，命公孙亮拿出一个包裹，里面包着十金，送给报信的。

报信的匆匆喝了口茶，说道："相公不要以为我们这行只认钱了，就不知道人情冷暖，其实先生从远方来，受的冷落小的们都知道，只是爷上次给的已经够多了，这次再给，未免小的们就太不地道了。"

苏秦说："先前是报信的辛苦钱，如今还要您多报一下大王的情况呢，怎么可以让您白跑呢？实不相瞒，家兄是做生意的，家中的钱财攒了也不少，如果您觉得我够朋友，就收下，只要日后别断了咱们的交往就好了。"那人方千恩万谢收好了，对苏秦说，日后如果找他，只管去大江楼跟管事的说一声，要找王公，他自己会找到这里来的。苏秦听后大喜过望。

报信的走后，苏秦问公孙亮："你以为这人靠谱与否？"这几个月来二人的关系越来越亲密，仿佛是朋友而不是主仆。公孙亮说道："我认为这个人如果说假话，是缺钱才来招惹我们的话，早就来了，也不必等这么多时间，在下可以去打听一下。如果大江楼真的认识这么一位宫中的人，我就细细问道他的情况，好做一下确定，他要是发生了什么事故想要点钱来花才找到咱们头上的，先宰了他再考虑这地方待得待不得！"

苏秦说好，公孙亮披了苏秦的一个大毛裘，踩着雪去打听大江楼了。

到了二更时候，苏秦听见有人敲门，连忙去开了。公孙亮边打身上的雪边笑着对苏秦说道："老爷的运气终于转过来了，大江楼上的人见我打听王公，立马像活爷一样对我，去说王公的都是爷。小的又去别的酒店打听，都说这王公在燕文侯面前是号人物，最近也没出什么事故，想来他今儿个说的话是真的了。"

苏秦听后大受鼓舞，问公孙亮道："你认为，咱们下一步应该怎么办呢？"

公孙亮先给苏秦斟满了酒，恭恭敬敬地先喝了一杯，说："老爷心中敢不是有主意了？"

苏秦笑了一下，对公孙亮说："果然是个聪明人，他今天刚说完话我就想，有没有机会打破咱们现在处的这个僵局呢？你看王公说的大王的病，到明年才见分晓，到那时咱们必须要多等三个多月了，家里人都牵挂着呢，所以我送他钱，是想打通一下关节。我的想法是——咱们能不能作为一个探望者去看看燕文侯的病情呢？这公公说的话未必准确的，今天他意思是说需要明年大王才能见客人，想必是对外围的人说的，现在他收了咱们的钱，咱们……"

公孙亮听到这儿马上击掌赞叹道："真是好主意，我在老爷跟那王公谈话的时候就想提醒您来着，想我又是多虑了，游说四方的嘴我怎能赶得上呢？"这是夸奖苏秦的话，苏秦却觉得不是那么回事，好在他知道公孙亮是好意，便笑笑完事。

主仆两个直商量了一个通宵，走的每一步都商量好了。第二天，公孙亮去玉器店里面买了一对价值不菲的白玉瓶，小心翼翼地包好了，然后去大江楼找管事的，要见王公。

三天后，王公踏着雪急匆匆来到了苏秦的住处。苏秦先热情地让进屋子里面，拿出那对瓶子对王公说道："现在有一事需要王公帮忙。"

王公的脸色没变，十分严肃地喝了口茶："这是绝对不能收的，如果这传出去，我老王的脸面从此就丢尽了，江湖上会说我老王贪财不厌，死无葬身之地的。"苏秦本来就算好了王公不可能要这瓶子，这只不过是虚晃一枪，见王公如此反应，他笑着说道："王公为什么这么见外呢？"王公放下茶碗，站起来对苏秦说："先生有什么事情可以直说了，咱们自己人其实不必来这套的。"

苏秦理了理衣服，笔直地站好，朝王公恭恭敬敬地作揖，然后将王公请到座位上，说道："实不相瞒，这几天我与仆人思乡心切，并且，洛阳距离蓟北地区来回就要一个多月的行程，实在受不起。所以，我想这几天见一下文侯，不知王公意下如何？"苏秦边说边观察王公的表情，见他脸色没什么大的变化，心中便有了七分准了。

王公思量了一下，说道："要说见一下大王也不是什么难事，毕竟大王现在大病差不多好了一半，头脑也十分清醒，每天见他的人也不少。这样吧，我替先生出一个主意，不如就将这对瓶子当做送给大王的礼物吧，先生以送礼探病的名头进去，想必不是很困难的。只是……大王上上下下的伺候，我们自己人就不说外话了，恐怕还需要先生一个几千钱的打点。"

苏秦说："王公果然是个光明磊落的人！如果贪图我的这对瓶子的人，想必早就拿走了，难为王公还为我考虑，大王上下，我每人五千钱打点。"刚说完，公孙亮早就准备好了拿出来一个包袱。

王公拿了包袱，低声对苏秦说道："这事情万万不可以对别人说的。"苏秦连忙点头称是，恭恭敬敬把王公送走了。

第十一章
与齐的爱恋

两天后，苏秦被王公派来的人接到了宫里。

王公亲自对燕文侯说道："大王不知，一个叫苏秦的号称可以预测万事的先生，来看您了。"燕文侯疑惑道："寡人的病没几个人知道，他怎么知道的?"王公笑着说："要不怎么说苏秦是个会算的人呢?"

燕文侯一直想要隐瞒自己生病的消息，以此避免子嗣争权夺位，引发政局混乱。其实他不知道，在他生病的第二天，消息就已经在宫中传遍了。

燕文侯召见苏秦。

苏秦经过大大小小的殿门，终于走到一个大的房子前面。有侍妾打开帘子，苏秦抬起眼皮的一刹那就差点看呆了。

一位穿着华贵的男子坐在大椅上，身后是一位异常美丽的女子。那女子的穿着并不雍容华美，甚至有些素净，可通体散发的气质简直就是一位不食人间烟火的九天仙女。白皙的脸，眉毛弯得恰到好处，黑黑的头发盘成一个大髻，双眼极其有精神，却不失情趣，极富顾盼生辉之妙。苏秦看得呆了，半晌才猛然想起这是在燕文侯的府内，便跪下行礼。燕文侯请他起来，声音稍显无力，却有一种高贵的威严。

苏秦便让公孙亮将两个如脂的白玉瓶儿呈了上来，燕文侯一看，脸上露出喜色。他对苏秦说道："先生算出寡人生病来也就罢了，还带礼物来看望，实在是有心了。来人，看茶！"

苏秦心想，自己对于测算一窍不通，怎么说是给他算出来的呢？又一看王公在朝着自己摆手，心下方才明白是他给自己陪的话，连忙朝他暗暗作揖，口中却说道："在下喜欢夜观天象，两月之前发现北方大星被雾气遮盖，周围小星变亮，心想北方除了大王再无他人印得上天星之象，便觉得大王有什么不好的事情，又过了几天，发现大王的星尽管被遮住了一点，可是本身的光并没有消散，我才放了心，于是连夜从洛阳赶来，乘死了九匹好马，一个多月后终于到了这里，在下到处寻找，终于找到了这可以蔽除邪气的白玉，请名人雕刻成了两个瓶子，是为盛福瓶。"

燕文侯听说了丝毫不怀疑，反而大受感动，连说："好！好！"同时对身后的那个美妇说道："苏先生对寡人如此用心，可惜寡人不胜酒力，不能敬他了，爱妾代寡人一杯如何？"这位叫做"齐"的美人朝燕文侯行了礼，笑吟吟地款款走到苏秦面前。早有人端过来一杯酒，齐先给苏秦斟满。苏秦连忙站起来饮酒，齐又斟满了一杯，朝苏秦敬了。二人喝过，燕文侯哈哈大笑。他听苏秦说这白玉瓶是为自己盛阳寿的，心中早就喜欢得不行了，又听王公说苏秦对自己如何如何用心，为了淘这对瓶儿花费了大部分积蓄，更是感动。

再说苏秦，见那位美人过来给自己斟酒，心中慌张得不行。他从来没有见过这么美丽的女子。不，他从来没有见过这种气场。不，他从来没有见过这种气质和这种姣好的容貌如此巧妙地结合的女子！

101

他痴痴地望着齐，齐的眼睛像一湖水，深不可测。苏秦感觉到，心的外壳刹那间就打破了。他这辈子没有这么动心过，第一次见自己的妻子的时候，觉得挺好看，妻子纳鞋底种地纺布他也觉得没什么不妥。今天见了齐，他忽然觉得女人就是一个玉瓶儿，是需要养着的！而世界上多少人被养着，可玉瓶儿，就是齐一个人！

她的笑是那么的迷人，却不简单，带着一种暗暗的忧愁。她的忧愁是什么呢？哦，心上人，我愿意分享你的忧愁！她看向苏秦的时候，那轻蹙的额头不经意间便舒展了，这让苏秦受到了更大的鼓舞。他鼓足勇气直直地盯着她，发现她的眼睛也在深情地望向自己！

一切只是一瞬间，一瞬间很快便过去了。苏秦喝了齐姬敬的三杯酒，归座。齐姬也重新站到燕文侯的身后，眼睛却不住看着苏秦。苏秦想，如果自己真的能够留在这里该多好啊，如果齐姬真的对自己有意思，他们便可以整天相会，哪怕不是整天相会，自己可以整天看到她也就足够了啊。这么美丽的人，神仙一样的气质，简直是上天对自己干渴的心的一个馈赠。和齐姬相比，自己的妻子简直是一堆草嘛！苏秦想着，强烈的兴奋感盖过了自己的道德感。

苏秦胡乱想着，不知过了多长的时间，他忽然看到周围的人的脸色不太对，原来自己好久不说话，好像送了玉瓶儿没事了一般。苏秦马上理了理自己的思绪，他对自己的口才很有信心。苏秦刚要跟燕文侯显示自己的见识，只听燕文侯说道："先生车马劳顿，想必是累了，寡人十分喜欢你给准备的东西，现在寡人已经让王公给你准备地方居住了，你可以在馆里面住下，有什么事情寡人会去找你的。"苏秦听燕文侯意思是今天的见面到此作罢了，只得答应了，和公孙亮退了出来。

那美人一直目送苏秦出来。

外面早就有人接待苏秦，将他引到了馆子。这儿是给各位外国使者居住的地方，为了显示燕国的富裕，装饰得比宫里的大部分地方还豪华。不一会儿，王公来了，刚进门便问道："刚才先生为什么不说话呢，据说先生是十分善于论辩的。"

苏秦脸红了，笑了一下，说道："王公辛苦了，在下好生感激的！刚才是第一次见燕王，心中过于激动吧，总之是在这里定下来了，王公今天就别回去了，咱们好好喝一顿酒。"王公没说话，朝外面打了一个手势，马上有人拿过来一个黄色的包。王公接过来，放到苏秦前面的桌子上，说道："先生是一个豪爽的人，咱俩就结个朋友，这是大王回赠给你的见面礼，五十金，一定要收好了，我知道为了那对玉瓶儿，你是下了大本钱的。"

苏秦马上说道："在下有今天都是托王公，这回礼咱俩一人一半！"说着就让公孙亮来分。王公按住包袱说道："不必如此，打发人的钱我已经留下了，兄弟我有数，只是先生要准备好下次见面的话，显示自己的学问，那才是长久之法。"苏秦连忙称是，又让座吃酒。

王公推说大江楼今天有一位重要的客人，改日再来，苏秦和公孙亮送出了半里地才回来。看时，自己在外面的行李早就有人给搬进来了。苏秦想，肯定是王公派人搬的，心中又是佩服又是感激。

夜里，公孙亮耍了一套剑法，然后收起来，走到苏秦面前。苏秦知道他有话要说，并且他说的话自己也差不多能够猜到。果然，公孙亮先是给苏秦作一个揖，然后说道："老爷看来有心事。"

苏秦说："你看出来了？"公孙亮说道："如果不是她挡着燕王的视线，燕王现在应该已经把我们抓起来了。"

苏秦心下一惊，明白自己在这件事情上的确做得不够理性。他轻轻叹了口气，说道："如果我是王得有多好啊。"公孙亮说："那也未必，我爹爹打

小就告诉我说，人这一辈子安分就好，就是大王也有自己的苦处，所有的家都有自己的难处，我看那燕文侯气色发散，印堂很暗，肯定是不注意调节身体的缘故，所以生了大病，这样的大王，不做也罢。"苏秦万万没想到这个农家子弟会说出这番话来，他更加坚信世界上的灵性之人都是在山清水秀的灵地才可以产生的。

苏秦望着他，心想他肯定还有自己的想法，便问道："你现在有什么打算吗?"公孙亮说："我的打算是要看您的打算的，如果是做于性命有害的事情，那我上有老，下有相好，哪怕老爷除了我，不给我一个铜钱，我也不会有话的。如果老爷懂得什么是该做的什么是不该做的，我愿意为您效犬马之劳。"

苏秦知道他是在说齐姬，他闭上眼，齐姬那流光的双眼便出现在自己的眼前。他心中有一个念头想要摆脱她，可有一个更强烈的念头想让自己占有她!苏秦紧紧地皱着眉头，倒不是因为舍不得这个得力的助手，还是因为很多复杂的情感。比如对妻子的愧疚，对儿子的愧疚（如果现在已经生下了的话，苏秦算一下日子应该差不多了），比如把这个当做自己与自己的博弈的话……他犹豫着。

公孙亮见如此，立马跪下来，说道："老爷请辞掉我吧!"苏秦转过身子来，盯着公孙亮的身体看了好久，终于伸手扶起他，说："钱还在桌子上，你想拿多少就拿多少吧。"

公孙亮愣住了，稍后对苏秦磕了头，去里屋拿了之前剩下的钱，收拾衣服便走。临出门，苏秦把他叫住，递给他一个包袱，说道："回去好好过日子，对她好点，要懂得知足哇!"公孙亮的手停在空中好久，终于鼓足勇气拿过包袱，开门离去。

一阵寒风吹过，苏秦打了一个冷战。他赶紧叫人给自己生火，很快黑暗的屋子便亮了起来，炭火在盆里发出噼啪的声音。苏秦方觉得身上有了暖意，想起齐姬的美貌，以及若有若无的对自己的深情，他整个人都晕眩了。

晚上，苏秦做了一个梦，一个从没有过的美梦。他成了燕文侯，端端正正坐在大椅上接受群臣的朝拜。齐姬就在自己的身边，挽着自己的胳膊。忽然场景一转，苏秦和齐姬双双拥抱在一起，齐姬身上的香气让苏秦迷离若失，仿佛整个世界都为自己停顿了。然后苏秦控制了齐姬的一切，正当他亲吻她的时候，她的嘴里忽然伸出一根血红的舌头，一下子将苏秦的脖子勒住了！苏秦又吼又叫，然而无济于事，他只好拼尽自己的力量去撕扯。

终于，那舌头被自己打回去了，眼前却又是完完整整的一个齐姬。她妩媚至极的眼神又一直向自己暗示着，苏秦忍不住，又一点点靠近她。当两个人又胶合在一起的时候，苏秦忽然觉得背上钻心的痛疼，伸手一摸，全是血！他吓得马上跳起来，再看齐姬的手，每个指头上都是半尺长的指甲！只听齐姬说：“来啊，让我掏出你的心肝来吃了！”

苏秦终于忍不住了，他摸出随身带的那把杨公明送的剑，一下劈开旁边的窗子，不顾一切地跳了下去！然后用尽平生的力气喊道：“杀……人……了！”忽然，苏秦隐隐约约听到旁边有人叫自己，猛然惊醒，才发现自己的身上全是冷汗，周围是几个内侍，在叫自己。定神了一会儿，苏秦看见早有几个伺候的人端来了热汤，于是下来洗了脸，方才精神了。

他想想刚才做的梦，又是惊又是刺激，想想齐姬的容貌，又是怕又是爱。苏秦浑身没有一点力气，怅然若失地坐在床前，过了半个时辰才又昏昏沉沉睡过去，再醒来已经是第二天的中午了。

苏秦觉得自己饿得不行，却发现自己桌子上早就准备好了菜肴，都被金罩盖着保温。见苏秦醒来了，几个服侍的人便把盖子拿走。苏秦看时，共是十二个菜，珍禽异果自是不必说。有一盆大的黑糊糊的东西他却不认得，举

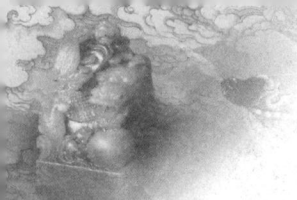

筷子尝了一口，稍微发黏，回味无穷。问旁边的人时，回答是熊掌。这也许就是命运，苏秦想自己也有这么一天，尽管还不是个达官贵人的样子，却也能够吃熊掌了，心中半喜半忧。

吃完饭，苏秦只在屋子里坐着。经过前一晚的梦境，他对齐姬的好感消失了一大半。更主要的是，他觉得齐姬昨天对自己的亲热不是非常靠谱的。来来往往的人那么多，她为什么单单就对自己是那种眼神呢？如果她对所有人都是那种眼神，那她就是毫无价值的，尽管她是那样美丽动人。唉，苏秦叹了口气，自己昨天晚上做的决定太鲁莽了，竟然就那么把公孙亮打发走了。如果他还在，自己回答他的问题肯定不再犹豫！毕竟，这是要性命的想法啊。

苏秦决定，好好保养身体，然后去见燕文侯。若能给自己个官做就做，不给呢，也少不了给自己点路费，那就回家。想到这儿，他浑身又变得自在起来。人就是这样，一自在就想不自在的事情。苏秦又想，如果公孙亮回家之后对妻子和乡里人说我要跟燕文侯的夫人偷情，那岂止我的声名被毁掉，妻子也活不下去了吧。反正都是自己的错！考虑问题太不周全，看似很有头脑，其实脑袋里全是糟糠！

如此恨自己了一回，才又觉得好受些。声名都不想了，反正这里有人伺候着，我就姑且在这里住一段时间再说吧！

没想到，刚过了五天便发生了足够改变苏秦一生的事情：齐姬给自己来信了。

毫无征兆地，一个丫鬟（苏秦日后知道那是齐姬身边一个非常得力的侍者）给苏秦送来一个锦囊。苏秦正纳闷，那丫鬟低下头在苏秦的耳边说道："夫人说了，我三天后再来，如果你要回信，就交给我。"

苏秦大约猜到是什么事情了，脸烧得发红。他打开那个锦囊，是一块白色帛。苏秦小心翼翼地抽出来，一阵香气像水一样洒下来。苏秦的整个头便处在了香雾里面，他的身体都酥软了。

那信上说：几日不见，仿佛百年，君若有意，再来花前。

寥寥十六个字却把苏秦的心思给扰乱了。就像一个从没谈过恋爱的男孩收到一封漂亮女孩的来信一样，他既激动又羞怕，紧紧攥着那封帛信，脸上青一阵白一阵，心里就像被一面锣鼓不停地敲打……

他终于决定给齐姬回信了，这是必然的，他早就知道这是必然的，一切的犹豫与猜疑不过是为了压抑一下内心的极度兴奋与紧张。苏秦用颤抖的手写道：来信已阅，承蒙爱意，不胜感激涕零……洋洋洒洒写了一整张帛书，意犹未尽帛书已经到头。他只好再加一块，又写了半个时辰方满意。苏秦将自己如潮水的爱意，将自己痴痴的相思之苦淋漓尽致地表达出来。他用了山川比喻自己情有独钟，用天空比喻自己爱情的博大，用海水比喻自己情意绵绵，浩荡不绝……

然后，苏秦将那个锦囊拿来，小心翼翼地把帛书装进去，仰面躺下。第三天，她果然来了，取了东西便走。苏秦了了一件心事，却有无数件心事又涌了上来，此后他更是度日如年。

苏秦从来就不知拒绝别人的情意，在冷冷的外表下，他内心的炽热有时候都超过了自己的想象。从家到鬼谷，再到家，再到外面的世界，再到家，再出来，没有几个人对他表示过喜欢，更没有女人如此。缺少一件东西的人，总是盲目地追逐。

这样又过了三天，这三天就像是过了三年。苏秦想象了几万遍二人见面的场景，足够激动而都不够尽兴，可这天还是老老实实地来了。

早上起来，苏秦沐浴更衣，静候那丫鬟的消息。太阳升得老高的时候，外面一个声音说道："大王派我们来看望他。"苏秦知道那是有人对侍卫说的。然后那人又说道："你们先退下，夫人有重要的事情对苏先生说。"

门开了。苏秦听到夫人二字，魂魄早就离窍。此时门一开，不见刚才说话的丫鬟，只有齐姬一个！

齐姬仍是一副高贵典雅的形象，哪怕门开了之后她急匆匆往里面赶了几步，都走得那么深情美妙。苏秦看得呆了，扑通下跪。齐姬马上赶上来拉苏秦起来，苏秦的手与齐姬一接触便拿不下来了，他像梦中那样紧紧将齐姬的腰搂住。齐姬伏在苏秦的肩膀上，温温说道："先生可好？"然后深情地亲吻苏秦的脖子。苏秦眼前的齐姬没有吐出舌头也没有长出尖利的爪子，她是一个多情而高贵的人，有的时候丝毫不见她的温情款款，而这反而让苏秦觉得自己面对的这个身体更加鲜活……

苏秦把齐姬抱在怀里，她的喘息已经恢复了平稳，吐在苏秦的脸上，气若幽兰……

没有什么更多的对话，所有的温存就已经是对话了。他们二人都了解对方，都知道对方的艰难与需要，但是二人结合的不易，他们都明白。这是感情在指引着他们，他们愿意为对方付出自己的一切……

如此便有了第二次见面，第三次见面……苏秦在燕国的生活已经不是讨口饭吃那么简单了。他无数次从梦中犹疑到醒来，想自己那或许已经降临这个世界的孩子。但是在理智与情感的拉扯中，还是后者胜利了。

齐姬经常托丫鬟给苏秦送金银珠宝，可以说，现在苏秦所拥有的钱财比自己之前的人生中的任何时候都多，燕国已经成为了他的富贵乡、温柔乡。

第十二章

重生之地

和实际接轨非常重要。

苏秦新学会了很多东西，包括怎么走路才能显示自己的儒雅气质。他改掉了在鬼谷里的那种十分怪异却十分省力的走路姿势。他还学会了颐指气使，命令人给自己办事。其实他暂时还没有什么事情需要办，顶多是请王公以及王公介绍的各路朋友吃个饭，到处游乐一下。他有钱，一切都可以水到渠成。

另外，苏秦还学会了照镜子，那是与齐姬的一次幽会时学会的。她说苏秦真是一个漂亮的男人，苏秦听后非常激动，是吗？自己真的算是一个漂亮的男人吗？

他找来一面镜子反复看自己的脸，发现自己的眼睛炯炯有神，挺拔的身材，笔直的鼻梁，还有若有若无的那写在脸上的忧郁。他有些迟疑地看着自己，说实话，他从来没有这么观察过自己，也没有形成一个对自己评价的概

念。但是他知道，连齐姬这样的九天玄女般的女人都喜欢自己，说明自己肯定是漂亮的。于是他摸着自己的下巴，憧憬着下一次见到齐姬的时间……

转眼间，苏秦在燕国已经待了一年的时间了。这段时间里，他的收获主要集中在两个方面。一方面，他认识了许许多多的大人物。全燕国朝廷里面的要员他基本都通过王公有了交往。这期间他对王公灵活而广的交际手腕佩服得五体投地。他想，自己在周显王那里的经历在燕国再也不会重演了。再来，便是他与齐姬的爱情。齐姬是一个聪明无比又极有主见的女人，苏秦在和她的交往中获得了一种前所未有的安全感，这是在自己的身上从来没有感觉到过的东西。另外，齐姬多情的神思已经让他着迷了。

一切应该面对的事情还是需要面对的。

终于，王公出于对老主顾和老朋友的义气，在一个树叶落满大地的日子找到了苏秦。

"朝中的大臣我已经基本介绍给先生认识了，先生破费许多，在下实在过意不去。"苏秦慌忙走下座位，恭恭敬敬给王公作揖，正色说道："兄弟休要如此说话，如果不是兄弟的提拔，在下早就回去种地啦，王公有什么想要提醒在下的，尽管说吧。"

王公知道苏秦在燕国的地位已经今非昔比，很多人都听闻了他的口才优势，他也十分善于交朋友。王公不知道苏秦和齐姬的事情，他只知道和苏秦交情不浅的人越来越多。于是王公赶紧离席还礼，说道："兄弟我岂敢有什么意见，只是以先生现在的关系，是绝对可以在燕国站住脚了，为了你的时间，现在可以考虑一下来燕国的目的了。"

苏秦见王公说的情真意切，心想这人的心思的确周到。便说："好，我正有此意啊。"王公说："从上次大王生病先生去过，之后便没有再探望，肯定是有自己的考虑，只是我觉得，不去见燕文侯的话，先生的前程还是没有真正的保障的，所以……"王公朝外面一招手，一个年轻的宫人托着一个盘子进来了。苏秦一看这样，心中已经明白了八九分。王公继续说道："咱们现在已经是兄弟，还希望先生不要客气，这个玉龙是我找名匠雕刻的，技术绝对一流，这也是我对兄弟前程的一个支持吧，后天你就再去见一下燕文侯吧。"苏秦知道这是笼络人必需的手段，还给他他也绝对不会要的，便假装推辞了一下，拜谢了事。王公自去安排人手不提。

苏秦打开那个盘子一看，油光绿彩的一只活生生的龙！心中不由得暗暗惊叹，一是赞叹燕国工匠的手艺，二是赞叹王公的交际手段，真下得去手！

第二次见燕王的时间很快就到了，苏秦没有第一次的紧张了。他从从容容拜了燕王，然后回到自己的座位。与上次不同的是，齐姬没有出现。这是他们商量好的，苏秦不想见她给别的男人捶肩捏腿。

苏秦这次正眼观察了一下燕文侯，这时候的他已经丝毫见不到生病的痕迹了。他眉毛平淡，双眼微微下垂，给人的感觉既不像周显王那么温性，也不像奉阳君那么威武。他走路没有特点，可毕竟是一国之王，隐隐透出一种不可置疑的威严。有了之前的那些经历，苏秦十分淡定地坐下了，他对自己的这次见面非常有信心。

燕文侯先是呵呵笑着，像面对自己的一位老朋友，问道："先生这一年在燕国待得可愉快？"

苏秦马上回答道："燕国民风淳朴，心地善良，生活舒适，在下在这里待得都不想回家啦！"燕文侯听了这话更是高兴。这时，苏秦呈上来一个包裹，侍卫揭开包袱，燕文侯一看，好一匹玉马！他高兴地对苏秦说："那先生就在燕国多住些日子吧！我燕国没什么大的好处，可就是喜欢交朋友啊！"

苏秦随着燕文侯笑了。

寒暄过后，两人半晌没有说话。燕文侯忽然正色说道："先生来得好啊。"

苏秦微微一笑，刚想说"为什么说来得好"之类的话，可又一想，这样可能会让燕文侯没有面子，便说道："还是看大王的意思了。"

可是令苏秦万万没有想到的是，燕文侯缓缓说道："可惜我燕国逼仄，难以让先生大展宏图啊。"

苏秦听不出这话的具体意思，是说燕国难以发展，还是说自己不适合燕国？可无论是什么意思，这说话的内容与刚才异常协调的谈话氛围是十分不合的。于是苏秦干脆来了个开门见山，他说道："臣下认为燕国并不是一块逼仄狭小的地方，首先，燕国的东边有朝鲜和辽东，北面有林胡等国家，西边有云中与九原，南边有滹沱、易水，这样的地方怎么能说偏僻呢，如果这就叫偏僻，那其他的国家都是小国了，大王认为当今发展最得势的是哪个国家？"苏秦不想让燕文侯没话说，他知道双方互动的谈话才是有用的谈话。

燕文侯想了一下说道："我认为当今秦国经过变法，实力已经独步天下，是现在最强的国家。"

这一回答正好迎合了苏秦。苏秦笑了一下说道："大王明见，大王可以看一下当今形势图，秦国处的地方才是荒蛮呢，它都可以变得强大，何况燕国呢？"苏秦见燕文侯脸上有满意的神色，继续说道："从地方来说，燕国可以说是当今的大国之一，燕国纵横两千多里，是很多小国的几十倍甚至几百倍，从农业上来看，这儿的土地十分肥沃，光是储存起来的粮食就有好几年，并且，燕国与其他国家不同的是，燕国不仅有粮食，还有一些可以买卖的作物，比如红枣和板栗，请容许我说一句狂妄的话，以我看来，就算百姓不去种粮食，光卖红枣和板栗也就足够了，大王可能不知道吧，我云游了这么多的国家，他们都羡慕燕国是天府之国啊。"

燕文侯听了，没有说话，但脸上一直挂着笑容。苏秦见如此，心下更有底了。他又侃侃而谈道："如果从一个国家的硬实力来说，燕国军队力量几十万，士兵的气势很强。战车六百辆，战马六千匹，这可以与当今的任何大国抗衡了。

燕文侯的眼睛逐渐睁大。他见苏秦第一回合的话说完了，便说道："你说的是没错的，一个国家最根本的事情是什么，就是要让自己的百姓过上好的生活。这和政权是相辅相成的，人们只有安居乐业了，国家才能安稳，才能够发展。燕国地处一个有利的位置，这里的军队很少覆灭，这儿的将领很少被杀，这是没错。可是，很多时候燕国能够感觉出自己的孤独来。"

苏秦见燕文侯推心置腹，心中狂喜。他说道："在下倒是有自己的一个想法，是关于对抗秦国的。尽管秦国通过变法越来越强大使得我们佩服，可是所有的其他国家都应该看到，秦国强大之后做的是什么事情。它的目的也很简单，吞并其他的所有国家。所以，您可以想象一下，秦国会不会对燕国构成威胁。"

燕文侯说道："秦国是我十分欣赏的国家，但是我同样也知道，这个国家做起事情来雷厉风行，理性之至。我同意你的看法，秦国的下一个目标，肯定是吞并我们这些国家。我整天也是十分忧虑的，可是这里有两个问题需要请教你一下。首先，秦国有吞并六国的能力吗？其次，秦国还没有打到我燕国过。"

苏秦不慌不忙，说道："您知道为什么秦国打不到燕国吗？很简单，因为赵国在燕国的西部当了您的屏障。秦国和赵国发动了五次非常有名气的战争，秦国胜利了两次而赵国胜利了三次。在两个国家打仗的时候，双方在一个问题上是统一的——是不是背后有人趁机得利。他们注意到燕国可以凭借自己的势力来牵制他们的事实，所以不敢对燕国轻举妄动。况且，秦国如果要攻打燕国，需要穿越云中和九原，代郡与上谷，好几千里的路程呢。如果不把其他的国家拿下，即使攻打下了燕国的城池，秦国也守不住的。我们再看另外的一个问题，如果如今攻打燕国的不是秦国，而是赵国呢？赵国只要发出号令，不出十天，几十万大军就会挺进到东桓驻扎了。再渡过滹沱，涉过易水，用不了四五天的时间，就到燕国的都城了。您心中衡量一下，我说的对不对。我在燕国的这一年，学习到了很多东西。所以我们从这件事情上可以得出一个结论：秦国打燕国是基本不可能的。跨越几千里的路程打仗是自取灭亡，赵国攻打燕国才是最需要考虑的。因为这只需要几十里的调军路程，您不忧愁近的祸患，却忧愁秦国打过来，这样对吗？"

燕文侯听了点点头："是寡人孤陋寡闻了。"

苏秦说："并不是大王孤陋寡闻，而是大王太务实了。您看，如果您联合赵国，以及其他的国家，这样不仅维持自己周边环境的稳定，而且能够组织有生力量来对付秦国。别的国家先不说，秦国当今是所有国家的敌人啊。"

燕文侯说道："秦国向来是彪悍的一个族群，现在实力也是最强的。作为一个政权，为了自己的利益，都会算计一下其他的国家的。秦国有虎狼之心，可惜现在其他的国家没有真正能够与秦国抗衡的啊。"

苏秦说道："这的确是个问题，现在没有一个国家的实力可以与秦国抗衡。但是身为其他国家的人，就要看到自己的处境，寻找脱离困境的办法。如果想对付强秦的实力，我认为只有一个办法——合纵！"

"合纵？愿闻其详！"燕文侯的眼睛忽然发出了光亮。苏秦的经验告诉他，这次燕文侯基本已经被自己拿下了。

"是的，合纵，既然单个国家不能对付秦国，咱们为什么不联合起来呢？六国联盟，如果其他的小国也想加入进来，只要能够对付秦国就可以容纳，然后推选出一个领导国家，一个领导者，即使不想攻打秦国，加入这个联盟也可以保障自己的安全啊！"

燕文侯听得十分入神，他不知道这个和自己女人好上的人现在正在利用自己。世界上的事情就是这样，利用的对面总有甘心被利用的一个人。

燕文侯没有直接回答苏秦的话，而是说道："先生可去过赵国吗？"苏秦说道："去过，在下送给了奉阳君一把阴阳剑。"苏秦想，燕文侯问自己去过赵国没，肯定是在试探自己在赵国的话语能力如何，这会影响到他决定加入合纵与否。所以他不提自己卖给奉阳君剑的事情，转而说是送。这个计策不是鬼谷子教的，苏秦有时候觉得自己悟出来的东西更管用。

燕文侯果然表现出了十分浓厚的兴趣，他说："奉阳君可是个够冷的人哩！"苏秦说："大王说的没错，在下在赵国可是等了好多天才见到他的面，怎么像在燕国呢，经王公的一介绍我就可以和大王见面了，可见大王也是热心的人哩！"

燕文侯笑得脸上开了花。他放下手中的玉龙，站起来说道："苏先生，咱们现在也不是外人了。听你说的话我十分高兴，天下大乱的时代出来这样一个智慧的人才，并且在我燕国住了一年！"

苏秦连说不敢不敢。燕文侯说："我燕国现在还是弱小的，可是我大燕的志向不小。现在燕国西边紧靠着强大的赵国，南边是齐周，都是能够给我们造成极大威胁的强国。这样，先生只要利用合纵的办法使燕国相安无事，我愿意倾国相从！"

燕文侯没有让苏秦走掉。当晚，燕文侯便设了宴席专门为苏秦送行。酒菜十分丰盛自不必说，有名望的各大臣陪席也是当然。对苏秦来说最重要的是，齐姬也来了。这自然不是二人的最后一次见面，但在喧闹的场景下，二人的悲伤分外觉得明显。齐姬十分殷勤地给苏秦斟酒，二人对视，情意无限。

酒席散后，苏秦醉醺醺地回到自己的住处。他心思十分复杂又十分安稳。安稳的是燕文侯已经给自己调遣了几匹好马和极豪华的车子，赞助给自己的金银财宝更是花不完。复杂的是，苏秦这些天天天梦到自己的家人，他有时候很想回去看看，可又不想跟齐姬分开哪怕一刻钟。

其实统筹看来，苏秦在燕国已经达到了自己的理想。尽管这个理想的实现有点虚伪，可什么不虚伪呢？苏秦所经历的一切苦难，远没有想象中的那么有意义。他生活在这个世界上，靠的无非就是一个字，钱。就是这么简单，那么反过来说，经历的一切就是为了钱？这是一个非常现实的想法。但是，苏秦毕竟背过神秘人的剑，脑袋里储存着鬼谷子的想法，天然归隐，也是他的一个梦了。这个梦与现实在苏秦的思维里面开始冲突。苏秦有时候觉得非常快活，且满足，有时候又感觉非常落魄。

三天后，燕文侯给苏秦的东西都齐备了，王公也在大江楼设了宴席给苏秦送行。可苏秦还是没走，他在等一个人。终于，五天之后，齐姬来了。她的穿着从来没有那么漂亮过，以至于苏秦都看呆了。当她踏进苏秦的屋子里的时候，苏秦觉得整个屋子都变亮了，他的心也变亮了。

苏秦早就在桌子上备上了酒菜，二人款款坐下，互相看着对方。齐姬的眼是那么清亮，这不是原来的清亮，而是因为眼泪。

"你……就要走了……"齐姬说到这里眼圈不禁又红了。苏秦深情地看着她，见她哭了，拿出手绢细心地给她擦擦。齐姬一把攥住苏秦的手，浑身开始颤抖，她哭得更厉害了。

苏秦叹了口气，说道："只要有你在，我其实哪里也不想去。可是我现在这个状态，可以在这里待一年，但迟早是要走的。现在燕国的形势我和你讲过，我相信，即使我没有给你讲过你也知道，不是非常好。我在燕文侯面前说的话有修饰的成分，可是的确是事实。所以为了我们日后有更稳定的相处环境，我得去赵国走一趟啊。只要赵国接受我的合纵意见，那么秦国的霸业就不会那么快完成，起码，我们就会有更长的时间待在一起。"

苏秦还没说完，齐姬一手捂住他的嘴，说道："别说了，别说了，我都知道，我想听的不是这些罢了……你可知道赵国形势吗？赵肃侯与奉阳君面上关系非常好，其实钩心斗角，政权争夺，势必会影响其他人的。如果你去，我担心你会受到伤害……"齐姬已经停止了哭泣，转而深深地叹息一声。

苏秦笑着说道："这个你尽管放心，赵肃侯我见过，对我印象还不错，而且是他给我介绍到奉阳君那里的。我将自己的那把宝剑卖给了他，他为了抱歉没有重用我，给了我非常多的金银。"齐姬说："你能够与他们相处我知道，只是知人知面不知心啊。在激烈的情况下，他们会对你做什么是不确定的，唯一可以确定的是，你会冒着风险去。"

说到风险，苏秦又笑了一下。他问道，你见过峡谷吗？齐姬摇摇头，表示没有出过蓟城。苏秦说："我跟随鬼谷子学习的时候，那里有一个鬼谷。"齐姬答道怪不得叫鬼谷子呢。苏秦摸了摸她的头发，继续说道："那是一个非常长、非常深的峡谷。从鬼谷子的门口一直连到西方的群山，带够粮食走几个月都到不了头。如果到了头，据说那里有深的湖，湖底睡着一条巨大的龙。据说峡谷里面有野兽，有雪人，有棺材……可是我在一个夜晚趁着月色去走了一遭，开始走的时候非常兴奋，继而有一种陌生的而又强烈的恐惧感，继而发现了那些黑色的棺材。我当时吓得要命，但还是决定继续走下去，因为这是我的第一次冒险，我不想就那么放弃了。然后我又走到天明，遇到了更多的棺材和山洞，可是体力已经透支过度，我连一步都爬不了了。最后我用砍刀砍树，喝树汁救命，接着走了一整天才回来，差点累死在路上。但是我回来了，所以，从此以后会有那么多的不得志，有那么多人不喜欢我。我也迷茫过，但是我没有再怕过什么东西。这次冒险，在我看来充其量不过在鬼谷里面游荡的十分之一罢了。而且，那么强势的秦国我都去过，就不用说赵国啦。"

齐姬的心情好了许多，她佯装嗔怒警告道："据说赵国有很多漂亮的女子，你可不要负了我！"苏秦紧紧握住她的手，说："我就是死也要死在你的面前！放心吧，我一定会回来的！"苏秦这句话让齐姬大受感动，她甩手从头上拔下一根金钗，对苏秦说："这是我随身带的东西，从不让别人动的，你要收好，在他国，见到这金钗就如同见到我！"苏秦也大受感动，提起腰上挂着的玉龙配，一手摘下，放到齐姬的手中，说道："这是我给你的定情信物，你也要收好。"齐姬小心地收到袖子里，扑到苏秦怀里放声哭起来。

　　苏秦看着外面风，吹散一地的落叶，不禁百感交集。离别就在眼前。

第十三章 **再见赵国**

苏秦把燕文侯给自己的钱财拿出三分之一，托人给自己的妻子送去，这既是他的一次补偿，也是对自己的一种救赎。男人有了歉疚心理就会对女人非常好。

苏秦幸福地离开，临出发前完成了最重要的事情——和齐姬的幽会。早有人备好车马，苏秦十分熟练地踏上去。车夫甩一下鞭子，车子西行，往赵国进发。

苏秦的出行档次越来越高了。从家里去燕国的时候，需要在途中找好马，不断替换。尽管公孙亮完成得很好，可还是有种穷途之感。现在有几十个军士给自己站岗，保卫自己，后面有十几匹马是专门为自己换用的，苏秦的出行豪华得像一个皇帝。

那是在一个十分舒爽的午后，苏秦慢悠悠地吃完饭，在宽敞舒适的马车里躺着，开始安静地想事。（自打从赵国回到家里，苏秦就已经不习惯安静地思考了）他想，这样安静地思考已经好久没有了，这一切的原因是什么呢？他想到了燕文侯，想到了奉阳君，想到了王公，想到了神秘人，想到了鬼谷子，可是这些都没有什么说服力。苏秦轻轻地揭一下车帘，阳光明媚，照得自己懒洋洋的。他换了一个更舒服的姿势躺下，人活着是为了什么，自己活着是为了什么。

如果说自己的脑子有一段时间非常累，那一定是在鬼谷的时候。早读需要读出声音，还需要跟师弟无休止地讨论，还需要担当起做饭的重任，那时候自己的精力可真好啊，每一觉都睡得那么香，每一天都有无穷的力气。

如果说自己的脑子有一段时间是非常闲的，那就是这几年了。在燕国除了吃喝不需要考虑太多的东西，只要有一张甜嘴就好，可是说得越多，脑子好像考虑的东西就越少，苏秦的感觉是——脑袋有点空了。

那么，回到最初的问题上来，自己现在获得的这些东西，终究是为了什么呢？得不到别的答案，那就只能归结到偶然上了。苏秦十分愧疚地得出答案，愧疚瞬时变成了懊恼。苏秦抽过一份帛书，看了几眼就觉得困得要命，便倒下睡着了。如心所想的，他在梦里和齐姬相会。

赵国的路程并不是很长，不到十天的工夫，苏秦到了那个对自己十分重要的城市——邯郸。

一下车，苏秦直直地瞪着太阳看了半天，对一个随身伺候的人说道："这邯郸是有点大啊。"那人笑着应承，马上安排苏秦住宿。

既然已经来过，苏秦的道路自然容易些。更何况，他还带了燕文侯写的信呢。可他不着急，这些年漫长的路程让苏秦磨光了着急的性子。

他第一个想找的人是王九。了解赵国宫廷里面发生的事情，王九这个人是最好的人选。于是派人去寻找，很快，王九风尘仆仆赶来了。

苏秦让进，上下打量一下。他发现王九比之前白胖了，身上的衣服也是现下十分流行的黑色绸缎，便笑着说道："九兄，别来无恙?"王九一看苏秦这阵势，心下明白了大半，早就作揖到地，连忙赞叹，说："先生果然飞黄腾达，我眼力不差!"苏秦见老朋友说话动情，心下更是高兴，拉着王九的手，问道："这些年，过得还好?"

王九拉苏秦坐下，说："再好也好不过先生啊!先生送我的那块金，我用一半通了上面，升了个小官。另一半与人合伙开了个酒楼，叫做晚亭楼的。"苏秦一听他升官了，心下高兴。他肯定知道一些自己需要的事情，需要转个圈儿，问他一问。

苏秦先对王九表示了祝贺，然后凑过来，细声在王九的耳边说："不知道现在奉阳君怎么样了?"王九听后脸色大变，心道你既然知道奉阳君怎么样了还来问我?便正色道："恩公果然不知道奉阳君的事情?"苏秦心下一动，脸色也变了。他想，果然出事情了!那避讳已经毫无用处了。

苏秦请王九入座，说："实不相瞒，还请赐教。"

王九方知道苏秦故意拉低声音是为了试探一下，既然也试探成功了，他索性全盘告诉苏秦，事情是这样的：

在苏秦走后，奉阳君得了宝剑，整天舞习，其他官臣王公早就对他心存不满。前面说过，奉阳君是个武将，在人情方面做得并不到位。所以，尽管表面上是赵肃侯将自己的位置让给了奉阳君，其实这是赵肃侯的一计，为的是笼络人心，并且让奉阳君失去人心。

当奉阳君得到了苏秦的那把阴阳宝剑之后，有人立马报告了赵肃侯。赵肃侯心想，算计奉阳君的时候终于到了。于是他安排了很多手下，叫传出话去，说奉阳君请人给自己打造了一把阴阳剑。这剑的正面是阳，便是开锋的一边，代表奉阳君自己的灵性。另一边是阴，没有开锋，便是赵肃侯的灵性。那把宝剑一天需要一个人的鲜血来奉养，所以阴森森，锋利无比。而奉阳君养这把宝剑，为的就是将赵肃侯的气脉消耗殆尽，然后赶尽杀绝，自己做赵王。

赵肃侯不仅让人在宫中传开这话，还叫人在邯郸大街小巷里传谈。有人相信，有人质疑。但是既然奉阳君本来就不大讨人喜欢，很多人就是不相信也相信了。一时间，赵肃侯成为了全赵国人怜悯的对象，而奉阳君成为了人们口诛笔伐的对象。

奉阳君当然不可能不知道这些闲话。但是一来赵肃侯对自己的态度丝毫没有变，热情至极。另一方面赵国中自己的闲话向来就不少，所以也没有十分在意，只是暗中查明了几个传播这些话的人，打了个死去活来。

赵肃侯见这一举动没有起多大的作用，便想出了另外一个办法。奉阳君最宠爱的妃叫喜成，美丽无比，聪明绝顶。赵肃侯就买通了她的丫鬟，对她说奉阳君的那些闲话，最后终于连喜成都有意疏远奉阳君了。奉阳君觉得不对劲，便问喜成，到底发生了什么事情。

喜成也是个有气势的女子，将那事情一说，便质问奉阳君。奉阳君十分恼怒，先是发毒誓为自己澄清，抚慰喜成，而后查明那丫鬟，严刑拷问，才终于知道了赵肃侯的诡计。

正好赵肃侯约定奉阳君第二天到府中饮酒，奉阳君想就趁这个机会去问他一问！

第二天，奉阳君果然带着自己那阴阳剑，气势汹汹地来到了赵肃侯的府上。赵肃侯一看奉阳君来者不善，也就明白了八九分，暗地里在酒席边设了无数人手。酒酣之际，奉阳君舞剑，想要借机杀掉赵肃侯，没想到赵肃侯一声令下，弓箭手将奉阳君射成了刺猬。

然后赵肃侯顺理成章地当了赵国的大王。

苏秦听罢心中惊疑不定，心想王九尽管不是自己的心腹人，到底是自己帮助过的，欺骗自己的可能性不大。如果王九说的话全是真的，齐姬的预感是对的，赵肃侯看似豁达，没想到也是个阴险的主儿，和这种人打交道要注意了。如果王九说的话是假的，那也有一件可以肯定的事情，奉阳君已经死了。

苏秦叹了口气说道："这次我是奉燕文侯的命令来和赵国合作的，我认识的奉阳君又死了，这可如何是好啊。"

王九说："恩公别急，您来的时候不坏，如果在赵肃侯当王之前，您来可能会有危险，可现在一切都定下来了，他不会把您怎么样的。我那兄弟见奉阳君失败，逃去了，可在赵肃侯下面，我也是有几个相熟的。您要想见他也不是很难的事情，我帮你引荐。"

苏秦要的就是这句话，听王九如此说心中大快。他一摆手，后面的人马上呈上一盘金银。王九知道苏秦的意思，心中不好推辞，说道："我本来是不应该要恩公给我什么的，可是我知道恩公的做事原则。恩公放心，我会上下打点，把这件事情当做我自己的事情来做！"苏秦听了，拍了拍他的肩膀，说："快回去吧。现在尽管奉阳君去世了，可毕竟是敏感时期，我不想因为你来我这儿给你找口舌。"

王九拜了一拜，走了。

很快，赵肃侯便召见了苏秦，比苏秦想象的还要快。

赵肃侯说道："先生远道而来，十分辛苦。"苏秦见赵肃侯的态度不像是对自己有很大敌意，尽管也不像没有，但充其量是试探的状态，苏秦的心先放下了一半。

他说道："大王可知道我为什么来到赵国吗？我听说如今所有臣下百姓都希望能够到您身边，聆听一下您的治国方法啊。并且这种渴望已经持续了很久了。我敬佩您的仁义，但是，在之前的很长一段时间里，您也过于仁义，

以至于奉阳君当权。他是个嫉妒人才的人，您又不喜欢和他争执，这就使得宾客和游说的人来到赵国的不是很多，也不能在您面前畅所欲言。如今奉阳君已经不在了，对您来说，您终于可以和您喜爱的百姓军士们亲近了。所以，请恕我来冒犯之罪，我今天要请您听听我的一些想法。"

苏秦的开场白说得十分精彩，赵肃侯非常受用，脸上逐渐显示出了喜色，而不是苏秦刚进来的时候的稍微的敌意。他说道："先生为寡人着想也确实辛苦了！请坐请坐，先生的意见还有什么，尽管说，寡人会认真考虑的。想来无事不登三宝殿，看先生一副胸有成竹的样子，寡人也好奇。"

苏秦知道，这些整天和耍嘴的人打交道的君主不喜欢太多的客套话，便说道："大王如此圣明，在下就不转弯抹角了。我私下里常常想，现如今诸侯纷起，各位君主哪一个算得上是行仁政的呢？等我把不行的人排除后，发现只剩下大王您了。身为一国之主，最重要的是什么呢？就是要考虑人们的利益，使他们的生活安定，使战争远离自己的国土。安居乐业，说的就是这个意思。就现在的形势而言，这些东西的前提是什么呢？是邦交。只要与其他国家的关系处理好了，人民就安定。与其他国家的邦交处理得不好，人们就没有安定的生活。现在请允许我分析一下赵国在外交上所面临的问题：如果赵国与齐国和秦国这两个大国为敌，人们就得不到安宁了。当然，大王可以有自己的想法，结交秦国攻打齐国，但这样人们同样不会得到安定的生活环境。反之，结交齐国来攻打秦国也是这样的。所以，君王们常常面临的问题就浮出水面了——如果想要算计别的国家，攻打别的国家，就必须公开声明跟某个国家断绝关系。或者直接说处于战争状态，大王一定要注意，不要轻易把这话说出来。

我是一个没有什么大的才能的人，如果说有一点优点的话，偶然对于问题的分析还是勉勉强强到位的吧。您如果真的能够听从我的建议，燕国一定会献出盛产毡裘狗马的土地，齐国一定会献出盛产鱼盐的海湾，楚国一定会献出盛产桔柚的园林，韩、卫、中山都可以相应地献出供您汤沐的费用。更重要的是，您的亲戚们也有了封侯的机会了。得到越来越多的割地，享受自己应得的权利，这就是古往今来所有统治者追求的东西。大王仔细想想，春秋五霸不惜牺牲自己的军队去竭力追求的东西不就是这两样吗？商汤武王之所以要起兵并且冒着非常大的风险去争取封侯，也是一个十分有说服力的论证，大王认为不是这样吗？为了让自己可以安然就座，轻易地获得这两种好处，我愿意为您效劳。"

赵肃侯听完默然了许久，他在衡量苏秦此行的真正目的。他知道这些人都是为了钱财而来，但是他仔细地想苏秦的话的时候，觉得十分有道理，便说道："我知道先生为寡人着想，先生与我赵国也有十分好的缘分嘛，先生尽管说下去。"

苏秦说道："多谢大王。咱们现在一项一项来做假设，如果大王您和秦国结成友好关系，那么秦国从这种关系中得到的东西会是什么呢——鉴于秦国是如今最强大的国家，他一定会利用赵国去削弱韩国和魏国；如果大王和另一个强大的国家齐国结成友好关系呢，那么齐国一定会利用这种优势去削弱楚国和魏国的势力。每一个国家都喜欢为自己着想，所以这些还是在下的保守估计，大王想必没有什么异议。那么大王再想，如果魏国被削弱了势力，就会割地河外。如果韩国被打击了，首先会献出来的土地是宜阳。如果宜阳被秦国给夺取了，上郡的安全就得不到保证了。河外一断，上郡的交通就会被割断，那么这一个地方基本就不在咱们的掌握范围之内了。如果楚国被削弱了呢？您想一想那里的屏障作用，您会变得孤立无援啊。这三个方面您不能不好好考虑一下，不是吗？"

赵肃侯说："先生这个具体的解释是十分到位的。实不相瞒，宜阳和河外也是赵国的大臣们经常跟寡人提到的地方，因为战略地位十分重要。好，你接着说。"

苏秦说道："如果秦国把轵道作为攻击的目标，那将是十分容易实现的目标。那么，这个地方如果被占领，韩国的南阳也就危险了。秦国如果进一步占领了南阳，下一步将要做什么呢？我认为狡猾的秦国肯定会包围周都。这时候，赵国如果再不有点反应，就是甘心被欺负了。如果秦国占领了卫地，打下卷城，齐国就没有什么继续与秦国为敌的理由了，俯首称臣是肯定的事情。那么，秦国的势力一旦在山东地方形成，下一步的目的即显而易见了，它的目的一定会是赵国。假如秦军渡过黄河，越过漳水，占据番吾，秦国和赵国就要开始一场前所未有的战争。而战斗的地方，在邯郸城下面，大王想到这里还会觉得没什么好忧虑的吗？"赵肃侯听完吸了一口冷气，这在理论上是可能的，在现实中更是极有可能的！

苏秦接着说道："赵国，我前面说过，是当今的大国，山东的国家没有比赵国更加强大的。赵国方圆两千里，战车有几千辆，军队有好几十万，粮食可以供应国家使用好几年，这些都是其他很多国家所不具备的硬实力。赵国的西边有常山，南边有漳水，东边是清河，北面便是燕国了。大王不要单纯以为我是从燕国来的就只为燕国说好话，燕国是个非常弱小的国家，大王肯定比我清楚。这个国家不值得害怕，并且燕文侯是一个比较温和的人，他最大的愿望是保住自己的国土，没什么大的野心，这个一点也没有夸张。

从宏观上来看，如果秦国只憎恨一个国家的话，那个国家肯定是赵国。因为赵国的实力足以和秦国媲美，并且赵国的地理优势是秦国所不具备的。那么，秦国为什么不出兵打赵国呢，就是因为秦国害怕韩国和魏国在后面算计它啊。螳螂捕蝉黄雀在后，他们肯定会考虑到这一点。如此，韩国和魏国就是咱们赵国南边的屏障了。大王您看，秦国如果攻打南边的韩国和魏国，赵国还有什么地方可以保护自己呢？大王不要误会，我并不是说秦国有完全的实力占领赵国，我意思是秦国的侵略思想不占国家意识形态的主要方面。大王可见过桑蚕吃树叶吗？秦国的意图就是逐渐蚕食赵国啊。韩国和魏国基本上没有可能阻挡秦国，他们剩下的唯一选择就是臣服于秦国，这也是臣下所担心的啊。"

"我听说当初唐尧没有分到过三百亩的赏赐，虞舜也没有得到过一尺的封地。就是这种情况下，他们却能拥有整个天下；夏禹聚集的民众不够百人，可以说少得可怜了，却能在诸侯中称王；商汤、周武的卿士不足三千，战车不足三百辆，士兵不足三万，却能成为天子，掌握天下大权：这是因为他们确实掌握了夺取天下的策略啊。所以，一个贤明的君主，对外要能预料敌国的强弱，对内呢，要能估计士兵们的素质的。这样用不着等到双方军队互相打起来，胜败存亡的关键所在早就在自己掌握中了。那么被众人的议论所蒙蔽就是不可能的事情了，那么昏昧不清就不会占据您的心胸。"

赵肃侯这时已经听得入神了。他的眼神十分悠远，手中摩挲着丝绦上的玉佩，没有停下。

苏秦接着说道："我私下研究过天下的地图，各诸侯国的土地五倍于秦国。我也保守地估计过诸侯国的军队，差不多十倍于秦国。那么，假如六国结成一个整体，同心协力，向西攻打秦国，秦国的出路还会有吗？秦国一定会被打败。如今很多国家害怕秦国的势力，反而向西侍奉秦国，向秦国称臣。打败别人和被别人打败，让别人向自己称臣和自己向别人称臣，难道是同样的事情吗?！"

赵肃侯说："这想必就是先生的合纵政策吧?"

苏秦点头，道："大王知道与合纵政策相反的是什么吗？对，是连横。凡是主张连横政策的人，都想把各诸侯国的土地割让给秦国。只要秦国的霸

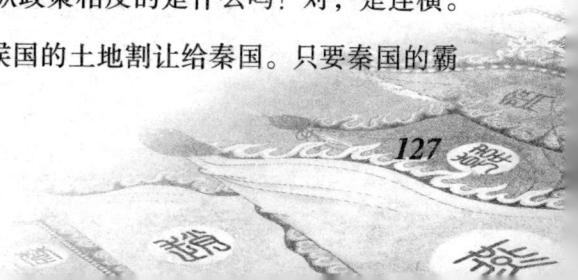

业成功，那些只贪图富贵不顾及尊严的人就可把楼台亭榭建得高大，把宫室建得华美，欣赏着竽瑟演奏的音乐，前有楼台、宫阙，高大华美的车子，后有窈窕艳丽的美女，至于各国遭受秦国的祸害，他们就不去分担忧愁了。所以那些主张连衡的人凭借秦国的权势日夜不停地威胁诸侯各国，谋求割让土地。这些人都是狼子野心，因此，希望大王能仔细地考虑啊。"

赵肃侯听了，点头不语。

苏秦说道："我听说贤明的君主最明显的特质就是相信自己的判断，并且做事十分果断，我认为您就是这样的人。我听说赵国基本没有奸臣佞贼为非作歹的事情发生，这恰恰说明了大王您的功劳。是的，排斥谗言，摒弃流言蜚语的途径，堵塞结党营私的门路，这是为政者的能力所在啊。所以我才有机会在您面前陈述，使国君您更加受尊崇，使您的土地得到扩展，使军队更加强大。我私下为大王考虑，为了对付野蛮的秦国，使韩、魏、齐、楚、燕、赵结成一个相亲的整体，是最有效的方法了。这几个国家为的是天下的正义，相信一定可以战胜秦国那种张扬跋扈的国家！让天下的将相在洹水之上聚会，相互沟通以前固有的嫌隙，筑台子，杀掉白马歃血盟誓，互相约定说这些话：假如秦国攻打楚国，那么齐、魏就分别派出精锐部队帮助楚国。韩国就切断秦国的运粮要道，使他首尾不相应。赵军就南渡河漳支援，燕军就固守常山以北。假如秦国攻打韩国、魏国，那么楚军就切断秦国的后援，齐国就派出精锐部队去帮助韩、魏。赵军就渡过河漳支援过去，燕国就固守云中地带。假如秦国攻打齐国，那么楚国就切断秦国的后援，韩国固守城皋，魏国堵塞秦国的要道，赵国的军队就渡河漳挺进博关支援，燕国派出精锐部队去协同作战。假如秦国攻打燕国，那么，赵国固守常山，楚国的部队驻扎武关，齐军渡过渤海，韩、魏同时派出精锐部队协同作战。假如秦国攻打赵国，那么韩国的部队驻扎宜阳，楚国的部队驻扎武关，魏国的部队驻扎河外，

128

齐国的部队渡过清河，燕国派出精锐部队协同作战。假如有的诸侯不照盟约办事，便用其他五国的军队共同讨伐他。

这当然是我的想法，但是我认为这是十分必要十分实用的想法。六国相亲结成一体共同抵抗秦国，那么秦国一定不敢从函谷关出兵侵犯了。这样，在所有的联盟国家里面，赵国便是最强大的了，受益最大的便是您了，您霸主的事业难道不会成功吗？"

赵肃侯说道："尽管我现在已经是一国之主，但是实际上与那些君王相比，我还年轻，不曾听到过使国家长治久安的策略。如今听先生说了这么多想法，我思量一下，的确是可以让天下得以生存，使各诸侯国得以安定的啊。我拿一个国君的人格担保，愿意倾尽全国的力量来相从！"

因为有了利益，所以这个理由更容易让人信服。

第十四章

从邯郸到洛阳

赵肃侯的话让苏秦一下子兴奋起来。他站起来，激动地说："在下绝对不会让大王失望的！"连声音都有些颤抖了。

从决定开始云游到现在，苏秦这次是距梦想最近的。苏秦先派人到燕国送信。到了晚上赵肃侯宴请苏秦，觥筹交错间苏秦恍然觉得这个场景有些熟悉。原来是告别燕国的时候，燕文侯也是这么宴请自己的。而那时，齐姬还在自己的身边，自己回头转身就可以看到她。现在想起来，苏秦兴奋得有些伤感了。是的，生活给了他太多的磨难，这是再多的成功也不能够掩盖的。生活的真实让他有些不知所措——尤其是在想起齐姬的时候。

苏秦默默饮着美酒，当赵肃侯让自己讲话的时候，他欠了欠身子，说道："在下出身贫寒，小的时候要过饭，给人家打过工。之后长大了虽然跟随鬼谷子学习了一段时间，出来也没什么出息。如果说在下得到了一些什么的话，那就是大王的赏识罢了……"想起自己的身世和逝去的父母，苏秦的眼睛不觉湿润了，以至于声音都有些哽咽。大臣们听到他说自己受到了赏识便没了下文，变了声，还以为他是因为感激众位的知遇，都唏嘘不已。赵肃侯更是激动得离席敬他，苏秦一饮而尽。

苏秦回到住处的时候，赵肃侯已经打发王九领着人将礼物送来了。其中装饰车子一百辆，黄金一千镒，白璧一百双，绸缎一千匹。苏秦住的那间屋子比起这些东西来简直是芝麻比西瓜了，这些都是赵肃侯让苏秦用来游说各诸侯国加入合纵联盟的。

可是苏秦的脑海里显现的都是齐姬的身影，白天新交的朋友们争先恐后地来拜访还好些，到了晚上独守空房的时候，就越发觉得难受。孤单寂寞加上思念是一种很难让人忍受的事情，这样的状态直到公孙亮的到来才结束。

那是一个十分清爽的中午，太阳照得干爽。苏秦慢悠悠地循着城墙溜达，忽然有人来报说有家乡人来找。苏秦想起妻子，心道莫不是她来了吧，她来的话是为什么呢，是公孙亮告诉了她自己和齐姬的事情？倒是不怕她不高兴，就怕她把这件事传出去，那自己的一切都毁了。苏秦边急匆匆往回赶，边竭力思考来者何意。当他见到公孙亮拜迎自己的时候，一切疑虑都没了。苏秦笑呵呵地扶起公孙亮，既惊且喜，让进屋子里。侍卫见公孙亮穿着破烂，完全是一个仆人的模样，对苏秦的行为有些不理解，可看苏秦如此热情，又感觉苏秦的热情是真心的。

"怎么找到这里来了呢？"苏秦让人准备午饭后，问公孙亮。

公孙亮见苏秦春风得意，心中已经明白了大半，也没有过问他和齐姬的事情。他把身边的茶一饮而尽，抹了抹嘴说道："想主人是不假的，主要是夫人让来的。"苏秦心道果然不出自己所料，妻子等的时间也的确太久了。想到这里，倒是觉得自己有些狠心了。

苏秦说道："我找人从燕国送到家里的东西，都收到了吗？"

公孙亮说："都收好了，夫人开始还以为老爷没赚到钱财，不想回去了，家中的财产差不多用没了，恰好老爷又着人送去，解了燃眉之急。夫人说，老爷还是十分惦念家里的。"

苏秦听了，一股暖流涌遍全身，说道："夫人生下的孩子怎样？"

公孙亮说："倒是忘记告诉老爷了，夫人生了一个男孩，如今还没有取名字呢。夫人说，专门等老爷回家的。"

苏秦听后越发心痒，想起自己和妻子共同度过的日子，虽不像跟齐姬那样令人如痴如醉，也是温馨暖人，那是贫贱时期的患难与共。

苏秦发现公孙亮的衣服有点破烂，试探性地问道："这一路来很辛苦吧！"公孙亮哈哈一笑："老爷安然无恙，便不辛苦。只是苦了我从洛阳跑到燕国，又返回到赵国了。"苏秦也笑了，想这么一个忠厚的仆人，当真是难得。这个时候，酒菜已经摆了上来。公孙亮给苏秦敬酒，顺便问利有没有回家的打算。毕竟，这才是他从洛阳作别自己新婚妻子来到赵国的最大原因啊。"

苏秦知道他的意思。他转动着酒杯，想，如今自己已经富贵满堂了，年小时候做的那些富丽堂皇的梦，已经近在咫尺。当然有更大的企图，可现在自己太疲惫了，是需要回家休息一下的时候了。奇怪的是，齐姬此时竟然在自己心里不是那么让人热血沸腾了……苏秦摇摇头，清理一下自己的思路，说道："家，是要回的，那里永远是我的家。"听主人这么说，公孙亮马上眉开眼笑，几个月的疲惫仿佛一下子就消失殆尽了。

"可是……"公孙亮毕竟是一个聪明的角色，他知道齐姬现在对于苏秦来说未必是可以轻易割舍的事。"可是老爷也应该仔细想一想齐姬的事情吧……"

苏秦心中不自在起来，这是他心中的一根刺，不得不说是这样的。他抚着自己的手掌，半晌，说道："我十分想家，可齐姬，你也知道的，对我来

132

说意味着什么。"

公孙亮知道是这个结果，也知道苏秦在模糊这个话题。为了不让苏秦尴尬，他只好住嘴，起身劝了苏秦一杯酒，说道："世界上哪有仆人与老爷共杯的呢，老爷的抬爱对我来说的确是再生之德！"主仆二人喝到大醉方罢休。

主意已经定下来了，苏秦准备先回家一次，在游说其他国家的时候，也要多回几次家。

可是苏秦最害怕的敌人，秦国，这时候也在行动，它已经等不及地要开始自己的吞并霸业了。

苏秦外出以来遭受的最大的打击开始了。

事情是这样的，周天子把祭祀文王、武王用过的肉专门赐给秦惠王。惠王派犀首攻打魏国，生擒了魏将龙贾，攻克了魏国的雕阴，并打算挥师向东挺进。

苏秦最害怕的秦赵之争就要发生了，他忧虑不已，连回家的心思也没有了。怎么办呢，公孙亮此时也心急如焚，他对于天下大事还是了解的，又勤奋好学，因而知道一些国家的动态。如果秦国把赵国给灭了，整个中原地区从此便没有了安宁的日子。

主仆二人又陷入了深深的苦恼中。

夜深沉，苏秦和公孙亮都没有睡着。苏秦知道自己有很好的口才，可是当面对全副武装的军队的时候，一切都成为了空中楼阁，他见过军队走过之后大地的模样，地不是完整的，人也不是完整的，死人一堆一堆，无人发丧！

苏秦问公孙亮："你认为秦国打赵国的可能有多大？"

公孙亮说道："老爷的担心不是没有道理，如今的秦国就是一只猛虎，只要有机会就会咬人。老爷的合纵政策如果现今实行起来，不到一月的时间就可以组成一只实力远在秦国以上的军队。可就怕秦国把握战机，实行迅速的歼灭战，那我们的一切都没了啊！"

苏秦点点头："秦国现在打起来，赵国倒也不是很怕，几十万大军就是再不济也能顶上几个月。那个时候，其他国家若想支持，增援的军队肯定可以到达，我就是怕其他的国家不能被我说动……"

"是啊，如果秦国动兵，肯定会对各个国家实行外交压力，其他的国家更不容易被说动了，老爷可算是任重道远啊。"

苏秦见公孙亮的表情不是十分忧虑，便说道："亮有什么计策，可以让我参考一下吗？"公孙亮说道："主人没有，我怎么会有呢？"

苏秦说："咱们两个亲如朋友，你还有什么好隐瞒的呢？"

公孙亮便侧过头来，低声说道："老爷不是有一位十分有才华的师弟吗？我听老爷说，他的才学竟然不在老爷之下。只要你们的关系足够好，让他打入秦国的内部，来给我们提供一些信息，这不好吗？"

苏秦若有所思，低头不语。

公孙亮知道他是不愿意利用自己的好兄弟，便说道："老爷曾经说过，从秦国回来经过魏国的时候，资助了他很多钱财。这当然说明老爷十分讲情义，但授人以鱼不如授人以渔，如果张仪在秦国立住脚，老爷从此就可以大胆地游说六国，无后顾之忧了啊。"

苏秦笑了，说："不好不好，再容我思考一下吧！"

公孙亮不达目的誓不罢休，说："老爷再迟疑，秦国就打过来了！"

苏秦长长地叹了口气，说道："好！你的建议很好！只是——我怕张仪受到伤害啊。"

"人要是想富贵，必须要冒着一定的风险。比如我想要富贵，就要来寻找您，路上坎坷一言难尽。老爷您要想富贵，就要游说四方，吃过的苦头更是不比我少，您衡量一下吧。"

苏秦终于答应了，说："那咱们得改变计划了，先去魏国找张仪然后回家！"公孙亮郑重地点了点头。

苏秦禀明赵肃侯自己要去魏国一趟，言明是为了合纵的政策。赵肃侯另外给了苏秦一些钱财，苏秦带了，与公孙亮一起往南走去。赵肃侯又派了二十个甲兵给苏秦，苏秦拒绝了。

一路事情不必细记。

等苏秦到张仪的面前的时候，张仪喜不自胜。苏秦介绍了公孙亮，说这也是一位志士，三人互相行礼，然后进屋详谈。

张仪欢喜得脸都红了，他说："师兄上次不辞而别，这次可得在我这里好好住一段时间了！"苏秦笑着看了看四周，发现屋子已经重新盖了，不是很豪华，却很精致，说道："实不相瞒，师兄我是无事不登门啊，你现在过得满意吗？"

公孙亮笑而不语，张仪愣了一下，"当然满意啊，时常没事情便与杨公明和一帮朋友谈论时事。前几天还谈到师兄在燕国的漂亮手段呢，而且承蒙师兄的资助，生活已经不成问题了。"

苏秦算了自己给张仪的钱，如果加上新盖的屋子，到现在肯定所剩无几，便给公孙亮使了一个眼色，公孙亮拿出一个包裹来。

张仪一看便明白了怎么回事，脸又红了，说："单靠师兄来资助我，实在不是长久的法子啊。"苏秦笑着说："不瞒师弟，这次还真不是单单送钱财给你的，有一件职务想请你，算是个长久之法吧！"

张仪连忙问是什么职务，苏秦说："当今天下大势，秦国为首，其他国家无不侧目而视。我想让你去秦国，凭着你那过人的才华与口才，谋得一份职务。我一辈子没什么重要的人，你对我来说好比手足。而且你素来有大的志向，秦国十分富裕，我希望你考虑一下。"

135

张仪听了之后沉默不语，想自己从来没去过秦国，具体的事宜毫不清楚，连道路也不知道，实在是没有办法啊。刚要推辞，苏秦说："一月之后，你到邯郸找我。在去秦国之前，我需要给你一些建议。"张仪本不想要钱，可是他知道苏秦是为了给自己准备马匹与钱财之类。不要，自己又没钱，终于点头答应了。

苏秦十分高兴，公孙亮也加入了谈话。过了一会儿，张仪的妻子早就把杨公明请来了。四个人一见如故，谈得十分畅快。

第一步的目标已经达成，苏秦的下一步很简单，顺着上次的路回家。三天之后，公孙亮和苏秦到达了洛阳。

尽管苏秦这次没有带赵肃侯赠给自己的侍卫，但他在游说各个国家的消息早就传开了。公孙亮驾着马车带着苏秦回家，同一个乡里的人几乎都到大路上看他。对于一个背井离乡那么多年的人来说，没有比这更激动人心的了。苏秦与人们打招呼，人们纷纷议论，仿佛哪个大王巡游。

马车迅速行驶，转眼间到了哥哥家门口，他发现嫂子和哥哥已经跪在了下面。苏秦令公孙亮停车，慢慢地下马。他用手抚摸着旁边的那棵高大的槐树，竟有种似曾相识的感觉。是了，第一次回家的时候，也是从这里走过，第二次回家的时候，也是从这里走过，这里竟然是到自己家的必经之地了。

苏秦看周围黑压压的人，点头微笑，只是不理地下的嫂子和半跪的哥哥。弟弟和他们进行着默然的对决。时间一分一秒地过去，周围的人议论的声音越来越大了。

终于，嫂子忍不住了，她抬起头，看了苏秦一眼。苏秦也看着她，她说："恭迎叔叔回家。"然后又低下头，仿佛没有抬起来过。

苏秦还是没有作声，哥哥见如此赶紧也拜了，说："弟弟终于回家了。"脸上却是害怕的样子，这应该是兄弟之间最让人费解的对话了，观众议论的声音越来越大了。

苏秦却说话了："几年前，我受尽落魄，一人回到家里。嫂嫂只当不认识我，哥哥只当我是个疏远的亲戚，为何今天二位要给我下拜呢？"说完马上走向马车，他的目的已经达到，他想说的话已经说完。哥哥从脸红到脖子根，嫂子的头埋得更低了。苏秦心中一阵憎恶，却停住了脚，走到二人跟前，他要更加猛烈地羞辱二人一番，站在二人面前就是最好的羞辱。

然而嫂子却抬起了头，眼睛里全是泪水，她咬了嘴唇，说道："先前不认叔叔，是因为叔叔贫穷，如今给叔叔下拜，是因为叔叔的钱财多得不可胜数。"说完回头看一下自己的丈夫，苏秦的哥哥深深地低下头。

苏秦没想到嫂子会这么坦诚，他刻意仔细地看嫂子的头，头发白了差不多二三分，心中忽然想起了自己的妻子，第一次空手回家的时候，她也摆出了一张冷漠的脸，甚至还曾暗暗咒骂过的吧。可那或许是太多的委屈使然，两人最后不也和好如初了吗？父亲母亲在世的时候，妻子任劳任怨，所以她总归是好女人。

想到这里，苏秦对于自己身处的那个阶层忽地有了一种怜悯的情意。他看看周围的人，全是破衣烂衫。这些人其实都是老实巴交的劳动者啊，他们不懂得投机取巧，不知道玩弄权势，不喜欢凭嘴说话，他们只相信自己的土地。这与父亲母亲多么相似啊，这些人的品质，就是自己祖宗的品质。这些品质也大量地存在自己的心里，他不能忘本啊。

苏秦看见不远处有两个孩子，可怜兮兮地望着地上的嫂嫂哥哥，那是哥哥的孩子。苏秦差点哭出来，这是自己的亲人哪！竟然在地上卑微下跪，在众人的目光下，这该是一件多么丢脸的事。他们现实，可那是因为他们有自己的孩子，要养活一家人哪！

苏秦的眼眶里慢慢起了雾，他看看公孙亮，公孙亮笑了一下，朝他点点

头。苏秦上前两步，扶起嫂嫂哥哥，将眼泪忍下去，说："咱们都是一家人，何必行此大礼！"嫂嫂听了，哇的一声哭了出来。哥哥握着苏秦的手，也已经泣不成声。苏秦招呼那两个孩子过来，连公孙亮一起，往家里走去，周围的乡亲啧啧称赞。

到了自己家门口，公孙亮下马车，跑进去招呼了一下，然后苏秦的妻子抱着一个孩子迎了出来。苏秦先迎上去与妻子说话，然后抱着自己的儿子回屋，见嫂子和妻子说话没什么不自然，方知道他们早就和好了，心下更加安然。当即给哥哥些钱财，让他重整房舍之类，嫂嫂哥哥感激不尽。

第十五章

韩魏之旅

公孙亮也回到自己家里，苏秦厚赏了他。

久违的家的温暖，让苏秦流连忘返，一住就是半个月。奇怪的是，这期间苏秦丝毫没有想过齐姬。

可是齐姬想他。

她送信来了，书信是一个叫刘中的士兵带来的，他是苏秦在燕国的时候和齐姬的信使。齐姬打听到苏秦从赵国回家，对苏秦的思念又仿佛难以遏制，便给了刘中许多钱财，让他找到苏秦这里。

苏秦一见刘中，心底一股冲动便涌了上来，一下子将这些天安稳的情绪打破。好在家人都以为这是公家找苏秦的，也没什么话。苏秦慌忙接刘中进家，酒饭招待，给了他几倍的路费，留他在自己家住下了。

苏秦暗地里打开书信，只见上面写着：

苏郎如晤：

自郎一别，二月有余，妾身常思，茶饭无味，当日海誓山盟，孰料一去无音，此乃天意乎？苏郎有志，并天下而抗秦，齐姬无心，情长晕晕难耐。人云旧去新来，不知妾身为旧乎？为新乎？抑或更旧之人有之，更新之人尚存？鸿雁无情，难托信书，青鸟有踪，昆仑路远，故付情与刘中，千山万里，尚乞达传，此书到苏郎时，燕国彩云，鸿园莲结并蒂矣！

苏秦一看，泪水就出来了。和齐姬共同度过的每一个美好的时刻又在自己的脑海里浮现，齐姬那仙女一样的身姿，多情的模样，实在迷人极了！

她在担心自己，她是个可怜的人。苏秦见过许多那种在宫里郁郁而终的女人，自杀的更是不在少数。齐姬的苦楚他一清二楚，更何况那是自己心爱的人啊！于是苏秦起笔回信道：

秦一介草民，上承仙人眷恋，心满意足矣，今乱世纷扰，多事缠杂，未及与信，实为憾哉！想汝情暖人，腊冬春情，秦一生不可释怀，旧人当在，新人永去，汝身便日日新，时时新，不复旧矣！

他日苏秦合并六国，一怒而诸侯惧，安居而天下熄，天赐良时，当与君共度！

写完之后交付给刘中，赏了他好几倍的路费，刘中急忙赶回去了。

所有人都不知道刘中的身份，除了公孙亮。他见苏秦几日来心事重重，想肯定是齐姬派人来和他联系了，也无法说太多，只是提醒苏秦，秦国虎狼之心，什么时候都不可大意。

一日，二人出门散步，苏秦说道："下一步我们要去哪里呢？"他想去燕国与齐姬相会，可那样自己游说列国的计划就会推迟。自己也拿不定到底应该怎么样，便想让公孙亮说一说。

公孙亮当然知道苏秦的犹豫，他说："老爷难道忘了在赵国的时候，怎样的心急如焚吗？怎么会因为一个女人坏了自己的大事呢？"

苏秦说："我当然没忘，只是……跟你说实话吧，齐姬很想念我，我也很想念她，我实在是想见见她啊！"

公孙亮说："主人想怎么样，在下当然只有跟随的分。只是既然主人问我的意见，我只能按事实说话，就是这样。我的意思还是一样，去韩国游说，我们的时间并不多。"

苏秦沉思了半晌，终于决定，第二天就去韩国。

往南走了几天，苏秦来到韩国，去游说韩宣王。韩宣王早就听说了苏秦，也知道了他的主张，只是还没有定下来到底应不应该听他的。苏秦见他的第一面就看出来了，韩宣王尚处在犹豫的阶段，苏秦决定激发他。

苏秦说道："大王其实没有什么好担心的。韩国是如今防守最好的国家，我们北部有坚固的巩邑、城皋，西面有宜阳、商阪的要塞，东面有宛、穰、洧水，南有陉山。从面积上来看，纵横近乎千里。这样的地方，谁都不会轻易进攻的。同时，韩国不仅有优越的防守条件，进攻的武器更是天下闻名。

我们的武装部队有几十万，天下的强弓硬弩几乎都是从韩国制造出来的，不是吗？我去过很多的国家，也见识过非常多的弓箭，可是没有哪个国家的弓箭做得可以与韩国相比。就拿十分闻名的谿子弩来说吧，这种弓箭力道十分强大，射程都在六百步以外。很多国家的士兵连用手拉开弓箭都别扭，而韩国士兵却可以脚踏连弩而射。臣下有一个专门制造兵器的朋友，他告诉过我说，韩国的士兵在打仗的时候能连续发射一百箭，中间一刻都不停止。非常远的敌人，士兵们用弓箭可以射穿他们胸前的铠甲，直接射入胸膛。近一点的敌人，那就可以直接射透他们的心脏。

再拿韩国的剑来说吧，我们的士兵使用的剑，都是从冥山、棠谿、墨阳、合膊、邓师、宛冯、龙渊、太阿锤炼冶制的。在陆地上，这些锋利的武器都能截断牛马的身子。在水上，这些剑能够劈天鹅、大雁等飞鸟。如果是在打

仗的时候，这些剑能斩断坚固的铠甲、铁衣，从臂套、盾牌到系在盾牌上的丝带，没有不具备的。工欲善其事必先利其器，有这么厉害的兵器，大王没什么好怕的东西了。凭着韩国士兵的勇敢，披着坚固的铠甲，拉着强劲的硬弩，佩着锋利的宝剑，一个韩国的士兵可以打败一百个敌人！凭着韩国兵力的强劲和大王的贤明，却向西侍奉秦国，臣服于有虎狼之心的国家，有一件事情不知道当讲不当讲……"

苏秦说到这里故意停顿了一下，侧着眼睛看韩宣王的反应。见韩宣王显得非常急切，他便说道："我一路从赵国走来，路上听了很多的新闻，最多的就数大王您了，人们说大王有好的兵器，却喜欢臣服，说您……"

韩宣王问道："说我什么？"苏秦说："说您的胆气太小，只能给秦国当臣子。"

韩宣王大声地叹了口气。

苏秦趁热打铁，说道："使国家蒙受耻辱而被天下人耻笑，没有比这更严重的了。我知道大王并不是怕秦国，而是为全韩国的百姓们着想。秦国是一个非常歹毒的国家，一旦开战往往大肆杀害百姓。可是大王仁义，也要仔细地考虑啊，韩国的尊严毕竟在您手上呢。"苏秦知道所有的统治者都是好面子的人，这么说，是进一步激韩宣王。

果然，韩宣王的眉头拧得更紧了。

苏秦接着说道："如果您真的听了某些小人的建议，去秦国，秦国必定会向您索取宜阳、城皋。秦国贪得无厌，这谁都知道的。你今年把土地献给他，明年他肯定又要索取割地。如果您要连续给他，土地终会全部落入他的手中。如果不给，那么就会丢掉以前割地求好的功效，从而遭受后患。况且大王的土地有限，而秦国贪婪没有止境。拿有限的土地，去对取无止境的索取，这就是拿钱购买怨恨，招引灾祸。不用打仗，而土地就被割去了。我听说过一句俗话：'宁做鸡的嘴，不做牛的肛门。'现在，如果向西拱手臣服，和做牛的肛门有什么不同呢？大王贤明，又拥有强大的军队，却蒙受丑名，我私下为大王感到羞耻啊。"

这时候，韩宣王忽然变了脸色。他揎起袖子，眼睛瞪得仿佛要掉出来，刷地把腰里的宝剑抽出来，一下子将案几劈下一个角来，怒气冲冲地说道："我是一个没有出息的君王，但是，我决不会甘心为秦国卖命！秦国自来就是我的死敌！您现在告诉我赵国的意思，我自然会遵守。我愿意将整个国家托付给你，听从先生的安排！来人啊，拿金银来！"

韩宣王当面赏了苏秦，苏秦推辞，说赵王已给了自己路费。韩宣王说您为六国联合而奔走，这就是做有利于韩国的事情，我理应给你一些盘缠。苏秦方叫公孙亮收了。苏秦回到自己的住处，感觉这是自己最顺利的一次游说。鬼谷子曾经说过，要善于借势，自己借着赵国的势到处都畅通，心中十分痛快。

苏秦在韩国住了三天，与公孙亮商议了策略，不日便到了魏国。

苏秦见到了魏襄王，一眼就发现此人不是那么精神。他暗自分析道：一定要想办法振奋他，这样他才能听我的。

于是苏秦非常恭敬地拜了一下，魏襄王赶紧迎下来，将苏秦扶起。苏秦知道自己名声已经在外，也没怎么激动，心中却已经有了几分把握。为了循序渐进，不给魏襄王带来压力，苏秦先从题外话说起。他说："不知大王听说过张仪没有？"

魏襄王说："那是阁下的师弟，现在谁人不知道啊。"苏秦说："人们现在可能是知道我才知道张仪，若是再过几十年，恐怕得反过来了。"魏襄王一听，暗暗吃了一惊，问道："难不成张仪的才气比先生还要高么？"

苏秦笑着说："岂止才气比我高，口才也比我强，论治理天下的能力他更是远远将在下抛在后头哪。"魏襄王说道："比先生还强，那还得了！不知他现在是何职务？"

苏秦叹了口气说道："可惜我这师弟到目前为止没有得志。先前在楚国游说的时候被楚相误打，后来回乡，穷困潦倒，我每次去看他，也倍感心酸啊。"

魏襄王一听是在楚国被打的那小子，便不再提张仪。任何与别的国家结怨的事情他都不想做，用他自己的话说，这叫韬光养晦。

魏襄王岔开话，说道："先生的目的我已经听说了，只是……只是寡人有些时候……嘿嘿……"苏秦第一次发现有君王朝自己嘿嘿，想这大王有点妄自菲薄。可这人不傻，说好了是大智若愚，说直白了是装。

于是苏秦干脆直接进入主题，"大王认为秦国如何？"

"秦国是当今第一大国，这毫无疑问，只是侵略性太强。前一阵的事情想必你也知道了，哼哼，奈何我魏国今不如昔，不得不向秦国俯首称臣。唉，有些人说寡人是一个非常自私的人，其实寡人也不忍心自己国民受到伤害啊！"

苏秦见魏襄王如此说，想时机到了，说："大王不必急躁，您看魏国其实也不差的。魏国南边有鸿沟、陈地、汝南、许地、郾地、昆阳、召陵、舞阳、新都、新郪，东边有淮河、颍河、煮枣、无胥，西边就有长城为界，北边有河外、卷地、衍地、酸枣，国土纵横将近千里。有人说魏国是个狭小的地方，这是不正确的想法。我们的田间到处盖满房屋，连放牧牲畜的地方都没有了。所以我们人口稠密，车马多得数不胜数，日日夜夜奔腾行驰，络绎不绝，发出轰轰隆隆的声音，好像有三军人马的声势。我私下估量大王的国势，发现您和楚国不相上下。

可是现在有一些人只考虑自己的利益，丝毫不考虑魏国的实际情况，只

144

是主张连横，要大王服从秦国的指挥，这简直是不合时宜的做法！一旦魏国遭受秦国的危害，谁都不会顾及您的。通过之前的事情您就可以看出来啊。有的国家依仗着秦国强大的势力，在内部劫持本国的君王，没有比这更严重的罪恶了。魏国从古至今都是天下强大的国家，大王您，是公认的天下贤明的国君。现在您竟然有向西侍奉秦国的想法，这是十分不应该的。大王的臣民想必也不想看到大王做如此的决定，如果魏国成为秦国的附属国，那您就要为秦国建筑宫殿，接受秦国的分封，穿他们那种衣服，春季和秋季还要纳贡，这难道不值得羞耻吗？"

魏襄王的脸霎时间变得通红，憋得说不出话来。苏秦见如此，知道自己在这次谈话中已经占尽了势，所以，更有说服力的言辞便如滔滔江水流泻开来。"我听说越王勾践用三千疲惫的士兵就在干遂活捉了吴王夫差，报了灭国的仇恨。而周武王同样只用了三千士兵，三百辆蒙着皮革的战车，在牧野制服了商纣，除暴安良。难道他们是靠着兵多将广吗？不是的，是因为充分发挥出他们的战斗力啊。如今我私下听说大王的军事力量，十分能打仗的部队将近二十万，戴着青色头巾的部队二十多万，能冲锋陷阵的部队二十万，勤杂兵十万多，战车六百辆，战马五千匹。这些军事力量超过越王勾践和周武王很远啊，可是，如今您却听信很多小人的建议，想以臣子的身份服侍秦国。如果您侍奉秦国，必然要献给秦国土地来表达自己的忠诚。所以，还没动用军队，国家已受到了伤害。那些大臣们凡是说投降秦国为上的，都是非常狡猾的人，大王要远离，这些人不但不负责任，还妄图危害大王的声誉，让后世的魏国人唾骂您，真是卑鄙啊，从内部劫持自己的国君，以达到割让土地的目的，希望大王仔细地审察。

魏襄王越发说不出话来了。

苏秦又说："我听《周书》上说：'花草树木长出小嫩芽来的时候，如

果不及时除掉，等到滋长了怎么办？细枝末叶不弄去，等长粗了就需要用斧头砍掉了。'做事之前不考虑后果，就要为后果负责。大王您如果真能听从我的建议，就支持六国合纵，专心对抗秦国，这也是赵肃侯派我来的目的。我将非常相近的公约给您看了，也就是要让大王来号召大家，起到模范的作用。"

魏襄王说："我是一个没出息的人，从没听过如此贤明的意见。我听从赵王的建议，听从您的安排！"

第十六章

张仪入秦

苏秦见魏襄王如此爽快，心下十分欢喜，说道："大王您如此远见，肯定会得到人们的拥护，您的国家肯定会长治久安！"

魏襄王大喜，要赏赐苏秦很多东西，苏秦坚辞不受，说："我自己游说不是为了钱财，而是为了天下的百姓啊。连年祸患，人们已经不知道什么是平安日子了！"想起自己在战祸中死去的爹娘，苏秦更加伤心，流下了眼泪。

魏襄王见苏秦如此有情意，对苏秦更是佩服，说："我一直以为天下靠嘴吃饭的人都是投机取巧罢了，今天见了先生才知道，自己的做法是多么愚蠢啊。先生既然不受我钱财，有什么事情需要我的，尽管说。"

其实苏秦自己知道，赵王赏赐的钱已经绝对够了。师父曾经说过，月满则亏，水满则溢，要知道见好就收，所以他才故意不收魏襄王的钱财。这一招果然好使，魏襄王对自己更加亲近了。

当下苏秦转了转眼珠，捋着自己的胡须，沉吟一会儿，说道："在下刚

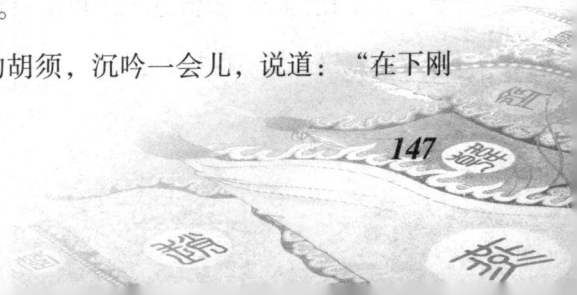

才和大王说过，有一位十分有才气的师弟，叫张仪。我跟他好久不见了，不知道大王能不能行个方便？"

魏襄王说："我还以为是什么大事情呢，这还不好办吗？现在就找人请张先生来！"说罢便吩咐贴身的几个侍卫，派人把张仪接来。苏秦谢了魏襄王，自去住处休息不提。

过了几天，张仪来了。他早就听说师兄游说到了魏国，十分想见一面。结果正和妻子吃早饭的功夫，朝廷就派人来寻自己，说是有位叫苏秦的大夫请魏襄王来叫自己的。张仪激动得不得了，这可是人生中第一次有统治者来请自己。他喜气洋洋地换了衣服，连饭都没吃完就随着宫里人去了都城。

张仪面见了魏襄王，便兴高采烈地来到苏秦的住处。张仪让人报到里面，侍卫去了，半晌回来说道："苏先生不在，可能得晚一些回来。"张仪的喜悦之情消失了一小半，心想自己专门挑中午来，就是考虑师兄的时间，他竟然不在？是了，师兄现在是十分风光的人物，肯定会有非常多的应酬，自己等等不妨，便对那门口的侍卫说道："我叫张仪，是苏先生的师弟，我可以进去等一下他吗？"张仪说这话不过是对苏秦的人客气，边说着便抬脚往里走，没想到侍卫一把拦住他，说："苏先生吩咐过，没有他的同意谁都不能进去！"口气严肃，不是玩笑，张仪有些恼火了，说道："我是苏先生的师弟，我再说一遍，让我进去，我不追究你的责任。"

没想到侍卫冷笑一声，说道："此处还没有人敢对苏先生的人追究什么责任，我看你就是来蹭饭的，赶快走开！瞧你浑身的破烂样！"张仪低头看一下自己的衣服，虽然出门专门换了，可一来他的衣服本来就满是补丁，二来这几天走得匆忙，没替换。想师兄手中有几个国家赠予的钱财，肯定不能大意了，不让普通人随便进去，可能有他的道理吧。可看着侍卫那一副傲慢的样子，张仪又恨不得打上去。

最终还是张仪选择了妥协，他找了一块有阴凉儿的地方坐下，边擦汗边盼着苏秦快点回来。

不知不觉，两个时辰过去了，太阳已经偏西。张仪有些按捺不住，只得站起来，慢吞吞地走到侍卫面前，尽量用温和的口气说道："请问苏先生做什么去了？什么时候能回来呢？"侍卫看了看西边的日头，说："我家主人的行踪不能随便告诉别人，他可能去宫里陪大王聊天，也可能去南湖钓鱼去了，还可能在哪个朋友家里，谁知道呢？"

张仪听他口气仍然傲慢，丝毫没有把自己放在眼里，愤懑之气又上来了。他冷笑一声，心想你把我给堵得这么尴尬，我也要给你点颜色看看，便凑过身子去，几乎贴到卫士的脸上，一字一句咬牙说道："你说你家主人的行踪是不可以故意告诉别人的，那你为什么还说要么是在宫里要么是在钓鱼要么在哪个朋友家呢？这不是明摆着不把你家主人的话当成一回事吗？"

那卫士口齿也伶俐，马上回答道："我家主人是说过，可我说的这三种可能就一定有一种是真的吗？如果我说的这三种都是假的，那我还是没有告诉你我们家主人到底去了哪里了。"

张仪冷笑一下，心想这个卫士倒是机灵，便说道："我不信你们家主人不去钓鱼会朋友，不去找魏襄王，哪怕他今天没有去，只要之前去过或者之后可能会去，那就说明，你还是暴露了你家主人的行踪！"

那个卫士便不说话。张仪以为他说不过自己，只能沉默，心下得意，走回自己待了一下午的地方。

太阳落山了，苏秦还是没有消息。张仪想回魏襄王那里，可自己已经到了苏秦的家门口了。魏襄王不似自己的朋友那么随便，跟他讨个地方住下毕竟不好。想着，张仪浑身上下开始摸索，这才想起来，自己来得匆忙，只以为有了师兄什么东西都好说了，没有带钱，叫苦不迭。仔仔细细地又摸索一遍，终于找出几个铜板。张仪想，只好先找家饭馆吃一点东西，再做计较了。

魏都基本没有小酒馆，张仪找了半个时辰才从一个旮旯胡同找到一家小饭馆，几个铜板都花上，只喝了几碗粥。更苦的是店家刻薄，张仪刚吃完饭就撵他。张仪想这肯定是以为自己吃东西不给钱的，拍下那几个铜板就离开了。

秋天的夜晚非常冷，张仪找了一个草垛，好歹过了一夜。

第二天一早，张仪马上找到苏秦的住处，侍卫还是那个人。张仪重复了一下自己的来意，侍卫看都没看他，说道："你是谁啊，衣服这么破烂，我们主人怎么会有你这种朋友，你肯定是来蹭饭吃的吧。"张仪赶紧说自己昨天来过的，并且等了一个下午，还说自己一晚上没睡好，就是趁早来找苏先生的。

没想到那卫士鄙夷地看了他一下，说："找我们家主人的多了去了，用车都拉不过来，你还是不要枉费心机了。"

一股羞耻感从张仪的心底涌了出来，他强忍住怒火，说道："苏秦现在在不在这里？"侍卫不答话，张仪一把抓住侍卫的领子，咬牙说道："你莫不是故意在消遣我？昨天我明明来过你凭什么说我没来过?!"本来张仪气力并不差的，可一是旅途劳顿，二是没吃好饭，就不是那个卫士的对手了。那卫士反手一扭，张仪便头朝地屁股朝天，一动胳膊就像被夹断了。那个卫士还不罢手，往大门里面招呼了一下，几个坐着聊天的士兵马上恶狠狠地走出来，对张仪一顿拳打脚踢。张仪拼命还手，奈何对方人太多，只好拔腿往回跑。这时，一个身着华锦的人从大门里走出来，张仪抬头一看，竟然是苏秦！他大声叫师兄，可苏秦聋了一般，只顾往前走。张仪跑过去抱住苏秦的双腿，苏秦用费解的眼光看了看张仪，那表情就像是第一次观察一个陌生人。张仪还要说话，早有侍卫们过来将他拖开，苏秦便继续走。那几个卫士将张仪拖开后就各自回了苏秦的住处，该站岗的站岗，该谈天的谈天，只是方才和张仪说话的那个侍卫将岗交给了另一个士兵。他边往院子里走边将自己的头盔摘下，此人正是公孙亮。

　　眼看着苏秦越走越远，张仪就像一个瘪了的气球，失望透顶，疑虑重重。他一瘸一拐地走回昨晚上住的那个草垛，仰面躺下。他昏昏沉沉地想睡觉，可怎么也睡不着。那个走出去的人，明明就是自己的师兄啊，他为什么装作不认识自己呢？如果他是故意的，那昨天他也未必出去了，就是故意晾着自己，想让自己受罪。师兄为什么这样做？想自己之前身边起码有一位体贴的妻子，而现在，竟然是一堆杂草，而且混合着畜生的粪便味！

　　这一切到底是为什么呢？张仪就像一只忽然掉到池塘里的蚂蚁，无所依靠，混混沌沌，急躁不堪。这么过了有一个时辰，他忽然听到有人在外面叫自己。开始张仪还以为自己听错了，可越听越觉得就是有人在草垛的外面叫自己，于是他爬出来，也不顾浑身是草，问道："来者何人？"外面一个身材微胖的中年人，笑容满面地说道："先生先不用管我是谁，你只需要知道我不是来害你的。现在你肯定饿了吧，走，吃饭去。"

　　张仪想就是死也不要做饿死鬼，索性弹了弹身上的草棍儿，跟着那个中年人走进一家酒楼。酒楼的伙计好像对那人十分熟悉，忙着上来打招呼，讨好儿。那人点了一壶酒，两斤牛肉，一只烧鸡，还有羊肉，鱼，加上果蔬满满排了一桌子。好几天没正儿八经地吃过饭的张仪顾不得那么多，狼吞虎咽了一阵子，痛痛快快地饮了一口酒，觉得浑身都舒畅了。

　　对面那个商人模样的人却慢悠悠地自斟自酌。张仪抹抹嘴，问道："先生为什么要请我吃饭？"那人长长地叹了口气，没有直接回答张仪的问题，而是问道："先生可是叫张仪吗？"张仪点头，那人说道："张先生的大名如今天下谁人不知谁人不晓啊！可惜苏秦那人没有做到善始善终！"张仪见此人提及苏秦，连忙问道："兄弟有话不妨直说。"张仪跟杨公明相处久了，再加上与同乡那些不羁之士交游广泛，渐渐染上了点江湖气，喜欢说兄弟怎样怎样，对方一听便觉得热乎，就容易和你说实话。

那人说道："苏秦先生是当今的名士，他成名后到处说你是他的师弟。你们一起在鬼谷子先生那里求学，大家就没有不知道你的。而且他特别强调的是，你的才学绝对不比他差。见识过苏秦口舌的人们都对你崇拜有加，所以先生不报名则已，一报名则天下尽来养活先生。"

张仪听如此说，对苏秦十分感激。想当初他在魏国对自己说的果然是心里话，其实二人尽管是感情很好的师兄弟，但是在鬼谷子那里二人就喜欢暗暗地比较，苏秦往往说自己不如张仪，也是事实。可既然如此，昨天师兄为什么不认自己呢，是有他的什么苦衷吗？张仪便问道："您为什么说他不是善始善终的人呢？"

那人回答道："苏秦先生在天下夸奖先生的才学，近来却生了嫉妒之心。我是做生意的，喜欢交一些文人墨客为朋友，知道苏秦对您已经不是原来的样子了。事情具体的开始应该是魏襄王夸奖了您几句，苏秦怀恨在心。"

张仪心中仍然十分疑惑，他放下酒杯，猛然想起师父鬼谷子在自己临走的时候告诉自己的话，"你和你的师兄可能会有矛盾。"当时张仪想法太简单了，没把这句话当成一回事。现在想想果然如此，没想到师父竟然一语成谶！

张仪痛苦又迷惑，他本来是不相信自己和苏秦会这样，这辈子都没这么想过。可昨天他看到自己被一群卫士殴打，只顾走自己的路，竟然不上来规劝！他是故意骗自己来，然后折磨自己！已经发醉的张仪越想越来气，狠狠地捶了一下桌子，说："我张仪有生之年，必然要报这挨打之仇！"

那商人面不改色，说道："只是先生没有什么路子了，据说苏秦要游说六国，推行自己的合纵政策，如今先生的实力不如苏秦，和他争的话肯定没有好处啊！"

　　张仪斜着眼，自言自语道："既然这六个国家去不成了，那就去第七个国家！"商人听到，见张仪随后趴在桌子上不醒，连说张仪醉酒了，招呼店家来帮忙抬到客房里面去。店家忙活了半天方才完事，张仪直睡到第二天中午。

　　刚醒来，便发现有人在等着伺候自己。正要发问，昨天的那个胖商人进门来，将伺候的仆人招呼出去，问张仪道："先生昨天说的可是真的吗？"张仪顿了顿眼神，说道："昨天说的什么？"胖商人一拍大腿，叹息道："原来先生并没有大志向！"

　　张仪听了，默然好久，缓缓说道："秦国有虎狼之心，我帮秦国打天下就是对天下黎民不负责任！"

　　胖商人更加着急，问道："先生的理想是什么？不就是位极人臣吗？如今天下大乱，只是秦国的过错吗？其他的六个国家就算将秦国灭掉，之后不也还是纷争吗？人们有好日子吗？你的妻子有好日子吗？如今拯救天下的唯一措施，很简单，让秦国统一天下而已！而且，苏秦先前对你不错，现在你知道那是在利用你啊。你如果不到秦国去，有自己的一番作为，然后在天下人面前把苏秦羞辱一番，那还叫英雄好汉吗？"

　　一席话说得张仪满脸通红，也不知道怎么回事。一向善辩的张仪被苏秦伤了心之后，这几天口舌都笨了。他重新坐到自己的床上，想了一会儿，面向胖商人说道："你说的很有道理，可是我从家里没有带钱出来，连像样的衣服都没有，如何是好？何况去秦国路途遥远，我未必能够到达那里。"

　　胖商人仿佛就等着这句话呢，他朝门外招呼了一声，便有几个女子各托着几个包袱进来了，款款放到张仪面前的桌子上，一一退出。胖商人微笑着打开包袱，一个里面是黄灿灿的金，剩下的里面全是崭新的衣服。张仪愣住了，问胖商人道："这是什么意思？"

胖商人呵呵笑了，说道："我已经说过我最喜欢结交读书人，先生大名如雷贯耳，我是十分欣赏的。所以我愿意资助先生，一道去秦国。"

苏秦听了瞪大了眼睛，他实在不敢相信这个事实，可桌子上的金子与衣服是如此的实在。他站起身子，恭恭敬敬对商人作了揖，说道："我是一介匹夫，没有高贵的出身与显赫的作为，承蒙您看得起，资助我去秦国。更让我感动的是，您竟然要亲自和我去秦国，如今人心动荡，往往不定，如果乱世有什么希望孕育的话，那肯定是从您这样的人身上开始萌发的！"

商人马上还礼，说道："区区小礼，何足挂齿，只要先生显赫之后不要忘掉老朋友！"

"还没请教您高姓大名?"

"王珠。"

二人商定，即刻入秦。

第十七章　飞黄腾达

已经备好了的马喷嚏仰嘶，后面是张仪和王珠乘坐的车。随行的有二十多人，张仪见王珠能号令这么多人跟随去秦国，心中暗暗敬佩。

西行的路程十分漫长，好在王珠是一个十分有见识并且开朗的人，张仪和他一块，心中倒也不憋闷。只是家中妻子无人照顾，脸上常常有忧难之色。王珠看出来了，便暗中嘱咐马车慢行。出行第三天，王珠设了一宴请张仪，酒酣耳热之际，王珠问道："兄弟为什么这几天不太自然？"

张仪含含糊糊，不作答。王珠便穷追不舍地逼问，最后张仪慨然叹气道："家中妻子，贫穷孤单，恐怕无人照顾，奈何我身世飘零，必须远征，怎不让人叹息！"王珠听了哈哈大笑，张仪问道为何发笑，王珠说："兄弟为何不早说！我早有让兄弟回家一探的意思。只是恐怕兄弟着急入秦，没有及时说出。今天你既然说了，岂有不让之理？"张仪当即离席，敬了王珠一杯酒。王珠饮了，嘻嘻一笑，忽然问道："兄可知此处距离家中有多远路程？"张仪出门探

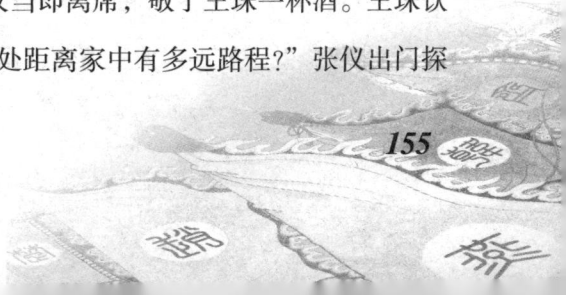

视，恍然大悟。原来此处正与自己家南北一线，北往几十里便是自己家了。王珠从东往西，到自己家正南方问自己心事，真是体贴也！

王珠说："此去之后，就会让嫂子一人在家，不是好计策。兄可乘马去，买车携带嫂嫂而来。我在此等候，决不食言，此为兄弟准备下的见面礼，兄务必带去给嫂嫂。"张仪知道这是王珠变着法让自己接受，便不推辞，当即乘马加鞭，半日便回到家里。

妻子问到苏秦的事情，张仪闭口不提，只是让收拾家中重要细软，自去镇上买了一辆好车，装备停当，正要出发，忽然想起一人可陪同自己出发，又乘马将杨公明叫上。杨公明在家早就憋得不行了，怎么不喜欢这个机会？当时一拍即合，二人乘马，随着一辆马车，第二日便到了王珠等候的地方。张仪引着杨公明见过王珠，三人一见如故，重新启程。

一路杂事不消细记。

张仪见到秦惠王的时候，已经是几个月之后了，按照所有说客的套路，张仪面见秦惠王。

秦惠王早就听过张仪的名字，途径自然是苏秦。苏秦一直对别人说张仪是天下最有才华的人，自己怎么都比不上。苏秦的厉害秦惠王是知道的，而张仪怎样，需要切实考查一番。这就是秦惠王召见张仪的最大的原因。

张仪第一次以一个说客的身份见到当今第一大国的国主，可他心里没有丝毫的畏惧，脸色坦然，举止有度。来到秦国后，妻子特意给他挑了一身黑色的衣服，越发显得他沉稳持重，风度翩翩。秦惠王见他的第一眼，就觉得眼前一亮。此人才华外露，的确是一副治国之才的模样！

张仪先给秦惠王行礼，秦惠王答应了。为了先考查一下张仪的才学，秦惠王问道："听说先生跟随鬼谷子学习多年，那不知能不能回答我的几个问题？"张仪微微一笑，"大王请便，臣下跟随鬼谷子先生学习的时候，整日就是与问题打交道!"张仪这句话说得生动而自然。

秦惠王说道："先生学的是游说之道，那么请试着给寡人阐释一下说话两方的动与静。"张仪心下想，这种问题在鬼谷早就回答了几十遍了，随口说道："谁说话谁便处在动的状态，现在臣下以自己的眼光为轴心阐释的话，可以这么说：对方说话，对方就是在动，我表不动，是为静。但为了不让对方轻易猜透我的心思，我的内心要动。只要是说出来的话，就肯定有外在的表达，而有了外在的表达就有了可以比较的范围了，有了比较就可以看到下一步应该怎么做，这就是所谓的动静结合使得事物发展。什么是形象？形象就是事物的外在形貌，什么是比较？比较就是将对方的真正意图进行比对。以静制动就是用非常微妙的道理来获得对方的表达，诱导的作用在此处体现。但同时要注意最重要的东西——事理，与事理相符合的话可以推导出自己想要的东西来——实情。

我的师父鬼谷子喜欢用网鱼作为比喻，和人说话就是要激发对方入自己的网。当然，事物是复杂的，并不是任何一次谈话都会按照自己的意愿来。所以如果对方的言词没有真正表现出来，就需要改变方法了，顺承的作用便凸显出来了。顺着对方的意思，取得对方的善感，然后逐渐引到自己想要的话上面，只要符合了他的心意，他的壁垒基本就告破了。如果自己多加几次审查，便会得出更加确切的结论。"

秦惠王听得十分入神，等张仪说完，他又大笑不止。

张仪诧异，问："大王所笑者何事？"

秦惠王说："我征用天下之兵，攻打四方之国，靠的是硬碰硬的实力，可不是嘴皮子啊。"

张仪笑了笑，说："臣下听说商鞅变法之后，秦国实力得到了非常大的提升，那商鞅君是个行军打仗的人吗？可见要使国家强盛，先要架起一个国家的筋骨来，而内在的制度便是筋骨，这与说话的学问是一样的。说话之前也要建立起框架，这样才能有条不紊。大王行军打仗，如果对方来投降，靠的人是使者，使者不就是专门说话的吗？"

世人都知道商鞅是秦惠王处死的，张仪不是不知道，可他实在压抑得太久了，前几天竟然被自己最尊敬的师兄给找人打了。所以他将这次机会看成是唯一的一次重大机会，赌一把吧。这是跟秦惠王打的赌，也是跟自己打的赌。于是关于称赞商鞅的话便说了出来。

秦惠王的脸色果然刹那间变得可怕，眼神如鹰，透出恶狠狠的气概。张仪并没有下跪，也没有为自己辩解，反而微微笑了一下，岿然坐在自己的席位。

秦惠王张嘴说道："你，知道商鞅是怎么去世的吗？"

"不容于天子。"

"天子发怒的时候你见过是什么样子的吗？"

张仪没有正面回答，他说："商鞅其人，与其事是不同的，与其法是不同的。大王难道不是这么认为的吗？"

秦惠王沉默了半晌，脸色缓和了一点，说："所以我杀了他，没有废除他的法令。"

"既然保留他的法令，为什么不能保他自己呢？"

秦惠王哼了一声，"因为他就是被他的法令害死的。"

话音刚落，张仪便拜下行礼，说道："大王原谅臣下的无礼，刚才故意提到商鞅，有两个原因。第一，在下想看一看大王是不是跟传说中的一样，是一位贤明的君主。第二，我刚才和大王提到商鞅，其实就用了上面所说的探查人说话的道理。大王可以回想一下。"

秦惠王昂头一想，哈哈大笑，连忙扶起张仪来，说："寡人见过那么多的游说术士，先生可以说是第一个敢骗我的啊。骗得好，哈哈，骗得好！"

张仪再作揖归位。

秦惠王笑罢，收起笑容，说："先生的一张嘴的确厉害，寡人算是领教了。不过，刚才先生所说的动与静自然是有自己的想法。可是就我看来，先生追求的是算计，跟别人说话的时候时刻想着算计人家，这样不是君子的作风吧？"

张仪回答道："大王说得对，我和我师兄苏秦都是学习说话的学问，坦白点说，是学习怎么利用别人的话的学问。可算计一词并不是褒义，所以我不接受大王后面的评论。大王试想，当今世界如此混乱，强者才能保住自己的疆土。为此杀害敌人生命，消耗自己人民的血肉也在所不辞，这就是因为有主次之分啊。与杀人流血相比，算计算不上生命大恶吧？况且，我们为君主服务，是为天下服务，只要和我们一路的人有一颗善良的心，我们活得就有意义。

秦惠王知道张仪是个敢说的人，听了这话所以也不是十分在意。眼看就要中午了，秦惠工便邀请张仪和自己吃午饭。张仪想了想答应了，那是张仪有生以来吃的最高级的一顿饭。可他心思非常静，世界上最强大的国家，也不过如此。

等张仪回到自己的住处，王珠迎了上来，见张仪满脸喜色，便知道事情基本成了。于是他问道："秦惠王怎么样？"

张仪呵呵一笑，"有大国君主之风范，人都说秦惠王厉害，确实不是假话。"王珠听如此说，直说恭喜恭喜。张仪将这消息告诉了杨公明和妻子，大家都十分欢喜。到晚上，置酒洽谈不在话下。

王珠见张仪差不多吃完了，便找个借口将他叫到自己的屋子，让座，张仪不知道王珠这是什么意思，呵呵笑着说："王兄为什么这么见外？有什么

话就在席上说不行吗？"边说边在王珠的座位上坐了。

王珠站到张仪面前，正色道："先生知道我是谁吗？"

"王珠呀，大商人嘛。"张仪显然有些醉意。

"那只是我告诉你的名字，我真正的名字叫朱旺。"张仪一听，惊呆了，醉意全无，说："兄弟为何骗我，而且帮助我到秦国？"

朱旺笑了一下，说："不是我帮你，而是苏秦先生，你的师兄在帮你。"

张仪更加糊涂了，"不是你告诉我，我师兄故意整我吗？到底是怎么一回事情呢？"

朱旺将张仪请到座位上坐好，说："不瞒先生说，当今局势，秦国最强。这是对其他国家非常大的威胁，为了应对这个问题，苏秦先生在周游列国的时候产生了一个十分伟大的想法，就是如今十分著名的合纵政策。但他恐怕秦国在合纵政策尚未成功的时候就出兵，所以专门找到我。这里我要跟您交代一下，我其实是赵国的一个说客，和先生是同一个职业，只是没有先生那么有才气罢了。

当时苏秦先生找到我，说'张仪是天下最有才能的人，我真的比不上他，我比他先受到君主重用。说实话，如果君王先遇见的人是他，我肯定不是现在的样子了。可是他毕竟是我的师弟，我真的不想他一直贫穷下去。记得我第一次去他家，为了给我吃到肉，他竟然早早地起来去抓野兔！当时我十分辛酸，差一点哭出来。如今他的情况并不怎么样，又不喜欢我给他一些施舍，所以我想给他寻一个机会。而如今我的合纵政策尚没有成功，十分害怕秦国早早发动战争，找一个可靠的人到秦国给我们提供信息无疑是非常重要的。这也必须是最亲近的人才可以，这么看来，只有张仪符合这个条件了。

通过我自己游说的经历，我认为贫穷的人容易被钱财吸引，以至于忘掉自己最应该做的事情。所以我要找个办法故意羞辱他一下，激发一下他的志气！'

当时我和苏秦先生商量了很久，最后的计策就是招呼您去找他，然后让他的一个心腹叫公孙亮扮成卫士，故意冷落你，寻找机会殴打你。但苏秦先生吩咐过不可以真打，所以您可以回想一下，是不是当时侍卫们没有下一次重手？"

张仪一直用一种空白的思维来听这些话。朱旺说完之后，他所有的感觉在一刹那抽空，原来如此！所有的动力回归最本初的基点，所有的怀疑、假定、失望与悲伤，都一下子融化了。他没有接朱旺的话，而是一个人走出了房间，愣愣地在月光下站定。

原来，在赵国的时候，公孙亮就怎么利用张仪的问题和苏秦进行了商量。他们都认为只有想办法让张仪到秦国，去担任自己的间谍，了解秦国的一举一动，自己才能真正实行合纵的政策。请将不如激将，张仪想，苏秦知道自己的脾气有点急，便故意冷落自己，装作不认识他，并且派自己的家丁"殴打"他。

师兄是怎样的一个人呢，如果说他是绝对为师弟好的话，有些事情完全不必隐瞒。如果他说："师兄我有一个十分大胆的企图，联合六国来防备秦国。这是一件十分艰难的工作，就算是做成了也可能维持不了多长的时间。可我思考良久，除此之外，再也没有别的可以遏制秦国的办法了，如今秦惠王已经开始自己的霸业，侵略魏国，你想必也知道，难道你不想为自己的国家做一点事情吗？"这样自己也绝对不会说别的话，立马就会答应他的。可他为什么不呢，师父说师兄和自己可能会闹矛盾，唉，但愿师父说的矛盾是之前的假矛盾。

张仪又想，如果说师兄完全是一个自私的人，我从魏国到秦国又多亏了他。前程是一个神秘的东西，师父没有接受前程，师父追求的又是什么呢？这也是一个神秘的问题。张仪的思绪在颤抖。

与苏秦不一样的是，张仪对人生的思考没有那么系统。在他的潜意识里，所有的事情都有联系，且联系得十分直接。而苏秦苦心孤诣给他造的这个局，他还没有判断出来是好是坏，或者，没有好坏。最后他冷冷地笑了几下，朱旺走到了他身后。

　　"先生，不知您现在的心情如何?"张仪的冷笑他分明听到了。张仪久久没有回答，指着天上的月亮说："你说月亮有心情吗?"

　　"不知，天下万物都有灵气，我想应该有吧。"朱旺老老实实回答道。

　　张仪说："月亮是天下的东西么?"朱旺不答。

　　张仪又接着说道："月亮的命运谁知道呢? 他自己也未必知道吧?"朱旺接着说："月亮的命运它自己肯定知道。"

　　张仪淡淡地笑了，他不想刁难朱旺，他说："无论它自己知不知道，阴晴圆缺是它的宿命，天下的事物都是悲哀的。那有时候也不需要想太多，或者——问太多吧。"

　　朱旺听了，对张仪作了一个揖，转身离去，张仪背着手，不看他。

第十八章

一路东进

王珠回来向苏秦复命。

苏秦当时正跟公孙亮商议事情，见王珠回来了，摆摆手，公孙亮退下。苏秦问道："看样子王兄这件事情办得非常到位啊，来来，坐下。"说完拉着王珠坐下来。王珠见苏秦如此礼遇，受宠若惊，脸色兴奋，说道："还是先生算得到位啊，这场戏咱们差点演过了火，不过最后还是解释过来啦。"

苏秦见达到了自己的预想的效果，脸笑得通红，说："先说我师弟。"

"张仪的确是先生般的人才，见秦惠王的第一面就受到了优待。秦惠王请他午宴，先生想一想，咱们这些人有几个能得到这样的待遇？"

苏秦听到这里，对于张仪的前程基本就估计准了，他呵呵笑着。问道："王兄最后是怎么告诉他真相的呢？想必是用尽了你们生意人的好口才吧。

王珠说："当时我觉得张仪先生的大事基本上能够定下来之后，我就立

马告辞。张仪十分款留，说依靠王兄的鼎力帮助自己才到了秦国，有了如此的机会，应该好好谢谢才是啊。当时我回答说我其实没有非常了解您，真正了解您的，是您的师兄，苏秦先生啊。他一是非常担心您在自己的家乡埋没了自己的才华，二来不想让秦国有机会攻打赵国，所以想出来了这么一个方法，还希望您不要介意啊。他暗中派人给您钱财，您想想，如今只有您的师兄苏秦先生才会这样啊。现在我的任务已经完成了，请让我回去，将您的好消息也告诉苏秦先生去。张仪先生听完之后十分震惊，他竟然不知道一直在幕后的人竟然是自己的师兄。他当时赞叹了一声，说这些权术都是鬼谷子先生曾经刻意教过我们师兄弟的啊，可是我自己没有学好，看来比起师兄来，我还是有差距的啊。师兄多虑了，第一，我是刚刚有机会在秦国做官，所以不会在这个时候攻打赵国。第二，我是师兄栽培出来的，一定会为师兄办事情！大体上就是这样的。"

苏秦笑眯眯地听完，抚掌大笑，连忙夸赞王珠有头脑，说话得体。王珠笑得鼻子都歪了，苏秦赏了王珠，让他回家看看。王珠刚出去，公孙亮进来了，听苏秦说罢，他问道："老爷难道真的全信他的话吗?"

苏秦捻着自己的胡子，说道："我，自然不会全信的，你看呢?"

公孙亮说："我认为张仪并不是说话那么兴奋的人。其人看似憨厚不已，其实十分有自己的想法。得知真相之后立马表现出感谢的姿态来，不是他的风格。这应该是王珠故意说好听的给老爷听。不过，王珠再大胆，也不会凭空捏造，无中生有的，张仪的态度应该差不了。"

苏秦点点头，说："我知道他说的话肯定有虚构，可商人再滑头，诚信也是买卖的根本啊。张仪具体的态度我们现在可以知道个大概了，我自己考虑他的性格，也差不多是这样。所以，我们的这一步，已经成功了，这要多亏了你啊。"

公孙亮说："岂敢岂敢，跟随着老爷能够学到一些东西才是根本。"苏秦笑了，说："如今咱们需要做什么呢？回赵国一趟？接着走下去？还是……""还是去燕国复命？"公孙亮替苏秦说出了他没有说出的话，苏秦哈哈大笑。今天心情好，想起齐姬来都没那么悲伤无奈了，懂得自己的，还是公孙亮啊。

但是公孙亮却没有说出支持苏秦去燕国的话来，他神情严峻，说："老爷如今是十分金贵的人，要学会珍惜自己的机会。前些天，赵肃侯已经将赏赐给您的东西都派人带过来了。咱们回到赵国的意义并不大，这是第一点。第二点，您如果想去燕国，那谁也拦不住您。可是您得想一想，当初您就从燕国出来，游说各路诸侯是一项艰苦的工作，作为一个本来就支持你的国家，燕国被游说的意义不大。第三，咱们永远不要忘掉，秦国的虎狼之心啊。张仪是一个策略，可张仪也是个有主见的人。尊师鬼谷子曾说你们兄弟二人可能会有矛盾，老先生说了，那肯定就是有。谁知道日后他会不会搞出个专门破坏合纵的政策呢？"

苏秦听了，心情一下子紧张了起来。他叹了口气，挽着公孙亮的手说："如果有机会，你也不会比张仪差，不会比我差。那就来第四种方案吧，去齐国，接着我们的合纵计划！"

有了赵肃侯派人送来的车马钱财，苏秦的队伍更加壮大了。一路往东，尽管不是很近，走得倒是挺舒坦。苏秦思念齐姬的心情淡了一些，究竟是为什么淡了，他说不清楚，反正得到了的东西总是没有渴望中的珍贵。刘中也经常来送信，信里面的东西也足够让苏秦感动。可感动是一回事，患得患失又是一回事。现在苏秦对齐姬没有患得患失的感觉了，时间的距离与空间的距离，让苏秦开始善忘。

来到了齐国，当时是齐宣王当政。齐宣王可没有什么好的口碑，据说齐宣王喜爱射箭，因为人家夸耀他能够使用强弓而高兴。君主都是喜欢听好话

的人，每逢人家夸他，他就扬扬得意。渐渐地，越来越相信自己的力气了。其实他用的弓只要三百多斤的力气就可以拉开。好面子的齐宣王喜欢在大臣面前显示弓，大臣们为了迎合他，都拉着弓试一试，都只拉到一半，便说："拉开它至少要一千多斤的力气，不是大王，谁能拉得开？"这个马屁拍得实在是太高明了，以至于齐宣王当时就找不到北了，高兴不已。但是真正使用的时候，宣王用的不过是三百多斤的弓。但是他一辈子都以为自己拉开了一千多斤的弓。三百多斤是实，一千多斤是名，宣王喜欢的是名，是面子，这也可以说是一种落魄感造成的盲目对面子的追求。

另外，在刚刚即位的时候，齐宣王没有什么作为，却非常喜欢享乐，花天酒地不知节制，整天最大的爱好就是到各处挑选美女。有一天，一个女子自己找到了齐宣王那里。齐宣王以为是什么美女，十分高兴，叫人赶快请上来。结果看时，却发现此人额头和双眼均下凹，上下比例失调非常明显，肚皮大得就跟猪似的，而且鼻孔向上翻翘。这也就罢了，她的脖子上竟然长了一个比男人还要大的喉结，头颅硕大，就像一个大葫芦，又没有几根头发，皮肤黑得像炭，丑陋至极。齐宣王又气又恨，正要将这个女子治罪，她说道："大王请慢着，让我说几句话，如果我说完了，你还是要杀我，那就随你的便。"

齐宣王想反正你是一死，就让你说几句话能怎样！便说："寡人同意。"

那女子说："我的名字是钟无艳，无艳就是没有美好的姿色的意思。大王见了我，肯定十分失望，所以要杀我。但是请您想一想，自从您当上了齐王，做过几件有意义的事情呢？为齐国的人们出了多少力呢？我听说姜太公被封到齐国的时候，人们欢呼，治理有方。可现在如果问一下，人们都会有今不如昔的感叹！您整天在宫里做自己想做的事情，招买美女侍妾，不问政事，这是一个明君能做出来的事情吗？如今诸侯争霸之中，谁不立志图强？

只有您了吧！您是要将全国百姓都赶到绝路上吗?"

齐宣王听后久久说不出话来，钟无艳说："请您命令人杀了我吧！再给我一次机会，我还是会这么说的!"齐宣王摇摇头，说："寡人错了，从今天开始我一定能够做到励精图治，不辜负人们的期望!"然后重重赏赐了钟无艳很多东西。

从这件事情上看出，齐宣王还是有一定的度量的，为了重新塑造自己的形象，他也十分注意听从别人的意见。

齐宣王知道苏秦要来，专门让大臣接出几十里地。苏秦一行人浩浩荡荡地来到齐国，齐宣王就召见了苏秦。

"大王一向勤恳努力，实在是各位诸侯里面的佼佼者啊。"苏秦的开场白十分动听，这是每次游说的时候惯用的开场白。齐宣王说："愧煞寡人了，寡人做过很多的错事情，承蒙先生不嫌弃，来我这里游走一次，我感觉十分荣幸啊。我这贫穷的国家接纳您，就像一个农户家来了位贵人一般!"

有点妄自菲薄，苏秦想。他接着齐宣王的话说："大王是过于谦虚啦。齐国南边有泰山，东面有琅琊山，西面有清河，北面有渤海，这样四面都有天险的国家极其少见。孙子曾经说过，如果要围困别人，就要有十倍于敌人的兵力。可这一条在齐国是绝对行不通的，这种险要的地理优势，是上天赐给齐国的礼物啊。"

齐宣王呵呵笑了，他都没想到苏秦这么会说话，又自谦性地说："先生过奖了，可惜我齐国的国土不是很大啊。"说完又笑了一下。

苏秦见如此，知道好话还没有说完，就说："大王这么说更是不对的了。齐国的土地，肥沃至极，这是在诸侯里非常有名的。泰山巍峨，其土地也肥沃嘛。但从方圆来说，齐国的国土面积纵横两千余里，既靠近大海，又有广阔的土地，这是其他的诸侯国没有的优势啊。在广袤的土地上，肥沃的土地

上，养育了无数能征善战的战士。尽管我是一个书生，但是我也听说过，齐国的武装部队至少有几十万人。并且，齐国的军队最大的特点就是勇猛善战，纪律性非常强。有人说，只有粮草丰足才能打胜仗，才能供养一支伟大的军队。齐国的粮食堆积得像山丘一样高大，这就是给战士们最好的鼓励啊。有的国家只有可怜的一军，有的好点，二军。而我们齐国却有三军，并且装备非常精良，进攻如同锋芒的刀刃、良弓发出的矢那样勇猛捷速，打起仗来好像雷霆一样猛烈，撤退好像风雨一样快速消散。这样的军队简直可以与上古黄帝的军队相媲美了。

自从有战役以来，齐国从未征调过泰山以南的军队，也没有渡过清河，涉过渤海去征调这二部的士兵。我们兵多粮广，还因为齐国人丁兴旺啊。我计算过，光是临淄就有居民七万户，每户不少于三个男子，三七二十一万，用不着征集远处县邑的兵源，光是临淄此处的士兵就够二十一万了。这是多么震惊人的实力啊，齐国的强大绝对是板上钉钉的事情啊。

并且，临淄富有而殷实。这里的人们没有不吹竽鼓瑟、弹琴击筑、斗鸡走狗、下棋踢球的，街道上车子拥挤，车轴互相撞击，人多得肩膀相互摩擦，却很少打架。人多的国家对君主的要求是非常高的，如果一个君主不善于治理，那就是一潭死水，人们就会失去礼节。而不是像我们齐国这样的，能够做到相互谦让。"

齐宣王说："先生过奖了，临淄是齐国最重要的城市之一，当然是比较发达的了，可比起邯郸等大的都城来说，这里还是小的。"齐宣王这么说，脸色却非常好看，这说明他还是非常认同苏秦的话。

于是苏秦以一个过来人的口气对齐宣王说："大王说邯郸比临淄还要好，苏秦十分没有见识，可也在赵国住过一段时间，感觉赵国尽管号称泱泱大国，可地理优势绝对没有齐国好。邯郸的冬天非常冷，人们都不大敢出门呢。我们临淄不仅人多，气候更是好啊。如果把衣襟连接起来，可以形成围幔，举起衣袖，可以成为遮幕的布料。大家的汗水，就像下雨一样多。家家殷实，人人富足，志向从而变得高远，意志也飞扬。实在是不可多得的一块宝地啊。"

齐宣王依旧显得平静而高兴，苏秦还以为自己逐渐就达到目标了。没想到齐宣王真正说出自己的观点的时候，苏秦差点晕过去。他说："先生所说的，寡人其实非常喜欢。但是，秦国的所作所为是有目共睹的啊。为了自己的国民能够有自己的幸福生活，整个中原都必须要做到一件事，就是停止战争。我见过很多流离失所的人们，他们的孩子没有完好的衣服穿，手都冻破了，浑身就像一块黑炭。妇女们呢，面黄肌瘦，简直没有正常人的样子。我很心疼他们，所以我才没有和秦国争雄的心思啊。我的意思是，秦国距离齐国有几千里，他们就算是打仗也不会直接过来的啊。先生刚才说了，齐国的国民非常多，我的现在的任务就是尽可能地保卫自己的国民。"

苏秦见齐宣王的意思是委曲求全，心中十分失望。但他面不改色，心想，我还没有说出合纵的政策来，你就先刁难我一下，这种伎俩我见的也够多了。又见齐宣王态度十分诚恳，丝毫没有因为自己是主人就压迫别人听取自己的意见的意思，心中又十分佩服。

他思忖了一会儿，还是咬咬牙，说："大王您的智慧在我看来很少有人能够比得上。很多人说文武全才这一个词，其实一个国家的君主才是真正的全才，而您就是我所见过的君主当中数一数二的人物。我今天来到这里，不瞒大王说，第一当然是受赵肃侯的委托。第二呢，我在出发之前也衡量过了，大王您是一个十分开明而有见识的人，不会跟很多小国的君主一样的。所以我想来告诉您我的合纵的政策，结果我还没有说出来，大王就先否定了在下与赵肃侯商量的结果，在下十分伤心啊。大王没有说可以侍奉秦国，您要是

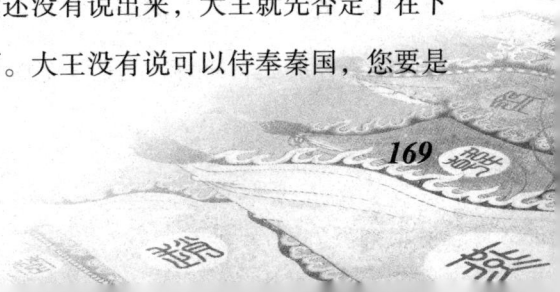

向西去侍奉秦国，我私下替大王感到羞耻。"

齐宣王到底是一国之君，并没有失态，他的脸上只是减少了点笑容，而思考的神情开始显现，他说："先生不要急，寡人并没有说去秦国侍奉他们。秦国的虎狼之心，天下人都知道，赵肃侯与先生都是当今的英杰，这个寡人也知道，你们的决定肯定是有道理的。只是，寡人听说过，一个巴掌拍不响，有鼓无锤也徒劳。听说韩国和魏国也是非常畏惧秦国的，所以，有的时候我也要看一下西边邻国的姿态啊。"

苏秦马上回答道："韩国和魏国为什么害怕秦国呢，就是因为他们和秦国的边界相接壤啊。如双方派出军队交战，不出十天，胜败的局势就决定了。第一种情况，如果韩、魏战胜了秦国，那么这两个国家自己的兵力要损失一半，并且有一个致命的恶果——四面的国境无法保卫，给其他的国家以可乘之机；如果作战不能取胜，那么更简单了，秦国摧枯拉朽，韩国和魏国接着就陷入危亡的境地。因为地理的天然因素，所以魏国和韩国把与秦国打仗看得非常重要，而秦国的政策向来是非常独断而且狠毒的，所以他们在考量问题的时候，往往都考虑到一点——如果臣服于秦国会怎么样？这样还没有打仗就失去了自己的底气。这就是韩、魏把和秦国作战看得重要，所以很轻易地想要向秦国臣服的原因。

但是就现在来说，秦国攻打齐国的话，情况就绝对不同了。因为齐国并不与秦国接壤，如果秦国不自量力，想要攻打齐国，那他就必须要依靠着魏国和韩国的土地，要经过现卫国阳晋的要道。这还不算，他们还要穿过齐国亢父的险塞。秦国最有名气的兵器是弓箭和战车，在那个地方战车不能并驰，战马不能并行，这是天赐的一夫当关万夫莫开的地势，只要有一百人守在险要之处，就是有一千人甚至于一万人也不敢通过。即使秦国军队想要深入攻打，绝不会那么顺利的。大王请让我用一种动物来形容那时候的秦国——狼，如果秦国想要攻打过来，就会跟狼一样疑虑重重，时常回顾，左边看看，右边看看，生怕韩国和魏国在后面暗算它。

秦国很多政策的意图我们都知道了，它虚张声势，恐吓威胁，就是要让诸侯们怕自己，这就是攻心的策略，非常容易破解，却把很多人给吓住了。总结说来，我们可以发现，秦国虽然骄横矜夸却不敢冒险进攻，故而秦国基本上是不可能危害到齐国的。况且，韩国和魏国尽管受到了秦国的惊吓，但经过我的游说，他们都已经同意了合纵的政策。同时，他们还特别强调，自己是认为大王您非常有可能加入合纵的联盟才加入的。

不能深刻地估计到秦国根本对齐国无可奈何的实情，却想要向西而侍奉秦国，这是一些只考虑自己利益的大臣们想出的投降策略。如今齐国仍然是雄霸一方的大国，我真诚地希望大王能够考虑这些意见。"

齐王早已心悦诚服，颔首说："先生见笑了，感谢您费了如此多的口舌。我不是一个聪明的人，又居住在偏僻而且遥远的地方，紧紧依靠着大海，从未听到过您这样的人给我的高明教诲。如今您接受赵王的使命来指教我，我将非常严肃地率领全国民众听从您的安排。"

第十九章

惠王的阴谋

单说王珠走后，张仪第二天就被秦惠王叫去了，隔三差五，秦惠王便派人找张仪，赠送张仪一些东西，张仪也不拘谨。有的时候秦惠王会和几个王公大臣一起谈论事情，也会宴请张仪。这样一个多月之后，秦惠王对张仪便非常信任了，为了让张仪有个更好的休息环境，秦惠王特地给他安排了非常豪华的屋子居住，至于赏赐也不亚于一些将军，张仪在秦国也逐渐有了说话的机会和权力。

忽一日，秦惠王又召见张仪，张仪穿戴整齐，款款来到王宫里面，发现今天的大臣比平时要多得多，秦惠王威严地坐在上首，张仪来了之后行了大礼，秦惠王连忙找人扶起他来。让他坐到自己的身边去，张仪去了。

秦惠王先对大家说："今天让大家都来，因为我决定了一件事情。"说完微笑着看着大家，"你们可以猜猜是什么事情啊。"

群臣一听，便如同炸开了锅一般议论起来，这时候一个将军模样满脸胡须的人站起来说道："大王就要举兵攻打魏国，然后一路征服中原了？"

秦惠王哈哈大笑，说："卫将军打仗是数一数二的，可此时还没到逐鹿中原的时候。"

这时，一个十分儒雅的文官站出来说道："大王难道是要推行新的法令吗？"

秦惠王又哈哈大笑，说："商鞅这个人不怎么样，罪无可赦，可他的法令没有错，推行下去，有百利而无一害呀。"说完看看张仪，张仪会心地点点头。

秦惠王便命令宫女斟酒，每一个人面前的杯子都满了之后，他举杯站起，说："为了答谢各位对我大秦的功劳，我先敬大家一杯，来来来都干了！"张仪慌忙站起来，朝着秦惠王唱礼，然后喝干酒。

秦惠王说："我大秦的祖上是养马起家的，有些人说这是出身贫贱，我却不这么认为。"张仪马上对秦惠王说："大王的国家如今就是一匹千里好马，威风凛凛，让人敬畏，这就是祖上的精神啊，奔腾不息，志向远大！"

群臣听了无不赞同，秦惠王非常高兴，过了半晌，秦惠王又说："寡人近来经常觉得精神有点恍惚，不知道是什么征兆呀！"一位大臣说道："臣下以为大王平时太过操劳，以至于精神恍惚的。"

秦惠王说："寡人十分同意你的看法，唉，可是寡人有些身不由己啊，有太多太多的事情需要我亲自去办了寡人的身体耗尽了也就耗尽了，寡人最怕的就是寡人死了的时候秦国仍然打不开往东的局面啊！"群臣无不感伤，很多大臣其实早就看出来秦惠王理政事过度，身体每况愈下了，可一国之君的权力不就是集中在处理一些事情上吗，所以他们不敢分大王的权力。"

这时候，张仪请了秦惠王礼，缓缓说道："大王其实可以安排一个非常靠得住的人担任秦国的相，您看武王伐纣，有姜太公扶持，齐桓争霸，管仲主持了非常多的事情，这些都是非常好的借鉴，大王如果不能爱惜自己的身体，会伤害所有大臣们的心的啊！"

秦惠王听了微笑不语，过了一会儿，他对所有的人说道："张仪先生让寡人立一个相，众位认为这个方法怎么样？"

话音未落，宫殿里面又开始嗡嗡议论了，一个大臣说："大王难道不知道商鞅这种人的危害吗？商鞅不是相，竟然有那么多的私用权力，这可是警钟啊，况且，咱们秦国从来没有立什么相，不也一步步成为最强大的国家吗？"

话音刚落，张仪便站了起来，说道："第一，秦国没有立什么相，可秦国的大王，历代所有的大王不都非常非常操劳吗？我们的君主是引导我们、管理我们的人，如果让他们太劳累，我们这些人不就失去了自己的责任感吗？并且，春秋五霸，几乎每一个国家都有一位了不起的相，咱们秦国都有百里奚、蹇叔这样的人，来给穆公提供策略啊。第二，对于商鞅这件事情，他的权力是君主赋予的啊，咱们的君主十分贤明，我认为就没有必要担心大臣滥用权力的。"

一席话说得那个大臣哑口无言。

秦惠王笑着说："既然这么说，那寡人就决定了，立一个相，来辅佐寡人的事务，大家看如何？"群臣都说大王英明。秦惠王看着所有的大臣，问道："寡人应该立谁为相最合适呢？"群臣不语，秦惠王把头转向了张仪，问张仪："你认为谁能够做我大秦的宰相？"张仪一进来就被安排到了秦惠王的一边，如今看秦惠王对自己如此，便明白了，他朝着秦惠王作揖，然后说道："在下没有什么主见，全凭大王安排！"秦惠王说道："先生没什么主见？我看也未必，寡人其实想，先生完全有资格当我秦国的宰相的啊！"此言一出，下面马上又乱成了一锅粥，但没有一个人出来反对秦惠王的意见，秦惠王也知道没人反对，干脆不理下面的慌乱，只顾和张仪说话，他知道，下面的人说完了就自然闭嘴了。

过了一会儿，见没有人出来说话，秦惠王异常严肃地站起身来说道："张仪先生尽管是魏国人，但胆识过人，与我大秦的豪杰十分相似，寡人非常的敬佩他，张仪才华横溢，在云梦师从鬼谷子先生学习，善于交际，我没见过言辞如此好的人，张仪为人正直，没有什么坏的心思，不自私，不武断，这正是一国之相应该有的气质，所以，我决定立他为相！"张仪三辞不受，秦惠王不同意，招呼群臣来贺，大臣们都走上来祝贺张仪，然后是规模非常盛大的宴席，席间张仪没有一点得意之情，与群臣敬酒，秦惠王见了心中更加欢喜。

酒席一直到非常晚才散，张仪喝得有点醉了，被人送回了家里。

当他把这个消息告诉了妻子之后，妻子哇的一声哭了，张仪拉着妻子的手，说："我知道这些年了，你受尽了委屈，和我一块生活你从来没有抱怨过，是我对不起你，如今咱们终于有了出头之日了，我十分欢喜，你也应当欢喜才是啊，别哭了，来人，找杨公明来。"有两个侍卫去了杨公明那里，张仪握着妻子的手，温言款款。

过了一会儿，杨公明来了，见到张仪就拜倒在地，张仪慌忙扶起他来，大惊失色道："你我情同兄弟，为什么要行此大礼呢？以后咱们当着面，千万不要如此。"杨公明眼角都有些湿润了，"宰相与我情同兄弟，算我没看走眼，嗨，我这眼睛太不争气了，这么大喜的日子都还哭哭凄凄的。我只是想，从魏国到秦国，再远的路，咱们也没有白走了！"张仪眼睛也湿润了，三人对立，久久说不出话来。

便如同公孙亮之于苏秦，杨公明对张仪同样是非常重要的决策合作对象，当下张仪将杨公明搬进自己的宅院，二人商量，怎么才能当好这个宰相。

杨公明认为，新官上任，先要让天下人知道自己的气魄，张仪则认为应该不骄不躁，和王公大臣们搞好关系，最后杨公明听从了张仪的建议。

同时他又说："您经历非常多的坎坷，我看着心里也难过，这样的事情存在心里，对您没有什么好处，只会乱了您的品性，该释放出来的东西就尽情释放……"

杨公明还没有说完，张仪就问道："你是说楚国的那个没有眼珠子的宰相？"杨公明点点头，这样的事情不吐出来，迟早会影响您的，我听说，圣人做事，第一要厘清，说的就是这样的道理吧。"

张仪呵呵笑了，说："你分析的对，说的也对，来来来，咱们商量着怎么吓唬那个老贼！二人商量，杨公明执笔，写信给楚国的宰相道：

您别来无恙，几年前我去过您那里，可却担了小偷的骂名，您将我痛打一顿，这应该是咱们最近的交情了吧，几年过去了，我有了变化，不知道您做到楚王的位子了没？

我听说楚国的宰相们一直非常敬重一个人，便是子鱼，这人在春秋争霸的时候为楚国立下了汗马功劳，不知道您有没有希望做到他那种地步，可我是有可能的，为什么呢？因为楚国是蛮夷之地，和一些脑袋并没有进化好的人说话，是最容易不过的事情了，子鱼入不了我的眼，而我大秦人才济济，人们知书识礼，有想法，这对宰相的要求就高得多了，所以我是有可能超过他的，而您到现在都没做出什么大事来，是要老死算完吧？

实话和您说，人敬我一尺，我敬人一丈，人犯我一寸，我犯人一尺，就是这样的。您以前冤枉我偷东西，让我的妻子伤心，让我的家人伤心，如今你要注意了，我要偷您的国家了，希望您做好准备。

如此一封畅快淋漓的信写完，二人相视大笑。

第二十章

楚国的惊喜

齐 国的"归顺"对苏秦来说是理所当然的，以齐国的位置，顺从赵国支持的合纵，也是大势所趋。

齐宣王为了表示自己对赵肃侯意见的支持，送给苏秦二十匹好马，公孙亮将队伍里面的老马病马换掉，又遣送走了几个生病的军士，这支小队伍又充满活力了。

苏秦有时候会想，自己是不是老了。记得在鬼谷的时候，爬山上坡根本不会多喘气一口，面不红心不跳，而现在，步子慢慢吞吞，像是一个老年人，自己还是一个中年人啊。每当这个时候，心头就忍不住地酸楚，如果云游是一种职业，有的时候真的不想接受这种生活，如果这种职业对别人看来是十分成功的——那些对自己俯首贴耳的人不就是最好的说明吗？自己却觉得没什么趣味，这真是自己和自己的可笑的矛盾。

那么下一步呢，先前在秦国，苏秦与公孙亮研究的路线到齐国就停止了，

因为没想到路这么长，也没想到自己的路这么顺利。

其实也很简单，剩下的，只有一个楚国。

苏秦和公孙亮算到楚国这里就停止是有一定的道理的，苏秦在楚国生活过，非常确切地了解那里的民生情况与中原地区的差距。

楚国一直以来被中原国家排斥，齐桓公争霸的时候，为了树立自己的威风，尊王攘夷，楚国就是他的一个目标。为了刁难楚国，他逼问落水而死的周襄王的下落，逼问楚国不向周朝进贡包茅的事情，面子上的意图是为了树立周王朝的权威，实际上是为了收拾楚国，当时好在楚国知道好赖，没有和齐桓公的八国联军对抗，而是服了软，表示一定按期进攻包茅，这才解了自己的危困。齐桓公认为楚国是蛮夷之地。

楚国的确没什么有科技含量的东西，礼数不讲究，并且容易暴躁。春秋末期时候，楚庄王学习中原的一些管理制度，经过一番努力，楚国成为当时数一数二的国家，而楚庄王也成为春秋五霸里最后一位出场的霸主，与晋国的战斗让楚国名声大噪，一时间其他国家谈楚而色变，从此楚国与中原地区的交流更多了，可是楚庄王得意扬扬，为了表示自己的实力，公然追问周王朝九鼎，野心出来了，人们面子上不和楚国作对，实际上还是瞧不起它，楚庄王能够逐鹿中原，也是没有摆脱尴尬的地位。

这就是苏秦和公孙亮没有将楚国算在自己的路线里面的原因，现在既然走得这么顺利，所有的国家，或是被苏秦的口才打动，或者是畏惧赵国的实力，都答应了合纵的政策，楚国，是得好好考虑一下了。

于是苏秦找人去寻公孙亮。

这时已经是夜晚，天上一轮明月，光彩生辉，十分明朗。公孙亮踏着皎洁的月光，急匆匆地往这里赶来，苏秦迎接出去，公孙亮行礼，二人走到花园里面的亭子里，公孙亮一看，早有酒菜果品摆上了，他已经大体上知道苏秦的意思，微微笑了告座，苏秦在对面坐下了。

苏秦说："这些日子，咱们苦过，累过，可咱们都挺过来了，真是苍天有眼啊。"

公孙亮说："对，苍天有眼，老爷终于达到了自己的目标，实现了自己的理想啊，咱们下人看着也高兴！"

苏秦举着筷子，在空中划了一下，表示此言差矣，说道："亮兄误会了，我的意思是，苍天有眼，让你跟随着我！你在我身边，我就是单单看着都觉得自己有底气啊，因为你是我家里面的人哪！"苏秦说得极为动情。

公孙亮听了眼睛湿润起来，他知道苏秦的意思，可苏秦说出来之后，自己的感动是始料未及的，他说："我一个下人，不过有些小聪明，剑是您送给我的，车马是您送给我的，回家的路费是您送给我的。"刚说到这里，苏秦接了一句"妻子也是我送给你的？"公孙亮听完哈哈大笑，苏秦也哈哈大笑，气氛由如泣如诉变成了幽默调侃，公孙亮心底暗暗佩服苏秦控制话语的本事。

苏秦斟了一杯酒，端到公孙亮跟前，自己满上一杯，稳稳地敬到公孙亮面前，动情地说："咱们二人情同手足，何必心存感激之心呢？"公孙亮接过酒喝了，深深地朝苏秦作揖。苏秦回到自己的位置上，开口说道："我相邀的理由你肯定已经知道了。"

公孙亮马上问道："楚国？"

苏秦点点头，"这个地方到底能不能去呢，我想听一听你的意见？"

公孙亮说："主人肯定有自己的想法了，既然想知道我的意思，我就大言不惭了。楚国自来被认为是蛮夷之地，风俗没文化，向来被中原国家轻视，可我认为，楚国是一块风水宝地，和蜀地一样，都是没有被开发的金子般的地方。春秋的霸主里面，楚庄王英气蓬勃，雄才大略，我们就应该知道，楚国是出人才的，既然出人才，就一定是好地方。"

苏秦笑了一下，捋着自己的颔下的胡子，说道："我们如果去的话，可能会碰上危险的事情啊。"

公孙亮说道："您师从鬼谷子学习，肯定知道那里的情况，而且张仪先生曾经在楚国做过说客，所以，主人的想法，想必跟我差不多。"

"是的，我们先前经过魏国回家的时候，我就暗地里问过他关于楚国的情况，当然，是上层的情况，他也给我介绍了一些，尽管他有自己的困苦经历在那里，说话有些偏激，可我从他的话里清楚知道，楚国的实际情况并不像很多中原人说的那样，所以，咱们还是去一趟？"

"主人原谅我的语气，不是去一趟，是必须去一趟，秦国觊觎蜀地已经很久了，那地方如果被秦国打下来，那无疑增加了一个稳定的粮仓，秦国的军队便会肆无忌惮地四处掠夺，攻打各个诸侯国。蜀地被收入囊中之后，楚国对秦国来说就是刀俎之下的鱼肉了，迟早也会被秦国打下来，如果这两个地方被秦国占领，那秦国就可以运用包围的方法对付魏国韩国两国，然后攻打齐国燕国赵国，之前秦国没有非常大的动作，是在休养生息，巩固法制，商鞅之后，秦惠王是个精明的君主，随着自身实力的增强，蜀地肯定早就在他的计划范围之内了。"

苏秦听完，脸色严肃，赞叹道："如果不是我，是你跟随我师父鬼谷子学习的话，你现在肯定比我有出息！"

公孙亮说："如果不是主人经常跟我讲述天下大事，我到现在还是一位马夫啊！"主仆二人都笑了。

去楚国的想法便定了下来，除了游说楚王外，苏秦去楚国其实还有另外一个目的——他想知道自己的师父鬼谷子先生现在的情况如何。这也是苏秦所关心的。

车马浩浩荡荡，一路向南。

旅途非常困苦，可也非常充实，不知道从什么时候开始，苏秦已经习惯了十分迅速地赶路，有时候在床上做梦，也晃晃悠悠，这好像是对自己静止的童年少年时期的一个补偿，或者，是惩罚。

苏秦到达楚国的时候，几个月不停的雨已经开始了，他开始后悔没有事先和跟随的人说好，大家都没有在南方生活过，几个人已经被雨水浇出病来了。好在跟随的军士都是千挑万选，大家依旧一心一意，跟苏秦走。

苏秦终于见到了楚威王。

对于这位中原说客，楚威王显示出了极强的兴趣，他认为这是中原地区主动跟自己示好的表现，既然中原地区对自己有兴趣，那自己也应该以礼相待了。见苏秦的第一面，他面带微笑，大臣热情洋溢地表达了楚威王对于苏秦到来的欢迎。

苏秦很高兴，楚威王是少见的几个从一开始就对自己表示出极强兴趣来的君主，不过这也在预料之中，他说："大王还记得楚庄王吗？那是多么伟大的一位君主啊，实不相瞒，我现在推行合纵的政策来对抗强大的且有虎狼之心的秦国，来到楚国，就是因为楚庄王！因为楚庄王为荆楚地区做下的千秋基业，再加上大王您的勤恳治国，楚国如今仍然是天下最强大的国家之一。"

同种格式的开场白，苏秦用了无数次，无数次都管用，游说对于苏秦来说有时候竟然成了一件十分轻松的事情，而天下的君主在苏秦的眼里，也成为可以控制的对象，苏秦的世界观，大得很啊！

楚威王自然不知道苏秦在想什么，但这话让他听得舒服，自己被夸奖了，祖宗也被夸奖了，他美滋滋地品着美酒，是的，楚威王是用留饮的规格来招待苏秦的。苏秦就在楚威王的席位下面，静静地看着他。

楚威王开口："先生一路辛苦，您刚才说的话的确说到了我的心坎里面去了啊，来人哪，给先生斟酒！"话音未落，几个十分美丽的宫女过来给苏秦满上了酒，苏秦喝了，心想人都说楚国女子貌美，果然名不虚传，楚威王的枭雄气质，应该是值得注意的一点。

苏秦说道："大王可知道臣下到达贵地之前，耳闻别人怎么评价您吗？"

楚威王当然知道蛮夷之说，心下恼怒，陪饮的大臣们也个个侧目，苏秦笑着站起来说道："世人都以大王为英雄人物，不然，楚国如此多的美女，谁能配得上呀！"口气里面满是羡慕，却毫无轻浮之气，众人听了哈哈大笑，楚王更是笑得乐不可支，说："先生一张嘴，当真厉害啊……"

苏秦见时机到了，又开口说道："楚国的地理优势是其他国家无法比拟的，楚国西边有黔中、巫郡，东边有夏州、海阳，南边有洞庭、苍梧，北边有径塞、郇阳，从方圆的眼光看来，楚国的土地纵横五千多里，这是一个什么概念呢？我常常奔波在外，对于地理是有自己的概念的，我觉得楚国的土地是所有国家之中最广阔的。当然，楚国之所以是天下数一数二的大国，还是与这里的军队数量与质量有关的，咱们有武装部队一百万，战车千辆多，战马万匹多，存的粮草足够支用十年。有了这样的资本，什么样的战争对您来说都不是问题了吧？如果说一个国家需要强盛，要有两种资本，一种是思想资本，就是说有多少人才，一种是国家的各项事业，那楚国的所有这些正是建立霸业的资本啊。

如果单从一点看来，就是单单凭借着您的贤明和如此广袤无垠的土地，天下没有哪个国家能比得上您这里。这就是我敬服楚国的原因啊？"

这时候，楚王身边的一位亲随大臣说话了，苏秦的话里满是溢美之词，他早就厌恶了，认为苏秦这次来的目的肯定不那么单纯，如此迷惑自己的君主，能是好人吗？于是他问苏秦道："先生十分敬服我们楚国吗？可有什么凭证？我看先生倒是满嘴的好话！"楚威王马上喝道不可无礼，可随后也默然不语了。

苏秦笑着站起来说道："我为什么敬服楚国呢？这要从我的父母说起，他们生我的时候，家里十分贫穷，但我的父亲有见识，认为我不可以重蹈他们的覆辙，他知道楚国人往往出异人，便托人寻找，找人当我师父，最后找到了鬼谷子先生，于是我得以和鬼谷子先生学习了几个年头，至今仍然受用。"

楚威王听了心下也释然，笑着说难怪先生如此有才干。可是刚才的那个大臣听苏秦如此说冷笑了一声，质问道："先生敬服我楚国的原因好像没有把人才放到非常明显的位置吧，您这么说岂不是自我矛盾？"苏秦一想是自己说话失误了，非常尴尬，楚威王毕竟对与中原的交往十分急迫，呵斥大臣无礼，让他退下了，解了苏秦的围。

楚威王说道："我楚国的确是沃野千里，国富民强，诚如先生所说，是一个非常有潜力的国家。一个国家的强盛与很多因素有关，需要天时地利人和啊。当今时代，秦国是最强大的国家，没有真正实力的国家，是没有办法和它抗衡的。我知道先生此次前来的意思，刚才的那位臣子也知道您来的意思，可是我们都认为秦国实在太强大了，我们现今无法和它对抗，所以，对付秦国这种危险的工作，我们不太想做，更不希望把危险引来。"

苏秦一听，心道这楚威王可是第一个明明白白拒绝自己的君王，看来还得费一番口舌，他想了想说道："您既然知道楚国是数一数二的国家，那么就应知道，秦国不可能留下一个可能给自己带来祸患的国家，难道不是这样的道理吗？楚国强大，那么秦国就会弱小，因为中原争霸，只能有一个霸主，相反说来，如果秦国强大，那么楚国就会变得弱小。从这种情况判断的话，两国绝对不能同时并存。所以，我今天站到这里，最主要的意思不是让大王赏赐我什么，那只能说明我有一张巧嘴，而不能说明我平定天下的志向，让天下人们都过上平安日子的志向。跟秦国交往，不如听一下我们的意思，合纵相亲，只有这样才能孤立秦国。我曾经跟很多将军分析当今的形势，如果大王不采纳合纵政策的话，一心要巴结秦国，秦国为了拔出眼中钉肉中刺，一定会出动两支军队，一支从武关开进，一支直到黔中，鄢郢的局势会怎么样，您肯定会比我清楚的吧，如果大王认为我在哗众取宠，那大可以召集我们国家的文人武士来衡量，我说的到底准确吗。"

苏秦在每个国家游说都会称呼这个国家为"我们"，往往会收到意想不到的效果，可没想到楚威王听完之后，不说一语。

苏秦接着说道："我听之前那些有道德有修养的人说，优秀的君主，在大动荡之前，就应该治理它，在祸患没有降临之前，就要采取一定的行动，来抵制它。这里面的道理想必大王肯定有所耳闻，并且有自己的想法，因为要等到祸患临头，再去忧虑它，那就来不及了。

所以，我的想法还是这样的，我希望大王能够从大局出发，用过去与未来相结合的观点早作打算。大王是一个贤明的君主，我一点也不会看错，如果您真能听从我的建议，我能凭借自己的三寸不烂之舌，让各国向您奉上四时的礼物，接受您英明的指教，而且，把国家委托给您，奉献出自己的宗庙请您保护，同时训练士兵，磨好兵器，听从大王的指挥。大王果真能采纳我这计策的话，韩、魏、齐、燕、赵、卫等国的最上等的动听的音乐和美丽的女子，一定会充满您的宫殿。燕国、代地的骆驼、良马一定会充满您的畜圈。合纵成功了，楚国就能称王。至于现在有人坚持的连横政策，不过是秦国的缓兵之计，如果连横成功了，秦国就能称帝。如今您要放弃称王称霸，蒙受侍奉秦国的丑名，我私下认为大王这种做法非常不可取。"

楚威王听了满眼放光，显然，苏秦所说的条件打动了他，楚威王想，点点头就可以号令这么多的国家，自己的祖上也没有这样的功绩啊！苏秦见楚威王脸色变好，看来已经渐渐接受了他的想法。经历了这么多，他早已学会了察言观色，于是趁热打铁，说道："秦国是一个什么样的国家，世人都清楚，那是虎狼一样凶恶的国家，如果说谁有真正野心的话，那非秦国莫属了，秦国因此也是天下各诸侯的共同仇敌，大王要记清楚这一点啊。那些主张连横的人，有什么出息呢？他们最大的愿望就是苟且活着，都想分割各诸侯的土地奉献给秦国，这就叫做供养仇人，这就叫敬奉仇敌啊。大王是身为人君的命运，不会作为人家的臣子吧，如果是，那肯定也不是赫赫有名的楚国之君了！那些希望连横的国家要分割自己国君好不容易才得来的土地，和如狼似虎的强秦相交往，侵扰天下，但是自己的国家呢？自己的国家遭受秦国的侵害，他们却不顾及这些。

对外，这些败类依仗着强秦的威势，在内部，用秦国的威势劫持自己的君主，索取割地，这难道不是最大的叛逆，最大的不忠吗？我私下认为，没有比这更严重的罪过。

我所说的这一切都是为了一个目的——合纵相亲，现在赵国、燕国、魏国、韩国、齐国都同意了我的合纵政策，难道大王还在犹豫吗？合纵成功了，各诸侯就会割让土地侍奉楚国，楚国就是霸主啊，但相反，如果连横成功，楚国就要割让土地侍奉秦国，这两种策略带来的结果相差太远了，大王要处于哪一方的立场呢？"

楚威王说："是的，我国西边和秦国有接壤，我们的大臣们经常讨论，都认为秦国有夺取巴、蜀两地并且吞汉中的野心。秦国就像先生所说，是虎狼一样凶恶的国家，我现在已经十分清楚了，秦国早就想把我楚国当成自己盘子里面的肉啊，谢谢您对我的点拨，我认为秦国是不可以亲近的。

我知道，韩国和魏国经常遭受秦国的威胁，寡人之前想，自己不可以和他们做深入的策划，原因很简单，现在各个国家都派自己的人传播情报，如果和他们深入地策划，恐怕会有叛逆的人泄露给秦国我们的信息，这样的结果只有一个——计划还没施行，而国家已经面临危险。

我自己和楚国的将军们做过估计，楚国对抗秦国，真的不一定取得胜利。我也和一些文官们进行商讨，可从他们的谈话中，我知道他们不可信赖，因为他们有人想要我投降秦国，其实我的情况现在并不好，我躺在床上睡觉一点都不安稳，吃东西也好像在吃草，一点都感觉不到香甜，我的心情恍恍惚惚，好像挂在空中的旗，没有着落。现在您打算团结诸侯，使处于危境的国家得以保存下来，我愿意恭恭敬敬地把整个国家托付给您，听从您的安排！"

苏秦知道，他这次的到来已经胜利。

第二十一章

鬼谷子的局

苏秦激动地站起来，朝着楚威王拜下去，说道："我替全天下的百姓谢谢您了，如果没有您的支持，合纵的大业就不完整，而对抗强秦的任务就尤其艰巨，现在您号令全国的大臣来支持合纵的政策，真是仁义之举啊。"

楚威王走下阶来扶起苏秦，抚慰道："先生不辞劳苦，奔波这么长的时间，我楚国理应支持您的事业啊。"

楚威王下令，赏苏秦马四十匹，车十辆，数百金，苏秦再三推辞，楚威王不许，苏秦便接受了。

六国合纵从这时候成功，六个国家同心协力。自然而然地，苏秦做了合纵联盟的盟长，并且担任了六国的国相，人们称呼苏秦再也不敢为"先生"了，而是称之为"苏相"。

回到住处，公孙亮见苏秦一脸喜色，就知道事成了，说道："苍天不负

有心人哪！"苏秦紧紧握住公孙亮的手，激动得说不出话来了。二人刚刚回屋，就有宫中的人捧着衣服出来，说这是楚威王专门为苏相订做的。

苏秦收下，二人仔细端详那衣服，果然是明亮生辉，质地华贵，苏秦不禁叹服楚威王做事及时。这应该是苏秦这辈子最好的衣服了，而这衣服，将伴随他很多年。

苏秦的使命已经漂漂亮亮地完成，他美滋滋地想，古往今来，有几个人能够达到自己的这种高度呢？恐怕不多，周公固然是一位高明的臣子，可他不过是侍奉一个国家的君主，而自己呢，六个国家，就连人们心目中最难啃的楚国都拿下了。齐桓公、晋文公、秦穆公、楚庄王、宋襄公这五个赫赫有名的霸主，靠着强大的军事威胁力才能够号令诸侯，自己不费一兵一马，就将六国君主说得服服帖帖，真是旷古未有的功绩啊！年少时候，鬼谷时候，自己那个富丽堂皇的梦，竟然实现了，并且实现得这么漂亮。

想到鬼谷，苏秦又想，现在自己做了六国的宰相，那鬼谷又算什么呢？自己可以派人将他填平！

踌躇满志，就是此时苏秦的状态，所有的事情他都可以做到，所有的思想他都可以探窥，苏秦笑呵呵地对公孙亮说："我如今地位如何？"公孙亮说："位及人品，古往今来没几个人能够达到这种程度，只是……"

苏秦见公孙亮稍微一迟疑，知道他有话要说，便道："有什么说的，尽管提。"

公孙亮微微一笑，说道："鬼谷子先生呢，您现在认为自己和他相比如何？"

苏秦脸色大变，久久说不出话来，过了一会儿才喃喃地说："我……我应该去看看师父了吧？"苏秦转向公孙亮，他知道公孙亮刚才话的意思，自己骄傲，还不是时候，当了六国的宰相，只能说明自己才气还行，运气很好，别的，就没有什么了。

公孙亮说道："看一下老先生，是我的愿望，从您的教诲当中，我觉得鬼谷子先生真是神一样的人物，功夫在诗外，我觉得纵横捭阖之术只是他庞大的思想里的一小部分，并且，一个只懂得游说之术的人不会将道理说得那么透彻。"

苏秦点点头，"我知道师父不是那么简单的人，听他说，他好像也进入过鬼谷，就是我和你描述的那个让人进去就感受到压抑的地方，而且我在鬼谷后面的森林里发现过很奇怪的东西，两大块巨石，周围很少树木，没法判断是什么，后来我跟张仪谈论的时候，说起过这件事，他说他见过师父用这个东西观察太阳，师父真是心藏宇宙啊。"

公孙亮赞许地点点头，"您想去看看吗？"

苏秦朝公孙亮笑，"去看看师父他老人家，也是我来楚国的原因之一。"

苏秦先修书一封，叫人去送往赵国复命，然后会同几个愿意跟随自己继续前进的人，当然少不了公孙亮，他们向鬼谷方向前行。

阴雨连绵，车子一路蹒跚，很快苏秦就找到了自己当年走出来的路，这次是往回走了，苏秦的心情见不得激动，可也不平静，自己为什么不平静呢？苏秦走下去的时候一直在想这个问题，当他见到当年的那个小乡时，忽然明白了，自己的不平静，是因为师父，因为比自己博学几倍的师父都没有将人生真正搞清楚，自己将时间花费在来来往往的路程上了，对于人生奥秘的探讨，跟师父差得还是太远。

乡里还是那副模样，趁着雨后天晴，苏秦换了鞋子，与众人踏着草地而行，长久生活在这里让苏秦明白了一些生活的经验，比如下雨之后草地要比大路好走得多。

这里的人们已经基本上变了样子，当然，变化最大的还是苏秦，他由一个没成年的男子变成了一个闯荡天下的男子汉，胡子已经被留起来。他们的到来吸引了这里的人，虽然人群十分稀疏，却都围着苏秦，对于这一队豪华车马的到来，他们都显得十分好奇。苏秦也不想只和人们点头示意，他极力想认出几个人，顶多是有一点点印象，实在不能明明白白地想起来，直到他发现有个略胖的将近五十岁的老汉在急切地招呼自己，方才停下脚步，走过去仔细端详，那老汉嘿嘿笑了，他一笑，苏秦就知道这是谁了，胡屠夫！

苏秦的眼泪刷地淌了下来，这位老大哥，像自己的哥哥一样，照顾了自己和师父师弟这么多年，如今他也如此苍老了，真是岁月不饶人啊，苏秦紧紧握着胡屠夫的手，胡屠夫咧着嘴，呵呵笑着，说道："大公子，你可回来了，我就知道你会回来的呀，就算不看你老哥，也会看你师父啊！"听到自己的师父苏秦更管不住自己的眼泪了，胡屠夫这么说，自己的师父肯定还健在，他顺手摸了脸一把，勉强笑道："他老人家应该还好吧？"胡屠夫说："还是老样子。"

苏秦心下更加急切，他想快点见到自己的恩师啊，他告别了胡屠夫，相邀改天再谈话，命令随从加快速度，很快进了山里面。

还是那条熟悉的羊肠路，原先的青石磨得有点光滑了，踏上这条路苏秦的脚步就变得轻盈，六国宰相的那种稳重华贵的步伐霎时间消失得无影无踪，苏秦不自觉地用起鬼谷子教的那种步伐，仿佛一只灵巧的猫过墙头。公孙亮习惯舞枪弄棒，见了惊奇不已，问苏秦这是谁教的，苏秦说鬼谷子，公孙亮摇头道，见过一个神秘的武功高手，他走起路来也是这个姿势，据说一天可以走三百里，苏秦听了也纳闷不已，他们对鬼谷子的神秘莫测、博大精深愈发佩服起来。

很快，那条小路越来越短，那山坡越来越陡，苏秦已经望见那几间茅草屋子了。苏秦的心好像要飞起来了，他顾不得什么形象，发力跑了上去，站在门口，苏秦叫了两声师父，没人回应，苏秦又连续叫了几声，还是没有动静，他开门进去，昏暗的光亮下，里面的陈设根本没什么改变。苏秦感觉就像自己昨天出去玩耍了一趟，今天便回来了一般，泥巴糊的墙面上斑斑烟迹，顶棚塌下几片泥土，干硬在那里吊着，苏秦再去睡觉的屋子，一被一炕一木几而已，心道师父生活的地方连自己的下人的规格都算不上，既然不在屋子里，师父肯定是出去了，或者跟他的那猴儿摘果子吃去了。苏秦开门出来，随从们整齐地列在屋前，没有苏秦的命令，他们都不敢进去。

苏秦便招呼大家席地而坐，对公孙亮说道："师父不知道去了哪里，可能在那树林子中吧，他和那只猴子最喜欢那地方了。"公孙亮倒是显得很耐心。

这时候一个懂阴阳的随从说："绕水背山，林屏谷障，这是一块绝无二处的风水宝地啊。"苏秦点点头，他这次回来一下子即发现了这一点，想自己在这里生活了几年，反而没有发现，师父选择这块地方，的确是高明。他转向那会看风水的随从问道："你见过那谷了？"那人没说见过，也没说没见过，他说这条气脉远远就能望见，上面气象明朗，的确是条大气脉，如果不出意外，肯定有先人把自己的祖先葬到这个地方。

苏秦连忙称是，自己还在里面见过棺材呢，那人领首沉思，"既然是大气脉，里面肯定会有一些奇异的生物，不知道苏相见过没。"苏秦的回忆一下子被勾了起来，连忙说道："他们说过，里面有东西的，有……一个大的湖泊，有一条睡觉的龙，那龙打呼噜的时候，就像天空中炸起一个雷！"

风水先生便不言语，这种地方不是人住的，是神仙住的啊。

等到日头挂在西边，众人有一搭没一搭谈话的时候，忽然苏秦听到有东西吱吱叫了几声，他转头看了看，没什么，便迅速起身，走到茅草屋子后面，一只大猴儿拖着一捆柴从树林子里蹦蹦跳跳走了出来，苏秦喜出望外，连忙去接着，那猴儿见了苏秦显得分外亲热，直舔他的手，苏秦摸着他的脑袋，问道："师父呢？"大猴儿呆呆地看了苏秦一会儿，用手指了指后面，然后跳到那捆柴上蹲着，苏秦朝树林里面望去，一个削瘦的身影逐渐移动过来，黄头发，编得毛毛糙糙的辫子，炯炯有神的眼睛，熟悉的步子，果然是师父。

苏秦一下扑了过去，倒头便拜，鬼谷子笑呵呵地拉起来，问了一句："回来了？"就好像苏秦刚出去玩了一会儿一样，带着苏秦慢吞吞往回走，苏秦要拿斧头，鬼谷子笑着拒绝了，问道，吃饭了吗？苏秦惊愕，上山就花了半天功夫，哪有时间吃饭呀，鬼谷子说锅里有吃的，那是给你们预备的，苏秦把眼睛瞪得老大，跟着师父从后门进去，鬼谷子一揭开锅，一大锅香喷喷的米饭。外面的人见鬼谷子来了都行礼，及至见到鬼谷子早就做好了几十个人的饭，不禁大为惊奇。

最惊奇的还是苏秦，他从猴子身上解下来那捆柴，放到灶台旁，鬼谷子早就走出门，一个个打量，众人都不言语，等鬼谷子打量到那阴阳先生的时候，淡淡地问了一句："您看我这地方怎么样？"其他人听了无不惊叹，他们都不知道鬼谷子怎么了解这人会看风水的，那人也不着慌，说道："神仙才能住的地方。"鬼谷子哈哈一笑，那如果凡人住了会怎么样？那人说道："灭顶之灾。"此言一出众人议论纷纷，鬼谷子又淡淡地看了那人一眼，不再答话，让苏秦在外面生一堆火，众人今晚在神仙住的地方露宿，苏秦心下不好意思，各位跟随自己跋山涉水来到这里，断没有住在外面的道理，可屋子里的确住不下啊，只好出去说道："师父这里没有各位的炕，我今晚陪大家睡在外面吧！"

随从多是军士，行军打仗自然习惯在外面住，见苏秦如此，大受感动，都要让苏秦回屋子里面睡去，苏秦却又执意不肯。鬼谷子见如此朝大猴儿打了一个手势，大猴一转身就消失在夜色里，等众人吃过了饭，那猴儿抱着一个大帐篷过来了，鬼谷子给猴儿撒了一些米饭，对苏秦说："这是我在林子里面住的时候安排下的，今晚大家就住在这里面吧，说完拿眼看了看风水先生，意思是你不是说我这里不能住凡人吗？你敢不敢住呢？那先生倒不害怕，一头钻进帐篷里面。

这次苏秦与师父重新见面，只有一个人是冷眼旁观，公孙亮。

自打见到鬼谷子他就有一种奇异的感觉，如果按照苏秦说过的话，鬼谷子如今至少得七十岁了，不，还多，差不多八十岁了，可他为什么看起来顶多六十几岁的模样呢？再者，鬼谷子是一位隐士，眼神冷淡也就罢了，可他走起路来竟然没有声音，他怀疑这是一门奇异的功夫，就像自己见过的那个神秘高手似的，移动对他们来说好像是不费力的事。如果苏秦走的时候这屋子就是如此的话，如今也应该坏掉了，这屋子肯定不是重新盖的，因为木桩的腐蚀程度说明它至少有几十年的历史了。

满腹狐疑的公孙亮随着众人吃完了饭便回到帐篷，里面生起了暖烘烘的火来，实在温暖极了，他采过一堆干草，在火旁边烘热了，密密地铺开，顺势倒下睡过去了。

单说苏秦，天色大黑，众人都睡了之后，他跟着鬼谷子慢悠悠地在四周转悠，初夏的天气，夜晚有点凉爽，尤其是雨水过后，只是蚊子有点多，鬼谷子带着猴儿，猴儿手中拿着一把点燃的艾草，驱蚊，苏秦想师父什么时候给猴子训练了这个。

来到以前苏秦和张仪晨读的地方，二人席地坐下，照旧的姿势，鬼谷子面向河水，苏秦面向鬼谷子。

"师父，今年这雨水不太小吧，我看这河水都涨高了。"

鬼谷子没有回答，他冷笑道："你出去一次，感觉自己长了什么见识吗？"

苏秦知道师父会这么问，他现在有的是钱，有的是地，有的是人马与人气，他十分舒服地躺下来，说道："徒弟当然，当然……"说到这里苏秦住了口，心道师父说的是见识，我出去的这一趟有什么见识呢，知道了这个君王喜欢什么话，那个大王喜欢什么马，这个国家的路不好走，那个国家出产美女，不，这些显然不是见识，可这些并没有让苏秦手足无措，他稳重得很，至于为什么如此，他知道是因为自己现在可以得到大部分自己想要的东西，只要钱势能换来的东西。

苏秦说道："徒弟其实没有什么大的见识"，说完他换了一种十分惋惜的口气，说道："只是明白了一些人情。"

鬼谷子不说否定也不说肯定，他只是沉思，过了一会儿说道："你为什么不说钱呢？"

"钱与见识相比太渺小了，很多东西用钱也买不到。"

鬼谷子哈哈笑了，苏秦发现了鬼谷子的变化，哈哈笑的时候嗓音有点尖尖的，鬼谷子说道："我教你和你师弟的这些东西，为的不就是让你们能够有挣钱的本领吗？"

苏秦愣了，是啊，师父当年给自己和师弟讲的，都是窥测君王的心思，然后待机而说话的方法啊，都是通过自己的一张嘴来换取食物金银的策略啊。他觉得师父自己的生活方式明明是对这种生活方式的一种反驳，师父从来没有这么说过，但苏秦有这种感觉，师父生活的目的是什么呢？

苏秦问道："我知道，我和师弟的生活目的是您给设定好的，可是您的生活目的是什么呢？"

鬼谷子听了这话脸上的笑容消失了，他冷笑一声，说道："我的目标？我不知道。"

苏秦对这个答案并不意外，自己出鬼谷的那一晚上，师父吐露过自己的想法，他对人生的迷茫，用他的大圈与小圈的说法，是要比自己和师弟还要多的，他也说过感叹过不止一次。还是回到了那个问题，人为什么活着，在师父看来世界上的东西都是由阴阳组成的，那么也都是平等的了，可为什么师父的人生就跟自己不一样呢？——还是他故意设计的？苏秦就只好这么问了，"师父，人活着是为了什么呢？"

鬼谷子收敛起那种神秘莫测的表情，说道："你认为我是神仙吗？"苏秦说不啊，鬼谷子说："那你问只有神仙才能回答的事情干嘛？"苏秦又问道："您认为世界上的东西都是平等的，为什么要给我和张仪设计这样的不同的人生呢？"

鬼谷子问道："出人头地，飞黄腾达，这是不是你们的理想呢？在来到鬼谷学习之前，你们的理想不就是这样的吗？难道是我给你们改的理想？至于我，也有过很多理想，可最后我发现，还是没有理想的好，因为，人活着是为了什么，这个问题，我到现在还没解答明白。

苏秦又愣住了，是啊，自己的梦里都是金碧辉煌的宫殿和随从，是金银珠宝，师父给自己设计这种游说的人生，是帮助自己实现自己的梦想。"人和人是平等的，世界上的事物都是平等的，可这不代表世界上的事物的生活方式目的是一样的，对吗？"

鬼谷子点点头，"很好，我还以为你从外面回来之后，变得只会谈论水的深浅，吃的好坏，睡的安稳与否呢。"苏秦十分不好意思地红了脸，这的确占用了自己的很大一部分想法，不只是现在，而且是这些年来，这样的哲学性的辩论早就没有了，想到这里，他为自己感到了一丝害羞，他忽然有了一种跟随师父的冲动。

鬼谷子好像看出了苏秦心中想的是什么，他说道："我一直等，等你和张仪其中的一个，或者两个回来，然后在这个河边坐下，谈论一些你们不清楚，我也没把握的东西。你们非常有灵性，可是你们没有一块来，你来了，也确实有点晚了。我毕竟不能一个人知晓所有的东西。"

一股愧疚感涌上苏秦的心头，他说道："徒弟没有及时来看您，对不起您!"鬼谷子呵呵笑了，他说："我没有怪你，你们不来，是我自找的，因为我给你们设计的这种成功的路线，需要的时间过长，这是我没有算到的地方；我遗憾的不是没有常常见到你们，叙一下师徒的情意，而是为了一些道理，为了弄明白一些事情。所以你没有什么好愧疚的。"

苏秦听明白了师父的意思，他听过许许多多表扬和讨好，可都没有这话让他自信，鬼谷子师父是知晓天地的人，他会借鉴自己的想法，的确是自己的幸运。

苏秦为了不让师父太失望，就叙说自己出了鬼谷的一些事情，当数到洛阳的那个神秘人的时候，鬼谷子脸色大变，问道："他的脸上是不是有一条疤痕?"苏秦说道："他的头发很长，将自己的脸挡住了，所以看不清。"鬼谷子教苏秦形容一下那人给他的那把剑，听完苏秦的描述，鬼谷子大惊失色，喃喃道："师兄，师兄……"

苏秦问那是师伯吗？鬼谷子说，对，其人好赌怪癖，叫乐进子，从师父那里分道扬镳的时候，他曾和我打赌，谁先弄清楚世界的终极是什么，谁就是天下最有见识的人。他的那把剑，就是他一直和我描述的自己梦想中的剑，那肯定是他自己锻造的一把剑，而且花费了很大的功夫，他能够送给你，说明他还是念及师兄弟之情的，想来我师父将我和师兄分开，也是为了再见，为了弄清楚人生，这么说来，我和他用的是同样的思维了。

第二十二章

真相

苏秦终于明白了那个在自己最困难的时候指引自己的，原来是自己的师伯，至于师伯说的关于鬼谷子的话，很可能是假的了，他只是不想让鬼谷子知道自己在哪里罢了，更没想到鬼谷子单凭一把剑就可以想到他。

苏秦和鬼谷子说了自己最后一次见到乐进子的经过，鬼谷子笑了，说，我和他也是为师父的疑惑而生的，陷入到拷问当中，我们是一类人。我对你们，比我师父对我和乐进子要慈爱得多，我师父教会我和师兄的处世方法是打斗的技术，所以你会发现乐进子可以驯服很威猛的狗，能够破获凶猛的狼虎黑熊。

"那师父你也可以吗？"

鬼谷子幽幽地说道："我不会打斗的话，这个森林里面，为什么没有野兽，只有这只猴子？"

苏秦听了惊奇万分，鬼谷子如此瘦弱的体质，谁知道竟然蕴含着这么深厚的能量。惊奇之后，苏秦感觉到了非常深刻的自卑，对于人生的拷问，师父显然具备更大的资本，而没有拷问的人生，怎么值得过呢？自己面对的那些威风凛凛的大王，家财万贯的商人，此时显得那么微不足道，不值一提。苏秦陷入一种无法自拔的痛苦之中，既然连追求的理想都是可以怀疑的，还有什么是有意义的呢？

鬼谷子好像看出了苏秦的心思，惨然一笑，说道："苏秦，我们这类人都是追求精神上饱满的人，可精神上的饱满实在是太难了。我离开师父之后，来到这个地方，发现此处正是风水宝地，仿佛给仙人住的地方，我就盖了草房子，精心研究世界上的各种知识，过了几年，我越来越发现自己的知识不够啊，而我发现了一个更加可悲的事情，世界上的知识根本就学不完，我也去过鬼谷，当然，我的目的和你不一样，我是为了寻找那里面异样的东西，我走了一个多月，有你说的棺材，有一些诡异的洞，有宽阔的地方，有仅仅容一人通过的地方，我的粮食足够，因为我练过闭息的功夫，我最后退回来……是因为……因为我怕了。"说到最后，鬼谷子眼神不定，又开始抚摸身边蹲着的大猴儿。

苏秦从来没见过师父说话吞吞吐吐，他想，肯定是有什么师父不想说的事情。这事情的杀伤力必定很强，或许会颠覆些什么。想到这里，苏秦急切地问道："师父，不是因为你怕了，是吗？"

鬼谷子盯着苏秦看了一眼，脸色反而平静了，他说："你很聪明，是的，不是因为我怕了，而是因为我看见了一些东西，这些东西不可以跟你说，很简单，跟你说了对你不好。你知道，我不想说的事情是绝对不会说的，我不想做的事情谁都逼迫不了。"

苏秦沉默。

很快，天上的星星全部出来了，闪闪发亮，鬼谷子指着上面说道："我闭着眼都可以知道随便哪颗星星的位置，也可以用它们的位置来推算，可是，我最终还是没有完全理解地下的事情。"

苏秦说："可能是原来的方法有问题，前人的东西不可以全信，这是您说的。"

鬼谷子说："所以我想用另外的方法，比如，世界不是由阴阳构成的，是三种东西构成的？是水火构成的？我想了五六十年了，没有头绪，可能我这辈子也没办法理解人生了吧。"

接着，鬼谷子问到了张仪，苏秦将自己利用张仪的事情如实说给了鬼谷子，他知道这是瞒不过师父的，鬼谷子有些黯然，说道："我知道你们会有这样的一次相遇，只是日后……也罢，也罢，有些事情全是天意，人是勉强不得的。"

苏秦听了，黯然不语，明明亲如兄弟的两个人日后难道还会有更大的过节吗？他心里明白，自己是明明白白利用了张仪一次，尽管很大程度上也是为了他好。

鬼谷子不说话了，他第一次将自己的无奈甚至自己的恐慌对苏秦如实说来，不能不说自己非常有底气，因为懂得别人不懂的事情，但同样的是，有一个鬼谷子这辈子不敢触碰的词语——快乐，刹那间涌入了他的脑海，是的，自己快乐吗？快乐是什么？苏秦快乐吗？自己给他和张仪带来过快乐吗？

无言，全是无言，苏秦默默地抬起头，望着自己望了无数次的星星，灿烂的星空美丽动人，夜空也充满了故事，一颗两颗三颗四颗……组成了一个自己十分熟悉的东西……齐姬！是齐姬！苏秦不自觉地闭上眼，齐姬距离自己越来越近，仿佛就要抱住自己了，苏秦激动地伸出手去，一揽，齐姬却化成了一阵风，霎时间没有了踪影，苏秦睁开眼，往天上看，天上又变成了一

颗颗普通的星星……

鬼谷子显然发现了苏秦的情态变化，他盯着苏秦说道："你今年多大了？"

苏秦说："三十五岁。"

鬼谷子说道："那也已经到了和女人打交道的年纪了。"苏秦的脸霎时间都白了，女人，从来就不在苏秦的谈话范围之内，更别说是与燕国君主的夫人私通了。与齐姬幻想中的相会带来的一点温存感一时都消失了，对齐姬此时进入自己的脑海而产生的惊异感也刹那间消失了，有的只是面临鬼谷子的质问的那种无奈与惶恐，苏秦支支吾吾地说道："怎么？"

鬼谷子说："你手相平稳，但有点纠缠，是感情纠结的表示，所以……"

苏秦更加惶恐了，在师父面前自己明明就是个玻璃人。他静静地转过身子，去那帐篷里看了看，火还在烈烈地烧着，军士们都睡着了，苏秦回来的时候，风吹得他精神格外清爽，苏秦又恢复了自然。

鬼谷子和猴儿不知道说着什么，苏秦远远地看着，心道这猴子如此聪明，也不过是个畜生，哪有人灵性呢？可一想到自己的灵性，苏秦又想，自己靠着机灵爬到如此高的位置，可白白生出这么多的烦恼，还真不如一只猴子快活，于是苏秦又失落了。

鬼谷子再也没和苏秦说话，苏秦认为，该说的话已经说了，不该说的话师父也不会说，便也不说话。两个人就那么坐着，前面是那条溪水，溪水南边是那条又深又长的鬼谷，苏秦不知道在什么时候产生了困意，然后昏昏沉沉地睡过去了……

不知道过了多久，苏秦忽然感觉有人在推自己的身子，他喃喃嘟囔几句，一睁眼，发现公孙亮在自己身边，见苏秦醒来，他问道："鬼谷子先生呢？"

苏秦说："就在我身边啊。"转身一看，哪里还有师父的身影？苏秦急了，赶忙到那几间茅草屋里找，没人，岂止没人，就是那猴子现在也找不到了。眼看着东方的天空越来越白，苏秦赶紧招呼起还在睡觉的随从们，有到树林子里面找的，有到帐篷周围找的，有下山找的，四下散开了。

一个时辰之后，所有的人都回来了，仍没有发现鬼谷子先生的影子。苏秦低声问公孙亮怎么办，公孙亮说昨天自打第一面见到鬼谷子先生就觉得有点不对劲，他身上好像有股十分奇怪的气质，你问问昨天的那位会看风水的先生。

公孙亮这么一说，苏秦就想起来了，他赶紧找到那人，说明了一下情况，那人望着即将冒出地平线的日头，然后往后退几十步，使自己的视线与鬼谷平行，转动脑袋观察周围的情况，过了半晌方停止，他对苏秦说："老先生是得道之人，从他看我的眼神就能看出来，他名字叫鬼谷，又住在鬼谷，他可能有什么解不开的事情，然后……然后……想用自己的一生来解……"

苏秦接着说道："然后他极有可能进了鬼谷，再也不出来了，是吗？"

那阴阳先生点点头，"鬼谷是他最后的时刻必须待的地方。自打他来到这个地方他就注定走不出去。"

苏秦明明知道没有用，还是派人去鬼谷方向找，有人回来，说看见鬼谷子的猴子一路啃剩的果皮，苏秦听了，默然而已，众人随之默然。

太阳升得很高了，苏秦和大家一起到师父经常去的树林里面。刚进去就发现一片树木伐倒后留下的空地，仔细看去，全部是一些无名的图案，最大的一个是圆盘状，青绿色，圆盘中间是一个稍微小点的盘，整个呈环状，有的图案好像一堆字，字的笔画全是横和竖，没人能够辨认出来，还有人形的图案，只不过上面的人比此处的人要黑，且鼻梁高耸……纷纷杂杂，看不清楚。苏秦想，这肯定是师父留下的东西，师父到底在钻研什么的确是一个谜，钻研成什么样了，把人、把世界认识到什么样了，其实也是个谜。

正看着，公孙亮从后面跑了过来，手里拿着一身黑色衣服，一脸正色对苏秦说："对，就是这衣服！我见过的那个神秘的人，就是和你走路一样的人，就是穿的这身衣服！"苏秦听了，激动的心仿佛要跳出来！师父肯定出过鬼谷！

一系列的联想开始在苏秦的脑海里显现：鬼谷的深处是不是有一条十分隐秘的大道，可以到达外面的世界呢？师父既然出去过，那是不是为了跟踪自己呢？跟踪自己是为了什么呢，为了找到他的师兄？那个神秘的猎人又是怎么找到自己的呢？鬼谷子名声在外，如果他要找师父，肯定会来的，他到底来过吗？二人会不会重逢？或者，现在正在鬼谷里的一个地方把盏谈心？……

很快，所有的想法都灰飞烟灭了，苏秦只剩下一个念头，师父不想见自己。可苏秦隐隐觉得，师父给了自己什么暗示，这个暗示是什么，他不想去猜了，这种猜来猜去、不明不白的日子他早就有些厌烦了，昨天晚上他更是确定了一点，师父考虑的问题，会让人快乐吗？师父懂得很多不也是把自己困在这里了吗？

走吧，公孙亮说道。

那就走吧，回赵国复命，去家里看看，然后，去燕国找齐姬。

苏秦从鬼谷上下来的时候，并没有着急走，他先到了胡屠夫家中，胡屠夫见苏秦来了，十分高兴，说道："师父他老人家还好吧，前些天我还见他了，身子骨特别硬朗。"

苏秦微微笑着，点点头，说道："老哥，你知道我这辈子吃的最舒服的一顿饭是什么吗？"胡屠夫说："您现在是六国的相，吃的东西我肯定都没见过，可别打趣你老哥啦！"苏秦笑了，说道："不，我吃的最好的一顿饭，是下山的时候，你请我吃的那顿锅子，那种味道我这辈子不会再吃出来了，不管我吃什么!"

胡屠夫憨厚地笑了,笑得眼泪都出来了,他妻子见他这么没出息,递给他一块布擦脸,苏秦对她说:"嫂子,还记得你们留我在那最暖和的炕上睡觉吗?那可是我睡得最温暖的一觉呀!"说着给公孙亮使了一个眼色,公孙亮知道什么意思,马上找人从行囊里包出一包金银,送到胡屠夫妻子的手上,胡屠夫一看急了,连忙说这是干啥,我们两口子没个兄弟姐妹的,自打大公子和二公子上山跟鬼谷子先生学习,俺们早就把你们当成亲人,这不合适!胡屠夫的妻子也急得满脸通红,说道:"他说的是,苏先生不管多穷,都是俺们兄弟,不管有多少钱,当多大的官,都不能要他的钱,只是时常来看看就罢了呀。"

众人见两口子如此,无不动容,苏秦一时不知道怎么办才好,公孙亮便说道:"苏先生这次回来一是看望他师父鬼谷子先生;第二,就是看你们这些乡亲们啊,他在鬼谷上生活,你们照应了不少,这些钱是他回报给你们的,其他人的和你们的一样,苏先生都送到了,你们如果不要,那才是不把苏先生当成兄弟呢。"

二人听了觉得果然有理,便收下了,胡屠夫让苏秦吃了饭再走,苏秦担心随从吃得太多,就说君王有命令,什么时候到什么地方,耽误了就不好。胡屠夫只好作辞,夫妻二人眼看着苏秦走远,泪眼婆娑地回去了。

苏秦没有和胡屠夫提自己师父走了的消息,因为,说不定什么时候,师父又重新出现在鬼谷呢!

第二十三章

归途

　　一队人马终于又开始了行走，路上经常有这个国家的君王接见，那个使者相陪，收了很多东西，也送了很多东西。

　　等苏秦到了洛阳的时候，公孙亮专门提醒他换了一身华贵的衣服，气派极了。周显王听说苏秦要经过此处，慌张不已，赶紧召集大臣商量对策，这人现在得罪不起啊。

　　有大臣说道："苏秦如今是富贵之命，这是天意，而我们都不可以违背天意，所以，应该对苏秦的到来表示欢迎。"不落痕迹地给了周显王一个台阶下，周显王当然明白此人的良苦用心，便赶紧同意，着此人去迎接苏秦，一切礼数，都按诸侯办。

　　于是苏秦进入洛阳的时候，无数人在前面为他扫地，苏秦知道这是周显王的安排，也不大在意，顺着干干净净的大路进了自己家的大门。

　　妻子、嫂嫂和哥哥，以及哥哥的两个孩子早就跪在地上了，苏秦先扶起妻子，然后抱起儿子，拉起哥哥嫂嫂。这是苏秦得胜归来的时刻，比前几次回家都荣光，而他最感谢的，其实还是公孙亮，这个仆人不仅有大的志向，而且有一股游侠的志气，如果真正有机会，也肯定是叱咤风云的大人物。

在洛阳停留的两天里，只要公孙亮在家，苏秦就将他请到自己的家里，设置酒宴招待。有时候想起鬼谷子跟自己说的那些话唏嘘不已，公孙亮便轻轻问一下，他觉得自己的主人从鬼谷回来之后有点不一样，具体是哪里不一样了，他说不明白，只好大体安慰一下。

"你说，如果我当初没有经历过饥饿，家里有那么二三百亩地，我还会是今天的这个样子吗？高的地方，比别的地方要冷得多啊。"

公孙亮回答道："如果老爷有两百亩地的话，就肯定不是现在的样子，那过去的十年您肯定是以一个小公子的身份度过。或许不会经历这些事，可是也许不会明白什么是人生，什么叫辉煌。"

公孙亮自认为这话说得漂亮，却没想到苏秦的脸色并没有变得缓和，他长长地叹了口气，说道："人，不就是几十年吗？懂得了人生又能如何呢？况且，我有如今的地位与名声，有数不过来的钱财了，我就懂了人生吗？我反而更迷糊了，我觉得我这辈子最贴近真实的自己的时候，就是那些穷困潦倒的时候。"

公孙亮听了便不作声。

苏秦也默然不语，半盏茶的时间过后，他跟公孙亮说道："不论我在哪里，都没有在家乡舒坦，这里的人们非常朴实，我小的时候他们非常照顾我，我想回报给他们点东西，因为，他们也是穷人啊。"

公孙亮知道苏秦的意思，在这些事情上，苏秦向来花钱大手大脚，便说道："老爷如此非常好，可以传播自己的好名声，又可以让他们对家里有个照应，还可以报答恩情。"苏秦听完只摇头，他将一条干肉放到热水翻滚的锅里，肉的颜色霎时间由红变白，苏秦自言自语道："我也得被洗洗了，也得被洗洗了……"

饮酒之后，苏秦将一千金发送给了周围有恩于自己的人，大家承恩道谢，苏秦仿佛成了救命的神仙。开始苏秦要送一千金的时候，公孙亮还不信，以为苏秦说大话，这可占了苏秦经费的一多半啊，可当苏秦真的发送完了之后，他被惊得目瞪口呆，暗地里自叹气魄不如。

在洛阳的家乡苏秦过得可谓是惬意极了，赵王来了回信，对苏秦的成功大加赞赏，并且让他好好在家里休息一下。苏秦笑着读完了赵王的回信，索性将随从们都打发回了赵国，他们出门在外，也不容易，众人称谢，又得了赏钱，无不念苏秦的好，兴高采烈地回家去了。

家毕竟有点过于平静，苏秦面对的是妻子，少了那份激情，妻子尽管也温柔款款，可闭上眼睛，齐姬的模样就在自己的眼前浮现了，他真的怀疑世上的灵气了，如果不是这样的话，为什么每当与妻子共枕的时候，齐姬的形象总是出现呢？

为了齐姬，为了摆脱这单调的生活，苏秦过了不到十天就对于燕国的旅程迫不及待了。又过了三天，他终于忍不住了，命令没有走掉的三个随从收拾东西，赶紧上路，公孙亮自然不想走，可苏秦这么说了，自己毕竟只是一个仆人，只能照做。

妻子送行，兄嫂问候，乡里乡亲的都来送行，苏秦匆匆忙忙打了招呼，心早就飞起来了。车夫一扬鞭子，马车向着苏秦的目标行驶。

夏天就要过去了，越往北越凉爽，天朗气清，云彩高高。苏秦现在什么都不怕，只命人挑大路走，走一段路后，苏秦就下车看看，每次想到与齐姬的距离又近了一点，心中便增添一点兴奋。

路程很远，时间很慢，可苏秦有无限的耐心与毅力，一个多月之后，阔别多少时日的燕国终于出现在自己的面前。

还没到蓟城，就远远看见迎接的仪仗。苏秦下车，仪仗队就开始骚动，探马回报了之后，一个从来没有见过的官员迎接了苏秦，苏秦从他的穿着感觉此人地位应该不低。到了城里面，燕文侯早就给苏秦备好了酒宴，苏秦先给燕文侯行了大礼，燕文侯亲自扶起苏秦，笑着让到席上，苏秦叫过公孙亮，拜见燕文侯，燕文侯也给了他一个席位，然后凡是跟随苏秦来到燕国的，燕文侯都赏赐了，让人送到安排下的地方休息。

不等燕文侯开口，苏秦先说到："苏秦这一路，遇到过很多艰难，也曾经想到过放弃，可一想起与大王的约定，我浑身便充满了力量，觉得不走下去，实在是对不起您的信任啊！"

他声泪俱下，仿佛感慨极了，燕文侯马上让边上的齐姬送过一块帕子，齐姬走过来，背对着燕文侯，一双大眼动情地望着苏秦，苏秦也抬起头，看着她。她更美了，眉宇间比先前更增添了超逸的气质，她觉得他更雄姿英发了，轻轻扬起的胡须，棱角分明的脸庞，天天思念的人如今终于出现在了自己的面前。

苏秦见齐姬好像要哭出来，赶紧陪笑，说："多谢大王赐帕。"用手取过，故意碰到齐姬柔弱无骨的手，齐姬并不躲闪，低头转身回去。

燕文侯哈哈大笑，说道："苏先生，如今是六国的宰相，比我这个燕国的王地位要高得多啊，怎么样，我没看错人吧！"说着，转头看着身下的大臣们，大臣们纷纷点头，交头接语，纷纷赞赏不已。

苏秦回答道："在下岂敢与大王比高低！在下承蒙大王不嫌弃，赐给车马盘缠，才有了今天，如果不是大王，我可能早就抛尸野外了呢。"燕文侯见苏秦毫不以六国宰相的地位自居，更是高兴，命人拿赏，公孙亮接过。酒宴在欢歌笑语中度过，苏秦喝得并不多，因为他知道自己最重要的事情不在和燕文侯打交道上，而是在齐姬身上。

到住处休息下之后，忽然听外面有人要见苏相。苏秦连忙叫人请进来，灯下一看，原来是刘中，苏秦的心疯狂地跳动起来，朝外面说道："这是我朋友，你们先退下。"外面的侍卫听如此说便离开，苏秦将刘中让到座位上，刘中不敢，一下子就给苏秦跪下了，苏秦连忙扶起他来，嗔怪似的说道："咱们自己人，你倒行此大礼，却不是生分了？"刘中连忙赔不是，今非昔比，苏秦现在的地位，就是燕文侯也不得不正眼好好看他啊。

苏秦给他倒了茶，急切地问道："她怎么样了？"刘中说道："夫人很好，只是经常挂念您，自从您写了回信之后，她感觉好了一些，可听说您像使者一样，到处调停，她又十分担心，生怕您有什么危险，夫人也曾经派小人再去给您送过信，两次都碰上了行军打仗，还有一次我到了您家，而您却早就离开了。"

苏秦想自己竟然错过了齐姬的信，心中懊悔不已，连忙跟刘中解释自己车马行程不定，回去跟夫人好好解释，刘中说大人请放心，夫人想你还来不及，怎么会生您的气呢，您什么时候有时间，我好告诉夫人，让她来见您。

苏秦说："我什么时候都有时间，现在人员复杂不适合写信，你给我带个口信给夫人，说我对她的心思永远不变。"刘中得了命令，连忙回去禀报。

这里苏秦见刘中走了，重新躺下，盼望着二人相逢的日子，正要睡下，忽然听到有人敲门，他悄声问道，是谁？门外一个熟悉的女子声音，说，是我，声音发涩，要哭的样子，他心中一动，马上开门，见两个侍卫打扮的人站在自己面前。苏秦知道这是齐姬，是的，是齐姬，她趁着燕文侯醉酒，趁着夜色来见苏秦，旁边的便是她的丫鬟。

苏秦紧紧握着齐姬的手，声音都有些哽咽了，"这么晚了怎么还来呢？"齐姬早已经哭了，说道："只要见到你一面，哪怕下一刻死了我也甘心了！"

二人握手而谈，苏秦不知道自己怎么回事，看到齐姬后就觉得世界上其他女人都没有了颜色，妻子是个好人，但除了纺织以外，她没有一样可以比得上齐姬，齐姬的风情与体贴，让人觉得女人中的极品就应该是这个样子。

苏秦说："这些日子，你还好吧？"这完全是可以忽略的废话，但齐姬听了，好不容易止住的眼泪又开始流淌，她说："整天面对一个自己不喜欢的男人，我怎么会好呢？"苏秦一听心下如炭火烧烤，是啊，燕文侯是她不喜欢的男人，而自己将她丢在这里。面对这样的人，她需要曲意逢迎，需要咬紧牙关，需要忍辱负重，在任何时候，她想着的人是自己，可她面对的，却是燕文侯。

苏秦一下子变得痛苦不堪，他紧紧地抓住自己的头发，用撕裂般的声音说道："对！这一切都是因为我无能！我不是一国之君，没有权力早早地将你纳入我的怀抱，现在见到了你，我也没有能力把你抢过来，连自己心爱的女人我都保护不了，我还算什么男人呢？"

苏秦的眼泪将齐姬的袖子都打湿了，齐姬止住苏秦的哽咽，深情地抚摸他的头发，幽幽地说："尽管你是一个有家室的人，可你毕竟只有一个妻子，并且，在你的心中，我是最重要的，所以跟你在一起的话，我肯定会非常幸福，可是天意就是如此，让燕文侯早早地遇上了我……后宫里他有无数的妃子，那些妃子们最常见的下场是什么，我清清楚楚，为了不是那样的下场，我百般讨好他，什么事情都顺着他，并且变着花样地让他对我感兴趣，可天知道我是多么痛苦。我得到了很多东西，失去的，却是自由啊……"齐姬的眼泪更多了，两个痛苦的人紧紧相拥在一起。

痛苦就是黏合剂，容易让他产生最深层次的共鸣，苏秦是六国的宰相，但面对齐姬的无奈，他有一种徒劳无功的感觉，这种感觉十分强大，仿佛要使自己窒息……

过了半晌，齐姬的啜泣已经停止，她又一次握紧了苏秦的手，说道："你不要太痛苦了，世界上的男人，薄情寡义的太多了，我之所以将自己给你，就是因为你是一个有情意的人，不管你的身份如何，起码我这一生有了真正爱的人，而且我还可以有机会和你在一起，这是多么幸运的事情啊。"

齐姬这话是对苏秦说的，苏秦听来，这话是她对自己说的，他看到齐姬挤出一个动人的笑容，理了理头发，便说道："世界上的人都以为宫廷里面是最幸福的地方，谁知道你这种最受宠爱的人都有自己难以说出口的苦衷，世界真是一个骗局啊！"他凝望着齐姬的脸庞，星眸乍展，楚楚动人，齐姬，是不是个骗局呢？

然后齐姬又将自己给苏秦写的信一一背诵出来，苏秦大为惊异，一是齐姬原来写了不只三封信，二是她竟然可以一个字一个字地背诵出来，女人的心到底有多么不可思议啊。苏秦心潮澎湃，越来越多的话涌上自己的喉头，齐姬也是一样，她要将这些日子的情思都一一说出来……

三更已过，四更也过了……天蒙蒙亮的时候，二人才依依作别，苏秦回到被窝里，不知不觉就睡过去了。

三天后，苏秦觉得休息得差不多了，便禀告燕文侯，要去赵国复命，并且需要将各个国家都签订了的合约交给秦国，燕文侯当然十分赞成，苏秦与齐姬找了个机会作别，便带了随从去了赵国。

赵肃侯十分高兴，秦国如今对其他国家都虎视眈眈，苏秦的这个合纵政策正好给赵国以喘息之机，苏秦就要到邯郸的时候，赵肃侯亲自迎接出去十里地，然后二人携手返回。

仍然是国宴招待，苏秦将自己一路来游说诸侯的顺序跟赵肃侯说了，赵肃侯夸奖苏秦有见识，说道："先生的功绩可以说是古往今来第一人啊！哪怕是周公、姜尚都没有这种作为！我赵国不是什么大的国家，但封赏贤者毫不吝啬，寡人就封你为武安君！"

苏秦听了大喜过望，心想自己当了六个国家的宰相，说白了还是个虚职，赵王封自己为武安君，自己何其幸运！他激动地拜倒在地，说道："臣下没有什么出息，也没有什么远见，一直想在自己的那块地方种种地罢了，大王审视天下大势，提出合纵的政策来，并且让臣下去实现这个计划，臣下靠着运气得以成功了，其实最大的功劳应该是大王的！现在大王用仁慈的方式治国，臣下也得以时时向大王请教一些东西，这真是上天给我的赏赐！"

赵肃侯听了非常高兴，心想苏秦怪不得可以说动那五个国家，这张嘴的确厉害啊。

赵肃侯接着说道："现在一切东西都具备了，只差……"

"只差让秦惠王知道了。"苏秦稳稳地回答道。

赵肃侯说："对！他早就知道我们的计划了，就差将合约送到他手里，让他知道我们的厉害了！"

苏秦说道："臣下愿意亲自跑这一趟。"

赵肃侯大喜，当即又赏给苏秦许多财物和马匹。

第二十四章

相会秦国

苏秦在赵国只住了一天，随从将生病的马匹换掉，一队人马重新出发，又走了一个月，来到秦国。

苏秦要做的第一件事不是去见秦惠王，而是另一个人——张仪。为了自己的大业，他利用了张仪一次，张仪的地位现在不比自己低下，这应该能够成为他原谅自己的理由吧，苏秦对师兄弟之情还是挺信任的。

几经打听，苏秦来到了张仪的相府，让人进去通报，那侍卫刚走到门口就被堵回来了，苏秦问道怎么回事，守门的说张相今天不在这里，苏秦纳闷。

过了一会儿，又让人去问，回报说张相出去会朋友了，可能很晚才能回来。苏秦听了，暗暗生疑，便在马车上又等了一个时辰，又叫手下的人去问，手下回来，这次说的是张相的朋友众多，时间不定，谁知道他什么时候回来。苏秦勃然大怒，但同时一个念头忽然冲进了自己的脑海，哈，这不是自己当年戏弄张仪用的花招吗？于是苏秦朗声说道："师弟，师兄我来看你了。"说完，作了一个深深的揖，话音未落，只听院子里出现了脚步声，然后同样的笑声传了出来，张仪一身华贵的衣服，款款走出来，"师兄，别来无恙啊！"苏秦近一步握住张仪的手，"师弟，上次的事情委屈你了啊！"

张仪哈哈一笑："师兄是为了我好，如果不是师兄那一条高妙的计策，我也没有今天的成就啊，来来来，师兄，里面请吧。"说着携了苏秦的手，进入那大门，里面首先是一个极大的庭院，中间往后三间大房相连，中间一间尤为突出，飞檐耸顶，金碧辉煌。张仪便和苏秦往当中一间走去，苏秦进门一看，当中穿空，有屏风遮着，转过屏风直接通到这屋子的后门，从后门出去是一面影壁。苏秦此时已经为这座房子的庞大惊叹不已了，转过影壁发现还有一个小院子，精致绝伦，这方是张仪的住处，张仪指着旁边的一个郁郁葱葱的花园说："这里面有亭子，如今坐在里面应当惬意得很。"苏秦赞叹道："师弟的这座房子简直可以与君王的行宫相媲美了！"

当下张仪领着苏秦一干人到花园里，花草丛中果然耸立着一个小亭子，石桌上美酒佳肴，琳琅满目。苏秦见过各种宴席，可乍一看还是被惊呆了，上面的东西竟然有至少一半自己从来没见过，大家分主宾坐了，公孙亮在苏秦身边，杨公明在张仪一旁，另外有燕国的几个随从，有秦国的几名大员。苏秦先感慨道："师弟真是让人刮目相看啊，想当年我还有赞助师弟的心思，如今看来，是靠师弟抬举我了，就这一桌东西，我是有一半从来没见过的啊。"

张仪呵呵一笑，说道："师兄如今是六国的联合宰相，高高在上，我还得师兄提拔呢，怎么说是靠我呢，这桌子上的东西没什么稀奇，不过是秦国常与那些游牧的部落交往，他们送来的奇货罢了，哪里就有什么了。"杨公明也笑着说道："张相还经常羡慕苏相在中原发号施令，领导群国呢。"大家听了哈哈大笑。

苏秦斟满一杯酒，向张仪敬过去，说："来来来，师弟，这可是这些日子咱们再一次见面，不成敬意，师兄敬你一杯，师兄得以周游列国，全靠师弟稳住了秦国的形势啊。"张仪也站了起来说道："咱们是双赢嘛，哈哈，哈哈……"

于是众人喝酒，随从击缶作乐，宴席十分欢畅。

当下张仪说秦国驿馆没有自己家里亲切，就让苏秦住在自己家里，苏秦知道拗不过，只好答应了，张仪细细询问苏秦周游列国的具体情况，当听说他去看了师父的时候，张仪猛然站起来，问道："师父真的就平白无故地消失了吗？"

苏秦痛苦地点点头，说："师父的行踪向来便是不定的，我猜想，师父之所以连声招呼也不打就进了鬼谷，肯定是有什么重要的想法了，他要去实现，只是……只是……"

"只是什么？"

"师父说，他所做的一切都是为了自己探查一些问题，包括你我。"

张仪的脸刷地白了，他问道："你是说师父在利用我们吗？"苏秦说是，他自己也是他师父的一个利用品，这么说太直白了，但这就是事实。

张仪也变得痛苦，他紧紧揪住自己的头发，说："不可能，师父怎么会这样对待我们呢？"

"师父为什么不会这样对待我们呢，从我们去的时候到我们一个个离开，师父对我们有过多少热情呢？他的表情就是思考的表情，一成不变，对我们而言，我们在鬼谷里做的一切都是自己的分工罢了，有没有我们在那里生活，他都是那样子，没什么损失。"

张仪呆了半晌，忽然灵光一闪，"不，师兄啊，师父这样的人都参悟不透人生的规律，他做的一切又怎么能够品评呢，连他自己都不知道自己做事情的标准是什么。他自己也是一个试验品，他的师父也是自己的一个试验品啊，他们貌似在利用着自己的徒弟，其实，他们是在利用自己啊。"

苏秦听了这话连忙击节叫好，他激动地想，是的，这利用与被利用的问题他纠结了很多天了。自从师父无缘无故地消失，他就经常叩问自己，师父到底对自己怎么样呢，自己走出鬼谷，他没有多回头看自己一眼，可他又盼望着自己和师弟去看望他，相处久了的人怎么也会产生感情的啊，师父和他的师兄都是非常冷的人，可就是这么冷的人，听说了师兄的消息都激动得连说话的声音都变了。他们总是在考虑人间的奥妙，却忘记了自己的情感，有的时候不是自己想的那样。

"可师父，毕竟走了啊……或许，这一辈子是未必能够再见面了。"张仪的眼泪不自觉地淌了出来，师父对他来说更像是一位父亲，一位严厉的父亲。

"师父不跟我们谈论他的想法，以前，就是他的闭合之道吧，当他觉得我们可以自己产思想的时候，他就渴望与我们对话，当他和我谈论的时候，我没发现他有什么异常，当我醒来之后，他就不见了，我想，如果跟我的谈话给了他一点启示的话，我也已经满足了。"

张仪听了不再答话，他是多么想再见师父一面啊。

经过这次谈话，苏秦的思想忽然有了血肉，人本来就是温暖的东西，人活着，也不是为了拷问，活着是自然的事情，自己明白了这些，他非常感谢师父的提示。

第二天，张仪便使人引着苏秦到秦王那里，递交六国签订的合约。

本来张仪想陪同苏秦去的，可是这么一封恐吓信，张仪和苏秦又是师兄弟，怕人说闲话，也怕秦惠王不高兴，苏秦坚决不让张仪陪同，万一张仪在此处当卧底的事情败露了，二人只有死路一条。

秦惠王见到苏秦，已经大约知道了他此行的目的，脸上隐隐有愤怒之色，率先发问道："先生周游列国，辛苦得很吧，是忘记了我给先生的馈赠吗？"

苏秦坦然说道："大王的恩赐苏秦一辈子都不敢忘记，只是迫于时事，有些事情，在下也是无可奈何啊，大秦国是如今最强大的国家，可风头越是强盛的东西，就越容易被率先攻击，还希望大王能够体谅。"

秦惠王勃然大怒，刷地抽出剑来，吼道："忘恩负义的东西，你知道寡人现在随时可以杀掉你吗?!"

苏秦心道，自己的确说错话了，不是秦国的风头过盛了，是自己风头太逼人了，于是赶紧下跪，哭泣道："大王请体谅一下在下的苦衷啊，当时赵王和燕文侯为了把持住我，将我的家人老小禁锢起来，他们的目的是为了对付大王，他们害怕大王，就让我去各国游说，来共同对付秦国啊，小人自从受了大王的恩赐，心中十分感激，一直想着有机会报答大王，去其他国家游说，的确不是在下想干的事情啊！"

秦惠王哼了一声："你刚才如果真的惧怕寡人，会斗胆说那么大逆不道的话吗？据说你收了赵肃侯的很多钱财车马，就甘心为他效劳，是也不是？"

苏秦匍匐在地下，哭泣道："臣下想说的话根本不是这样的，臣下在秦国需要干什么，需要说什么话，都是赵肃侯他们早就给定下来的，臣下只是按照他们的要求办事啊，为了保住家中老小的性命，不得不这么说，恳求大王宽恕我这一次吧，当六国合纵的政策因为内讧瓦解的时候，在下甘愿为大王效劳！"

秦惠王用剑指着苏秦说道："如果我想杀你，现在就可以！然后与六国兵戎相见，拼个你死我活！你以为这一纸文书就会让我害怕吗？痴心妄想！"苏秦哪里见过这个阵势？早就吓破了胆，只是不住地磕头，就在这危机的时刻，忽然外面人报，张仪先生求见，秦惠王说："让他进来！"

张仪进来一看，苏秦跪在地上，便明白发生什么事情了，他扑通一声跪下，说道："大王息怒，请听张仪一席话再做定夺不迟。"秦惠王冷冷地看了看张仪，"你这位师兄刚才口出狂言，不把我放在眼里，你认为该不该杀？"

张仪说："该杀！世界上任何想侮辱大王的人都是该杀的，可是，天下的人都知道，大王拥有博大的胸怀，广阔的气度，从来不拘小节，宽以待人，要想一统天下，就得有让天下人信服的根本，这个根本就是自身的名声啊。还有第二点，自从苏秦开始到各个国家游说以来，觉得非常对不起大王，他常常思念大王对他的赏赐，在魏国的时候，也和我讨论过这个问题。"秦惠王听了默然不语。

张仪接着说道："当时我们二人觉得来归顺大王是最好的方法，可是又想到苏秦的妻儿老小都被接到了赵国，名为养活，实际上就是人质啊！大王想想，苏秦当时的心境该是怎么样的呢？我想天下任何人在面对这种情况的时候都会痛苦不堪，于是我们商量出一个两全的方法，由我入秦国，为秦国做出自己的贡献，来弥补苏秦的过失。自从担任秦国的宰相以来我勤勤恳恳，是我分内的事情，我一件都不会粗略地处理，是我分外的事情，我绝对不敢过问，因为这些微不足道的贡献，大王赏赐了我一座宅子，还定期给我发放俸禄，这真是至死都报答不了的大恩情啊。如今苏秦一时口误，臣下以为，大王杀了他出气，不如让他回去，这样能够显示出的大王的恩义在，也让臣下更加死心塌地地跟随大王，驰骋天下，争霸中原！"

秦惠王以一个失败者的身份看苏秦的合纵之约，本来就恼羞，被苏秦一激，便成怒火，杀心陡起，他当然知道六国联合是什么后果，也知道杀掉苏秦对自己的名声会造成多么恶劣的影响。秦惠王不得不犹豫，因为权衡利弊他清楚，幸好张仪及时赶到，化解了这局面，可苏秦那厮实在可恨，当初自己没有让他担任官职，可也赏给了他不少的好东西，算是对得起他了，如今他竟然来对付自己，此人的确够狠啊。

当下秦惠王对跪在地下的张仪说道："寡人就看在你的面子上，暂且饶恕苏秦，如果不是张相，你今天难逃一死，走！"说完，秦惠王拂袖离开。

张仪从容地拉起苏秦，回到家里，苏秦犹是惊魂未定，自己见过了大场面，交往了各个国家的名流，可真刀真枪摆在自己面前的时候，就只有颤抖的分了。秦王那长剑，就像一条蛇，仿佛缠绕在自己的脖子上，让人窒息。

张仪安排苏秦去沐浴一下，又着人给他煮了安魂汤，苏秦喝了汤之后又睡了一觉，方才好起来。醒来一看，张仪坐在自己身边，苏秦黯然说道："真没想到帝王之威如此骇人。"张仪淡淡笑了一下，说道："帝王之威我没真正见识过，相国之威我倒是见识过。"

苏秦知道张仪在自我打趣，也笑了，他指着窗户外面的一棵白果树，说："我就像旮旯里的一棵树，承受着阳光，自我感觉还不错，可谁知真正的暴雨雷风到来，自己先承受不住了，读书人的悲哀啊。"张仪说道："除了读书的将军，其他读书人都是这样，没什么好自我责备的，师兄是读书人，但是读书人中的佼佼者啊。"苏秦摇摇头。

世界就是一场游戏，有真有假，虚虚实实，真不容易猜透，自己不知道什么时候卷入这个游戏中来，这就是苏秦当时所想。这个游戏中竟然有这么多的磕磕绊绊，有这么可怕的阴影随时可以笼罩住自己，就像鬼谷里面的龙吧。师父曾经说过，他在鬼谷里面见到过一种东西，而这种东西到底是什么，师父认为告诉了自己对自己不好，可能会彻底颠覆自己的世界观。现在想想，不说那里的东西，就是今天自己经历的，也足以改变自己的世界观了，自己这三十多年来经历的，原来是如此温柔，春风化雨。刺激，已经成为了一个长着骇人面孔的恶魔，让苏秦随时都处在惊慌中。

公孙亮知道苏秦惹怒了秦惠王时，吓得差点晕过去，等得知张仪往秦惠王宫里赶的时候，紧张的心情才松弛下来，秦惠王怎么都会给张相面子的，而苏秦得罪秦惠王肯定也是因为出言不逊，秦惠王也未必真的想杀他。于是张仪离开之后，公孙亮进来见苏秦，说道："咱们什么时候回去呢？您的大业到如今基本已经完成了。"没想到苏秦摇摇头，说道："我哪里有什么大业？我不过是别人利用的一颗棋子罢了。"公孙亮听了大吃一惊，说道："难道老爷因为这一次事情就丧失了信心吗？棋子的说法，是片面的，有人把您当作棋子，可也有很多人是您的棋子啊，更重要的是，那些貌似在利用您的君王不也是您的棋子吗？"

苏秦凄然一笑，说："我并没有一个君王的权势，不能独霸一方，没有退路，这不就失去了利用别人的根基了吗？我也常常想，在这个年代里什么是最重要的，在和那些君王谈话的时候，我说天下人们的安定生活是最重要的追求，但谁都知道那是扯淡，我是一个只顾自己的人。"

公孙亮听完沉默一会儿，说："老爷的心思有点不稳定，不管鬼谷子先生跟您说了些什么，您这些年的苦不是白吃的，您的经历也是有用的，所以没必要因为某一件事情消沉啊。您曾经说过走出去你的那个小地方是您的梦想，现在您不只走出来了，而且还成为了叱咤风云的人物，这难道不是应该满足的地方吗？"

苏秦发呆了半晌，然后忽然问道："咱们回去吧？"

"这……好吧，老爷是为张先生着想。"

苏秦叹了口气，重新躺下，伸出手摆了摆，公孙亮恭恭敬敬地退下去了。

第二十五章

短暂的和平

苏秦回到了赵国，继续当他的武安君，他不仅将自己的妻子和儿子接到了赵国，而且还经常借口去燕国，没别的事情，为了齐姬。

日子一天天过去，一年、两年、三年、四年……秦惠王再也没有让军队从函谷关打过来，中原地区享受了难得的和平时期。

其中发生了一件不可不提的大事——燕文侯去世了。

安逸的国际环境和享乐的心态，让燕文侯的身体一天不如一天，在一个秋天，他终于停止了呼吸，燕国举行国丧。

消息很快就送到了苏秦这里，更巧的是，送信的人是刘中，更准确地说，他带来了一个口信和一封书信，口信是燕文侯去世了，希望苏秦先生能够去出席国丧，然后是一封书信，齐姬写的，苏秦听了口信，既惊又喜，连忙着人赏了刘中。他拿起齐姬给自己写的信，上面写道：自从你在赵国安居，我便一直担心我们的事情被燕文侯知道，现在，上天可怜我们，燕文侯死掉了，这是上天给我们的机会，我知道自己容颜已老，已经没有了当年的姿色，可你却仍然像以前一样地爱我，我这一辈的苦，因为你而值得。燕文侯死后，已经没人能够阻止我们在一起了，我想你的心时时燃烧，希望你快点过来。

苏秦看了喜不自胜，先写一封回信让刘中带回去，上面写的是：我又何尝不想你呢？尽管你现在已经不是当年的年纪，可你的气质依旧无人可以代替，你的言谈举止都像天上的神仙下凡，遇见你，是我今生最大的荣幸啊，是的，你如果认为你现在容颜已老，那你就大错特错了，你的年龄没有让你变老，而是让你变得更加妩媚动人了，我想你的心比先前更强烈，我们以后不用怕燕文侯和他的侍卫了，这的确如你所说，是上天的恩赐，我会尽快赶回去看你的。

刘中一走，苏秦就忙活开来，准备了丧礼，立即赶往燕国。

新上位的燕易王对苏秦毕恭毕敬，这是燕文侯的交代，要好好用苏秦这个人才，不要让他老在了赵国。

燕易王在灵枢前哀痛地哭泣，旁边便是风姿绰约的齐姬，苏秦先看了齐姬一眼，然后放声大哭，直到有人使劲地拉扯自己，才勉强停止了哭泣，他跪在燕易王面前说道："臣下本来是乡村里一个种地的农夫，因为燕王不嫌弃，听了臣下的策略，便重用了我，可以说，文侯是我这辈子最大的恩人了，如今他先一步而去，我怎么能够独自活着啊！"说完就要往灵枢上撞，燕易王赶紧拦住，百般劝阻下苏秦方罢手。

吃完了丧宴，各人归去，齐姬给苏秦使了一个眼色，苏秦明白，这是说晚上要到自己这儿，心中怦然一动，赶紧点头表示自己已经理解。

苏秦回来，先将侍卫们支开，让服侍的人都散了，自己边喝茶边等齐姬的到来。

天刚交了二更，却轰隆隆下起大雨来，苏秦等得焦急，齐姬今晚可能不会来了。他刚要叫过公孙亮来就听见外面有脚步声，连忙打开房门，齐姬一步踏了进来，歪着头摘下斗笠，然后轻柔地伸展开双臂。苏秦知道这是让自己给她脱掉蓑衣，便轻轻地解下扣绳，将蓑衣揭了下来，里面的衣服十分干爽，苏秦上下打量齐姬，发现她身材美妙得恰到好处，正看着自己，虽然有了一些轻轻的皱纹，仍然有一种妙龄少女的天然纯粹，苏秦心情大悦，笑着说道："我想你想得茶饭不思啊。"

齐姬说："渴死我了，从宫的东头跑到西头，还怕被巡逻的侍卫抓住，累死我了。"说完调皮似的瞅了苏秦一眼，"你还不给我倒水喝吗？"

苏秦呵呵笑了，怕齐姬乍脱下蓑衣受凉，找出自己的一件衣服来给她穿上，然后又轻轻倒了茶，齐姬喝了半盏，叹了口气道："说起来我真不是个好人，燕文侯在世的时候，对我百依百顺，什么东西都给我，而今他死了，我却没有丝毫的心痛。"

苏秦拍了拍齐姬的肩膀说："不必伤心自责啦，你因为没有心痛而自责，恰恰说明了你是一个好人，当初燕王四方选美女，将你从齐国掳掠到了这里，也没有顾忌你的感受啊，而且当你侍奉燕文侯的时候，也是尽心尽力的，他如果活着，也不愿意看到你整天悲悲戚戚的啊，他是真正爱你的人，可你不爱他，他的爱就太霸道、太自私了。我是爱你的人，你也爱我，所以，我们的爱才叫真正的爱情啊。"

齐姬听了扑哧一笑，说道："我今年都三十岁了，还在听你讲爱来爱去的，你没觉得自己的嘴巴太过于油滑了么？"苏秦搂住了齐姬的腰，柔软至极，仿佛一只手就可以围过来，说道："如果不是嘴巴好使，怎么能够说动六国呢？如果不是嘴巴好使，怎么能够取得今天的地位，可以和你厮守呢？"齐姬挣脱了苏秦，说："燕文侯这辈子有一件事情是做对了，那就是重用了你，你这辈子有一件事情也做对了，那就是爱上了我，如果不是你，我如今恐怕就请求殉葬了，人生，有时候也真没个趣味！"说完，她的眼圈泛起了红色，苏秦为了不让她伤心，开玩笑道："你的嘴比我还好使嘛！"

齐姬说："今天，我只能陪你说话，燕文侯刚刚死去，我不想太亏欠他。"苏秦笑着说："你把我当成什么人了，燕文侯也是我的恩人，我还不知道其中的道理吗？"

齐姬便说道："秦国现在已经被六国排斥在外了，可有些事情并不如我们想的那么牢固，我看儿子易王对于反抗秦国表现的不是那么积极，平常跟他说话的时候，总是将发展农产放在头里，并不提怎么建设军队，久久不打仗让人心疲软了啊。"苏秦听了大觉有理，说道："你说的很对，现在王权更替比较频繁，六国合纵，的确是需要找个机会加强一下啊。"

齐姬笑着说："时候不早了，我得回去了。"说着就要找蓑衣穿上，苏秦怎么舍得？他先一步将蓑衣拿在手里，说："这个蓑衣湿了，穿着不舒服，你先坐下，我给你倒茶水喝。"齐姬只好坐下，苏秦先给齐姬拿热水倒了茶，然后去取过来自己的一套干蓑衣，笑着说："这么一来就不怕了。"

齐姬十分感动，二人又说了些闲话，意犹未尽的时候，已经快四更天了，雨早就停了，鸡叫声隐隐传来，苏秦说："时候不早了，你赶快回去吧，以后的日子还长着呢。"齐姬笑着将苏秦的衣服脱下，穿上蓑衣，消失在黑夜里。

齐姬是三十岁的太后，在苏秦面前竟然如此活泼，这也是苏秦没有想到的，人性，这个苏秦从来没有考虑过的话题，仿佛比人生还耐人寻味。好的一面是，齐姬终于摆脱了燕文侯的手掌，以前见到燕文侯身旁站立的竟然是自己的女人的时候，苏秦的心里是担忧与哀伤参半的，现在这种情景再也不会出现了，齐姬从今以后不再属于燕文侯，她只是自己的女人。

苏秦的心里美滋滋的，这一夜他没有再睡，主要是没有睡意，他将齐姬的亵衣拿过来，轻轻地嗅了嗅，一股清香沁人心脾，他拿起一块布，开始一根一根地擦拭，每擦一下，眼前就好像齐姬朝自己笑一次。到了五更天的时候，淅淅沥沥的雨水又开始落了下来，苏秦为了保持精力应对燕易王，将已经半干的亵衣挂在原处，然后铺好床被，昏昏沉沉地睡过去了。

等燕文侯的灵柩入土之后，苏秦心头的一块石头终于放下了，十几年来，燕文侯都是横在他和齐姬之间一道鸿沟，只要他还在，苏秦就过得不自然，现在燕文侯去世了，苏秦好像一只挣脱牢笼的鸟，与齐姬共同享受着美妙的自由空间。

转眼苏秦在燕国待了一个多月。这一个多月里苏秦体会到了真正的爱情是什么样，最美好的女人对自己是什么样，他有时候也会拿自己的妻子和齐姬比较，但妻子总是以一个模糊的形象来给苏秦比对，这让苏秦偶尔感到懊恼，可当面对齐姬的时候，一切懊恼都抛到九天之外了。

那是一个夏日的中午，齐姬寝宫里花园的荷花盛开，齐姬便邀苏秦来到这里赏花。这是一个大胆的决策，以至于苏秦听刘中说完之后吃惊的程度大于喜悦了，自己在燕国的这一个月，都是把守灵作为借口的，也去宫里面见过燕易王，谈论天下大事，可谁都知道，后宫里女眷请一个先生去，是多么的不合适，可苏秦还是去了，齐姬在他眼里的魅力，有一半是因为敢作敢为。

不巧的是，一个叫王濯的小太监，恰好看到了苏秦和刘中一起往里面走。他心想后宫很少召见外来人的，并且二人从墙角过来，分明是为了绕开燕易王。怪就怪在刘中，他素日仗着齐姬的宠爱，就不把其他的太监们放在眼里，还酗酒，喝醉了就拿人撒气，王濯就经常被刘中折磨，因此就算没事他也要编出个事情来说说，更何况是明摆着鬼鬼祟祟的呢！

王濯急忙矮身在花丛下，眼看着苏秦与刘中东张西望地进了齐姬的宫里，便撒腿跑开，到处说苏秦贸然入齐姬的寝宫，是刘中领着的。这话是什么意思，谁都明白，况且燕文侯刚刚去世，所以这事情一下子就在宫里面传开了。那素日受刘中打的人添油加醋地描绘一番，你传给我我传给你，一来二去，就完全变了样，本来是苏秦入寝宫，传到燕易王耳边的时候就有了十几个版本。有说晚上看见苏秦和齐姬在亭子里面亲热的，有说齐姬白天守丧晚上就去苏秦那里睡觉的，还有的说见过齐姬托人给苏秦带鞋袜腰带，苏秦就回赠玉璧，更有甚者，说苏秦如今的钱财，有一半是齐姬从燕文侯那里盗出来给苏秦的。

燕易王在宴席上就经常发现齐姬看苏秦的眼神不太对劲，可他与自己的父亲不同，不喜欢冒进，对于这些谣传也未全信，首先，他非常尊敬自己的母亲，母亲不仅有文才而且有治国决断的大智慧，以前他就不止一次听父亲夸自己的母亲，而且，自己能继承父亲的位置，有一多半是母亲的功劳，如果母亲是一个被冷落的后宫人的话，自己无论如何都不可能继承这王位。

燕易王派了几个心腹小侍卫去齐姬的宫里，要细细打听苏秦到底在那里干什么。

单说苏秦，他还不知道自己偷偷摸摸地溜到齐姬这里，外面已经众人皆知了。他将刘中留在寝宫的门口，一个人进了齐姬的花园，齐姬早就让人收拾下了果品美酒，亭子边上便是一池荷花，颜色绚丽，争相绽放。苏秦一见心情大好，因为有四个服侍的宫女在旁边的缘故，苏秦先拜下去，齐姬忍着笑，赐给了苏秦座位。二人对面坐下，齐姬对那几个服侍的宫女说："我和苏秦大人有事情要商谈，你们先退下。"几个宫女说是，一一退下了，待他们走远了，齐姬早已忍不住笑了出来，苏秦尽管因为这冒险脸色严肃，见齐姬笑了自己也忍不住笑了，二人对笑了一会儿，苏秦正色道："你要吓死我啊，这也太危险了！"齐姬说："什么危险不危险的，有事情出了，我自然有办法应付。"苏秦只好不谈此事了，与齐姬对饮几杯，心胸畅快，齐姬含情脉脉地望着苏秦，二人便携手站起，一块欣赏池塘里面的荷花。

正当情意浓洽时，刘中慌慌张张地跑了进来，见二人正在携手，赶紧跪下磕头，齐姬从苏秦手中抽出手来，在石凳子上坐下，正色道："什么事情，这么惶恐？"刘中趴在齐姬耳边，低声说道："奴才刚才看见几个易王的心腹侍卫悄悄地从墙头爬了进来，不会是谁走漏了风声吧？"齐姬听了，哼的一声，说："这肯定是你素日飞扬跋扈，惹着那些小人了，他们还不知道怎么编派我呢，也罢，你就当什么事情都没发生，现在去将我的丫头们叫回来，刘中领命，赶紧去了，苏秦听齐姬的话心道肯定是事情败露了，一下子就六神无主起来，冷汗冒了一身，问齐姬道："怎么办？"齐姬莞尔一笑，"没事，那群小子想跟我斗，还差得远呢，咱们只管如此如此……"说着招呼苏秦过来，讲明白需要怎么做，苏秦立马转忧为喜。

且说那四个易王的侍卫，都是功夫一流，按着墙头飞身而过，一点动静都不出，等偷偷摸摸地寻到齐姬的亭子上时，发现苏秦果然在那里。齐姬早就发现了他们只装做不知道，和苏秦说话，那小侍卫们想现已发现了苏秦的确在这里，传言不虚，当回去禀明易王，刚要往回走，内中一个比较老成的阻止道："不行，齐姬夫人是易王的母亲，母亲的罪过再大儿子都不会真正惩罚的，况且他们在里面并没有什么亲热的举动，如果贸然回报，可能会惹到大王，咱们都没好下场，你们想想，是也不是？"其中一个道："老大说得对，家丑不可外扬，如果咱们将丑事给易王说了，先死的肯定是我们啊！"此话一出，另一个就带着哭腔说道："那咱该怎么办啊，难道是死路一条？"那个年长的说道："不必着慌，咱们好歹跟随大王，都是一等一的侍卫，只要学着机灵点，肯定不会有什么坏事，大家待会儿就看我行事。"其他三个一起说好。

且说齐姬在亭子里面见这几个人待在这里不回去，肯定是想到了后果不

226

敢贸然行走，心下窃喜，心道你们可是来给了我个机会。便站起身来朝着四个人蹲的地方朗声道：“那花丛里面是什么人？敢在我的花园里面偷窥？还不来人给我拿下？”里面四个一听连连叫苦，只好一个挨着一个走出来，跪在齐姬面前，苏秦见了，脸都吓白了，齐姬朝他打手势，只叫他别慌张，然后问那四个侍卫道：“你们几个闯入我的花园，是什么道理呢？”里面年长的那个说道：“听人说有人偷偷摸摸进了夫人的寝宫，所以我们哥四个为了保护夫人的安全就闯了进来，如今看来是苏秦大人，并不是旁人说的鬼鬼祟祟的人，冒犯了夫人的兴致，还请夫人不要治罪。”

　　齐姬想这人还真是聪明，识大体，可还得吓唬他一下，不然日后走漏了风声，可不好办了，便厉声问道：“既然知道冒犯，你们可知道冒犯的罪是什么吗？”四个侍卫里那个最小的已经哭了起来，那刚才说话的却很淡定，他知道这是齐姬在立威，便回答道：“按法令应该斩首，不过，那是在旁的禁地才会发生的事情。”齐姬故意装做不知道，说：“哦？为什么在我这里不呢？”

　　那人回答道：“我们兄弟四个是为了夫人的安全才贸然进来的，夫人一向非常仁慈，不轻易惩罚人，这是一；第二，适才夫人和苏秦先生谈论的都是国家大事，这咱们四个弟兄都听到了，并没有一点私情在里面，所以夫人光明正大，但是外面有一些不好的谣传，为了报答夫人的不杀之恩，我们兄弟四个一定会为夫人澄清一切，谁敢说夫人一句坏话，保证他没有好下场！”

　　齐姬要的就是这话，心想燕文侯留给自己儿子的果然一个个的都是人才，哪里像刘中那样耽误事！脸上却不表现出对他的喜爱，只说：“既然如此，就退下吧。下不为例！”为首的那个领着其他三个拜了，四人飞快地离开了齐姬的园子，他们刚走，刘中带着宫女也来了，他在齐姬耳边说：“奴才故意延迟了一会儿，夫人把那几个人办理了吧？”齐姬低声道：“你倒是识趣，也

算是将功补过了。"

苏秦早就吓得魂魄出窍，见齐姬如此就收拾了，心下既佩服又惊恐，等刘中退下，便问齐姬道："你难道一点都不害怕？"

齐姬莞尔一笑，说道："我是胆小的人吗？什么东西能让我害怕呢？哦，唉，也只有你的安危是我担心的。"说完自己斟满了一杯酒，递给苏秦，"来，压压惊，唉，这事情比后宫里面的斗争不知道温和多少呢，我这么多年来不知花费了多少心思才保住我儿子的王位呢，你以为我整天就是吃喝玩乐吗？"

苏秦道："就凭你的这个胆识，治理一个国家绝对不是问题，可叹我苏秦走过了这么多年的路，胆量竟然没有一个妇人之辈大，真是可怜啊。"

齐姬没有再说话，苏秦从这次事情之后便明白，世界上的奥秘远远超乎自己的理解范围。以前齐姬只是一个漂亮的身体，熟悉了之后，发现齐姬不仅有漂亮的身体，还有过人的智慧，到今天自己才发现，齐姬不止有这两样，她还有过人的胆识！

忽然，他想念起鬼谷子来了。

第二十六章 **风云突变**

燕易王见四个侍卫没有发现，便稍微释了疑，他想，这次事件之后，如果苏秦的举动和以前没什么两样，那他就是被冤枉的，如果苏秦有什么不自然的举动，那肯定里面有什么不可告人的东西！

苏秦经历了上次的事件，只想回到赵国，避避风头，于是他给齐姬写信，因为公孙亮这次没跟来，所以他能商量问题的，就只剩下齐姬了，齐姬给他回信道："此时正是最关键的时候，如果你走了，那易王肯定会怀疑你的，你应该做的就是保持不动，该做什么就做什么，该去见易王就去见，千万不可让人看出你心虚来，如果是那样，你的下场会很惨，而我也就不活了。"苏秦听了觉得有道理，就照正常的事情做，易王见苏秦没什么异常，这件事情也就只存疑，不再追究。

就在苏秦以为可以安心地重新过活的时候，一封信彻底打乱了他的思绪。

那是张仪寄给苏秦的一封信，当时苏秦回到赵国，在武安君的位置上安居乐业的一个平常的下午。他正在床上打盹，忽然听人说有重要信件，苏秦慌忙出去接了，一看，是张仪的，心下便生出了不祥的预感，待打开看的时候，只见上面写道："这么多年，秦国的势力越来越强大了，秦王被合纵联盟制约着，不敢攻打其他的国家，可他也并没有闲着，这些天来，他一直招呼我们内臣谈话，意在破坏六国的合纵政策。我用尽了所有的办法去制止，却发现没有用，为了不被怀疑，便没有再说不同意的话，只是据我看来，六国很多年之前还有共同的利益，或者说，共同的利益还是很明显的，抵抗强大的秦国。这些年来秦国没有一次攻打东方各国，这让很多君王忘记了先前的经历，六国联盟，没有先前牢固了，据我推测，秦国想离间魏国和齐国的关系，派谁去我还不知道，未必是我。我写这封信只是要让师兄知道秦王的意图，早作打算，为自己留一条退路。"

字迹清秀刚健，是张仪的手记，苏秦看完，浑身的冷汗就出来了。这么多年来秦国都没有动静，他已经习惯了听不到秦国打仗的消息，如今秦国就像一只刚刚睡醒的猛虎，自己就是它的食物，六国的力量当然可以对抗秦国，但就像张仪所的，六国的内部早就不是以前的状态了，有几个直接参与合纵的君主已经去世，有几个国家的矛盾也渐渐开始浮现出来。因为共同对抗秦国结成的友谊，就像一块带了裂痕的玻璃，太容易被击碎了！

苏秦赶紧召公孙亮来商量，公孙亮一听，也吃了一大惊，他说："既然秦国这次要动真格的了，我认为秦惠王肯定会先保守自己的军事实力，等到外交上取得了效果，大军便会如水银泻地，势不可当，所以，第一步应该是破坏他的外交政策啊。"

苏秦说："我何尝不知道，只是如今的六国，你也知道的，已经不比原来了，靠游说，我们未必能行，万一其中的几个国家被秦国挑拨离间了，一切都完了！"

公孙亮沉默不语，苏秦披上衣服走到门口，对着月亮长长叹了口气。这么多年了，他是一个成功的说客，处在高位上，用他的眼光看来，有志者事竟成，只要自己竭尽全力，就没有办不成的事情，可现在才隐隐约约明白，天下的局势，自己根本改变不了，他也渐渐有点了解师父和乐进子的无奈了。

秦惠王召集了几个心腹臣子，张仪是一个，犀首也是其中一个，五六个人围在一起，秦惠王完全没有一国之君的架子，他挨个抚摸大臣的肩膀，带着哭腔说道："我大秦如此强大，却被几个蝼蚁小国给围困了，我对不起祖宗啊！寡人决定了，今年祭祀的时候，便用我自己的鲜血，以向各位祖宗谢罪！"大家听了都泣不成声，纷纷表示愿意为了破六国联盟来贡献自己的生命！秦惠王要的就是这句话，他叹口气道："六国现在由苏秦当宰相，齐心协力，只怕我秦国一虎难斗群狼啊！"这时候，犀首说道："大王如果不嫌弃，臣下倒是有一计来让六国自己内乱，然后大王趁着他们分崩离析，长兵直入，赶尽杀绝！"秦惠王故作惊异，问道："如果有这样的方法，我愿倾全国之力来助先生！"犀首说："臣下不要别的，只要一辆快车，几匹好马，愿用三寸不烂之舌让六国内乱！"于是将自己的计策如此如此说给了秦惠王，秦惠王听完连连称妙。

犀首先来到魏国，魏襄王本来是不想见他的，可是犀首早就买通了魏襄王手下的大臣，叫大臣说魏国距离秦国如此之近，万一惹恼了秦国，率先受害的必然是魏国，到那个时候，五国联军到这里，魏国就已经成为秦国的一片疆域了。

魏襄王认为这话说的有道理，便见了犀首，犀首说："我受我们大王的委托，来跟您谈论一些事情，我们大王素来以慷慨大方闻名于天下，他让我对您说，在统一天下的进程中，只有最强大的赵国是我们的对手，而魏国这些年来加入了合纵的联盟，这是因为您迫于赵国的逼迫才干出来的事情，所以不是真心的，现在如果让赵国最先放弃一个国家的话，那肯定就是魏国了。

魏国土地有多大呢，纵横不到一千里，士兵超不过三十万。更加不利的是，魏国四周地势平坦，可以畅通四方的国家，没有名山大川来隔绝。举一个非常简单的例子，从新郑到大梁只有二百里地，战车飞快驰骋，士兵拼命奔跑，没等用多少力气就已经达到了。魏国的南边是楚国，西边是韩国，北边是赵国，东边是齐国，这样一来，就给防卫带来了很多困难，士兵驻守四面边疆，光是防守边塞堡垒的人就不少于十万，相当于魏国三分之一的军队，古代的人曾经说过，魏国的地势，本来就是个战场。这话难道没有道理吗？假如魏国向南与楚国友善而不和齐国友善，那么齐国就会攻打你东面；向东与齐国友善而不和赵国友善，那么赵国就会攻打你北面；与韩国不和，那么韩国攻打你西面；不亲附楚国，那么楚国就会攻打你南面；这就叫做四分五裂，这种地理形势难道苏秦来游说您的时候没提吗？如果他真的没提，更说明他睁着眼说瞎话了。

况且，各国诸侯缔结合纵联盟的目的是什么呢？不过是为了自保，是为了凭借它使国家安宁，君主更加尊崇，军队更加强大，名声更加显赫。如今，那些主张合纵的人，想使天下联合为一体，相约为兄弟手足，据说他们还在洹水边上杀白马，歃血为盟，看起来彼此表示信守盟约的坚定信念。可他们忘了，即使是同一父母所生的亲兄弟，还有争夺钱财的，您还打算用苏秦虚伪欺诈、反复无常的策略，那必将失败，这是很明显的了。"

魏襄王听了不作声。

犀首接着说道："我们大王说了只要您侍奉秦国，与赵国作对，大王肯定会得到十座城池的赏赐，这可不是个小数目啊。假如大王不侍奉秦国，那么秦国只能出兵攻打河外，占领卷地、衍地、燕地、酸枣，劫持卫国夺取阳晋，这样一来，您可以想一想，赵国的军队还可能南下支援魏国吗？赵国的军队不能南下而魏国的军队不能北上，魏军不能北上，合纵联盟的通道就被断绝了。合纵联盟的道路断绝，那么，大王的国家想不遭受危难，也是不可能的事情了。

秦国已经使韩国屈服了，这样攻打魏国，早就是易如反掌的事情，之所以没跟您说，是怕您太害怕。秦、韩合为一体，那么魏国的灭亡，快得简直来不及坐下来等待，这是我替大王担忧的啊。

那么，我们完全可以换个思路思考问题，我替大王着想，不如侍奉秦国。如果您侍奉秦国了，那么楚国、韩国一定不敢轻举妄动；没有楚国、韩国的担忧，那么大王就可以垫高了枕头，安心地睡觉了，国家一定没有什么可以担心的事了。

"不瞒大王说，秦国想要削弱的莫过于楚国，而能够削弱楚国的莫过于魏国。楚国有富足强大的名声，而实际上，那是一个好大喜功的国家，只想在中原拥有自己的名声，他们很空虚；它的士兵即使很多，却总是轻易地逃跑溃散，不能够奋战。不是我说大话，假如魏国发动所有军队向南面攻打楚国，胜利是肯定的。宰割楚国使魏国的疆域得到扩大，使楚国亏损而归服秦国，您就可以使自己的国家安宁，这是好事啊。假如大王不听从我的建议，秦国出动精锐部队向东进攻，那时即使您想要臣侍秦国，恐怕也来不及了。

那些主张合纵的人，比如苏秦，只会讲大话，唱高调，很少让人信任。您看他达到了自己的目的之后，还来找过您吗？赵王封他为武安君，他正在享受自己的逍遥日子呢，那些想合纵的术士，他们只想游说一个国君达到封侯的目的，所以天下游说之士，目的就是为了富贵。国君赞赏他们的口才，被他们的游说迷惑，难道这不是糊涂吗？

羽毛虽轻，集聚多了，可以使船沉没；货物即使很轻，但装载多了也可以折断车轴；所有人都鄙视一件东西，就是金石也可以销熔；谗言诽谤过多，骨肉之亲也会变成陌路之人。所以我希望大王审慎地拟订策略。"

魏襄王听如此说，胆战心惊，衡量了一番之后，痛下决心，对犀首说道："我赞成您的说法，赵国向来也不把魏国放在眼里，我早就想和他们对打一番了，只是限于合纵联盟，一直没有机会。现在机会来了，我不会错过的，请转告秦王，如果能借给我十万的人马，我肯定会跟赵国斗一斗的。"

犀首笑着说："不只借给你十万人马，还把齐国借给你！"魏王听了大吃一惊，"怎么，齐国也加入进来了吗？"犀首说道："实不相瞒，在下是先去的齐国，齐国早就答应了跟随我们秦王了！"这是犀首为了稳定魏王的信心编的谎话，这话十分奏效，魏王脸上已经全现恭敬的神色了。

这就是秦惠王和犀首的计策，现在将魏国拿下来，基本上把六国的合纵给瓦解了，秦惠王听了魏襄王的请求，立马就答应，让犀首赶快到齐国那里游说，犀首不作停留，一路往东，直接往齐国来。

和魏王一样，齐王也不想见犀首，六国的联盟毕竟没有在面上瓦解，那合约的作用还在，齐王可不愿意率先做了叛徒，齐王很好面子。

于是犀首写了一封信，叫人交给齐王，上面写的是：六国的合纵早就已经瓦解，您为什么还执迷不悟呢？如果您问为什么瓦解的，我告诉您，因为魏国已经归附了我们大秦，如果您是一位贤明的君主，就出来见我，如果您是一位愚昧的君主，秦王吩咐过我，叫我跟您说咱们战场上见。齐王一看来信大惊失色，连忙派人打听魏国是不是归附了秦国，结果探子回报说魏国已经和秦国签订了合约。

犀首见了齐王，他不等齐王开口便说道："论中原六个国家，没有比齐国更加强大的了，首先，齐国是一个礼仪之邦，人情十分和睦，大臣们及父兄们都有自己的事业，兴旺发达、富足安乐。可以说是一派生机勃勃的景象，但是事情都是两面的，生活条件好了就容易让人们产生安逸享乐的观念，我私下里打听过，尽管齐国非常繁荣富强，可替大王出谋划策的人，却不敢恭维，他们没有好胜心，积极唆使大王听从苏秦的意见，与中原国家结盟来对抗秦国，事实上，这些大臣们不都是为了暂时的欢乐吗？他们不顾国家长远的利益，只顾贪图眼前的富贵，实在是鼠目寸光啊。

我知道主张合纵的人游说大王，必定会说："齐国西边有强大的赵国，南面有韩国和魏国，东面是一片汪洋大海，齐国土地广阔，人口众多，不仅如此，光是海边上的资源就可以让齐国获得非常多的利益，齐国军队强大，士兵勇敢，即使有一百个秦国，恐怕对齐国也将无可奈何。"大王认为他们的说法很高明吗？我私下为这种说法感到羞耻，这种说法只看到了表面，却没能考虑到实际的情况。主张合纵的人，都是结党营私，排斥异己之辈，没有不认为合纵是可行的。我听说，齐国和鲁国在历史上打了三次仗，结果十分出人意料，鲁国战胜了三次，但鲁国的下场更是让人匪夷所思，国家却因此随后就灭亡，所以，可不可以这么说，即使有战胜的名声，却遭到国家灭亡的现实，这样的国君不是明智的。大王想，鲁国打了胜仗却最后灭亡了，这是为什么呢？就是因为齐国强大而鲁国弱小，齐国礼仪之邦而鲁国野蛮之地啊。鲁国只为了一时的痛快，鼠目寸光，和齐国打仗，内耗太大，终于灭亡。现在，秦国与齐国比较，就如同齐国和鲁国一样。秦国和赵国在漳河边上交战过，结果我们都知道，赵国两次交战两次打败了秦国；二国也曾在番吾城下交战，两次交战赵国又两次打败了秦国。可是四次战役之后，赵国的士兵阵亡了几十万，才仅仅保住了邯郸。所以说，即使赵国有战胜的名声，却没有得到真正的利益，因为和秦国打仗却使得国家残破不堪了。这是为什么呢？不还是因为秦国强大而赵国弱小吗？

齐王听了，默然不语。

犀首见齐王有归顺之意，马上接着说道："魏国已经成为了秦国的合约

国，六国联盟基本上是一盘散沙，如果大王还执迷不悟的话，我秦国恐怕会有得罪之处啊，先前秦国攻打齐国还有路途遥远的忌讳，现在魏国已经成为了秦国军队补给的中转站，您可以想一想，魏国距离齐国比秦国到齐国距离如何。"

齐王终于屈服了，他请犀首上座，说："我齐国一直处在中原的落后的地方，不知道大国的礼仪，请秦王不要责怪，我齐国偏僻落后，独自处在东海边上，不曾听到过有真正的谋士告诉过我国家长远利益的道理。现在秦王既然看得起我，那我齐国就与秦国签订合约。"于是犀首拿出合约来签了。

犀首说道："大王可知道这次秦王让我来的真正目的吗？"齐王说不知道，只凭秦王安排了。犀首凑到齐王的耳边说道："大王肯定想不到，我秦国要和齐国还有魏国联合起来攻打赵国！"齐王一听，浑身一颤，手中的爵啪地掉在地上，"这？"他双眼惊恐地看着犀首，犀首微笑着看着齐王，并不说话，过了半晌，齐王颓然坐在自己的座位上，说道："合约已经签订，齐国会听从秦王的安排。"犀首哈哈大笑，找人拿出与赵国的战书，齐王打开一看，魏国果然已经签了，只好签名。

犀首大摇大摆地走出宫去。

第二十七章 **低谷**

三个国家攻打赵国的事情张仪马上就知道了，他焦急万分，当大军打过去之后，苏秦必死无疑。就算大军没有过去，赵王也不会放过苏秦，赶紧修书一封，为避免自己被查，让杨公明专门走一趟，杨公明拿了书信，连夜骑马出城。在战书到达赵国之前，终于见到了苏秦。

苏秦见杨公明亲自来了，心中一惊，打开书信一看，上面写道："秦国已经将魏国和齐国勾结起来，要攻打赵国了，赵国是六国合纵的中心，所以，六国合纵从此时开始，已经结束了。我写这封信冒了极大的风险，万一被查到，商鞅的下场你也看见了，所以，为了我冒的风险，师兄也应该早早离去，去哪里，未定。可以来秦国，也可以去燕国暂时避难，如果三国真的和赵国打起来了，赵国是没工夫专门惩罚你的。

秦惠王的意图其实并不是很明确，从面上看来，他是想灭绝了赵国，自己称霸整个诸侯。历来秦国与赵国打了几次，秦国没有占到多大的便宜，故而，这次也可能是虚张声势。（秦惠王在这个问题上没有和任何人谈论，我猜想他肯定有自己的意图，不想暴露）可是不管怎么样，还是那句话，六国的合纵已经瓦解了，趁着大军还没有打过来，你一定要借口离开赵国，以免遭受杀戮之罪啊！

苏秦看完书信，先想到的是齐姬对自己说的那番话，然后是张仪的第一封信，这个日子早就应该到了，这个日子总是避免不掉的。他将信件先烧掉，然后让杨公明离去，杨公明十分诧异，说道："先生为什么还待在这里呢？不怕自己遭受灾难吗？"

苏秦黯然说道："该来的一定会来的，怎么都躲不过。"

杨公明着急地说道："实不相瞒，我这次来，不单是为了给您送信，还接受张相的命令，督促您离开这里，最好是到秦国。秦惠王尽管与您有过节，可他喜欢有才气的人，您难道不知道管仲的故事吗？希望您不要拒绝我的请求和张相的好意。"

苏秦凄然地摇摇头，说道："走？能走到哪里去呢？你放心吧，回去跟张仪说，我自有安排，赵国和中原国家的和平，不是我出的力吗？他还不至于杀我。"紧急面前，苏秦倒淡定了许多。杨公明叹了口气，只好作别回去。

苏秦连夜请见赵肃侯，赵肃侯还不知道怎么回事，见苏秦跪在地上，便问道："先生为什么如此？发生什么事了？"苏秦哭着说："秦国带领魏国与齐国，想来攻打赵国！"赵肃侯一听，脸都绿了，他大喝一声，侍卫全部出现，赵肃侯命令各人给将军们送信，就说军情紧急，马上商讨。

侍卫们送信去了，赵肃侯狐疑地看着苏秦说道："我这两天眼皮一直跳个不停，原来有此灾祸，请问先生是怎么知道秦国要攻打我赵国的消息的呢？"苏秦一听，心底发凉，赵肃侯已经开始怀疑自己了。他匍匐在地上，声音都发颤了，说道："不瞒大王说，臣下在离开秦国的时候，在宫里面设下了自己的人，一旦有什么风吹草动，就快马告诉臣下，没有将六国永久地联系好，是我的过错，现在什么都不是主要的，请大王赶快商量迎敌的策略。"

赵肃侯听苏秦如此说，脸色缓和了一点，他说道："先请起来吧，如果不是先生足智多谋，在秦国安排下了我们自己的人，恐怕到现在寡人还不知道秦国要灭我呢，先生为六国合纵立了功劳，寡人都记得，不会得鱼忘筌。"

苏秦再拜，然后起身坐下。

不一会儿，将军们及大臣们都来了，赵王将情况说了，大家议论纷纷，一位大将站起来，请命道："大王如果相信廉颇，请给臣下三十万兵马，臣下兵不血刃，将秦王的头拿来献给大王！"话音未落，另外一个将军也站起来了，他说道："秦国和我们打了这么多年的仗，常常被我们击退，被诸侯们笑话，臣下同意廉颇将军的意见，他们三个国家打过来，正好一起歼灭！"赵肃侯听了，脸上不露声色。

这时一个文臣模样的人站起来说道："秦国势力差不多与赵国持平，现在又加上魏国和齐国，更是强盛，如果和他们硬碰硬，未必有好的结果啊！"听闻此言，廉颇怒不可遏，指着那文臣骂道："你怕死，直接带着家里老小投奔秦国去，我们势必要和秦国决一生死！"那人不敢回口，脸红到了脖子根。赵肃侯说："二位都是赵国的栋梁，不可失掉和气，还有谁有什么想法吗？"

另外一个谋士站起来，缓缓说道："秦国此时来攻打赵国，未必是明智之举，赵国实力雄厚，秦国并非对手，就是加上魏国和齐国的实力，也没有全胜的把握。秦惠王运筹帷幄十五年，不会等不了这一时，所以，臣下以为，在秦国没有必胜的把握之前，是不会真正和赵国开战的，这次打仗只是秦国情绪的一次发泄罢了。"

赵肃侯听得入神，笑道："哦？怎么算是情绪的发泄呢？"

那谋士说道："自从苏秦先生说动六国合纵联盟，秦国十几年不敢出兵度过函谷关，六国就是压在秦惠王身上的一块石头，十几年来，他虽然一直在暗暗谋划，却也憋得不轻，就像一只被捆在牢笼里面的大虎。这次秦惠王将魏国和齐国联合起来，无非是看到六国合纵内部矛盾重重，而赵国又是合纵的枢纽，借二国的兵力来打赵国，就是要让合纵的政策从跟本上失去效果，同时发泄一下自己的郁闷，在诸侯面前要一下面子，不是真的要与赵国决战。"

群臣听完都暗自点头，赵肃侯哈哈大笑，说："你说的和我想的一模一样，那据你说来，咱们应该怎么应对呢？"

那人说道："如果不应战，赵国的脸面何在？所以臣下以为，根本的还是整治军队，迎接来敌，臣下猜想，一两场战役之后，秦国达到了目的肯定会撤兵。"赵肃侯点头思索，便命廉颇为大将军，领三十万人马迎接来敌。

事情果然与那谋士的预料丝毫不差，秦国果然达到目的后撤离战区。

赵肃侯重重赏赐了那位谋士，还当着群臣的面说："只有有用的人才，才可以站在这里，我们赵国对人才向来公平。"苏秦在下面听了这话，觉得分外刺耳，可又不好说什么，秦国的军队没有真正和赵国打起来，就像张仪在信里料到的第二种说法。无论如何，六国的合纵以齐魏与赵国的兵戎相见而毁灭，自己这个六国合纵的宰相，已经到了一无所有的地步。

那些平常与苏秦称兄道弟的大臣们也很少到苏秦家里来闲谈聊天了，苏秦感受到了人生中最强烈的一次落寞，从高空中跌下的滋味很无奈，很痛，很孤单。苏秦便称病，不再去赵肃侯那里，整天将自己关在屋子，不想见人，自己饮酒。

公孙亮看不下去，来见苏秦，开门便发现苏秦污垢满面，醉倒在床上，公孙亮赶紧叫服侍的人来收拾，那些人推辞道："苏秦先生吩咐了，没他的

240

命令谁都不可以进去。"公孙亮着急地说："赶紧收拾，出了事情我负责！"那些人方一个个捏着鼻子，勉勉强强收拾了，公孙亮又叫人拿醒酒汤来，给苏秦喝下，过了一个时辰左右，苏秦渐渐醒过来了，见公孙亮在自己身边，他凄然一笑，说："你看我这辈子是不是已经完了呢？"

公孙亮说："我不知道，我只知道在得到燕王赏识之前，您走过五六个国家，被鄙视，被排挤，都没有消沉，而今，您没有杀身之祸，没有被罢官，您还在当自己的武安君，还有人在服侍您，您就要自己放弃了？"苏秦依旧躺着，无力地摇摇脑袋，说道："完了啊，一切都完了啊，实在没想到会是这样的结果啊，公孙，你说，人这辈子，到头一场空，有个什么趣儿啊！"苏秦的声音渐渐哽咽，带着未消的酒劲，竟然哭了出来，公孙亮又好气又好笑，退出苏秦的房间，在门堂坐下。

苏秦哭了一会儿就停止了，从屋子里走出来，见公孙亮还没有离去，自己不好意思起来，说道："刚才让你笑话了。"公孙亮没答话，给苏秦倒了茶，叹口气说道："六国的分崩离析，本来就不是您的过错，你不必有丝毫的内疚，您就是一块胶，将六国联合起来，但不能将六国合成一体。当然，也没人能够将六国合成一体，秦国强大，六国有共同的利益，才联合的，最后失败，是天意，是必然，您真的没什么必要自觉失败。"

苏秦沉默了一会儿，说道："我不是放不下什么，只是觉得有些可惜啊，我二十多年的心血，一朝付诸阙如啊。"

公孙亮听他的话音又带哭腔，连忙说道："您自己是有目的的人，但有些东西并不是您人生中的全部啊，您如果觉得有些可惜，还是因为放不下一些东西，您忘了您的妻子和兄嫂了？忘了齐姬了？"

公孙亮说到齐姬的时候，故意加重了一下语气，果然，苏秦一听到齐姬，双眼便开始放出光芒，是啊，齐姬是自己心灵所属，自己就是死也得见上她一面啊。苏秦端起一杯茶，一饮而尽，摸摸嘴，朝公孙亮说："我感觉好像有点饿。"公孙亮笑了，连忙出去招呼服侍的人将吃的端上来。

一转眼的功夫，桌子上摆满了鸡鸭鱼肉，各种果品糕点，苏秦连抓带拿，好像从没吃饱过饭，再也塞不进东西了方罢手。公孙亮见吃得差不多了，一招手，服侍的人将桌子打扫干净，公孙亮沏了非常浓的茶，苏秦一口口呷着，一下子就变得生龙活虎了。

"老爷，下一步，您打算怎么办？"

"去燕国，在赵国站不住了，燕国肯定会收留咱们，你看，开始的地方成为了结束的地方。"公孙亮有些迟疑，问道："那您和齐姬的事情，那燕易王……"苏秦忽然显得乐观极了，他摆摆手，"没事，燕易王是什么样的人我知道。"公孙亮又问道："那赵肃侯这边呢？"

"没事，只要辞去，他必然会准许。"

苏秦果然去辞别赵肃侯，赵肃侯也不十分留，苏秦回来叫人收拾了东西，只带了攒下的钱财，一车衣物，十几个人往燕国来了。

第二十八章 **重回燕国**

魏国和齐攻打赵国的消息让六国的合纵政策瓦解，每个君主都知道，冻结住秦国的那些太平的日子，真的是一去不复回了。

苏秦还是受到了燕易王的欢迎，因为燕文侯对苏秦的赏识，以及齐姬的夸赞，燕易王从小就佩服苏秦。他见苏秦只带了十几个人来到燕国，燕易王马上派人给他安排了一座宅子，并增加了三十个侍卫仆人，仿佛苏秦还是那个佩戴六国相印的无所不能的宰相，苏秦对这一切十分感动。在这弱肉强食的时代，有些东西竟然不会改变，这就是人情的力量吧，其实他不知道，自打他离开燕国，齐姬就预料到他会有今天，很简单，战争年代哪有永久的朋友呢？为了给苏秦留一条退路，她亲自模仿燕文侯的笔迹给燕易王写了封遗书，她对燕易王说，这是燕文侯让她在六国合纵失败后才可以交给易王的。

燕易王自然相信母亲的话，六国合纵失败，不言自明，他取出母亲给自己的那封信，只见上面说到：在你打开这封信的时候，我已经不在人世了，并且，六国的合纵已经结束。我十分幸运生活在苏秦的时代里，他游说六国诸侯的风采，如果当年你见了，也会被他感染，乱世出英雄，这话的确说得对。

我写这封信没有别的意思，就是要让你注意一下苏秦，六国合纵破灭，不是别人的错，是六国自己没处理好自己的矛盾罢了。这时候，苏秦肯定会被赵国抛弃，他肯定会来找你，在所有国家中，燕国始终支持他，就像是他的家一样。

对，就像家一样，我和他亲如手足，你母亲和他情同兄妹。这样的人才，带着一身落魄到燕国，你一定要注意不可错过，至于任命他当官之类的，可以不必考虑，因为这种人不适合当官，外冷内热的人都不适合当官，他适合当隐士。你可以将燕国的钱财车马宅子随意赐给他，但不要给他大官做，到有了十分严峻的问题的时候，你可以去找他，他肯定会竭尽全力地报答你的，出身贫寒的人，总是容易被收买。

当然，最好你和他产生真正的师徒之情，贫寒人家出来的人，都是注重真正的交往。

燕易王尽管因为他和母亲传出的一些事情，对他的看法有点不妥，可读完这封信之后，疑虑全没有了，这是父亲的话，他相信父亲的论断。

苏秦和齐姬幽会的时候，说燕易王对自己好得有点莫名其妙。齐姬并没有说自己假冒燕文侯给燕易王写信，只是笑笑掩盖过去，说这是你的实力使然，如果燕国真的出了什么事情，他还希望你顶上去呢。齐姬知道苏秦现在需要的绝不仅仅是赏赐的什么车马金银，他最需要的是找回以前的信心。苏秦听了齐姬的话之后果然高兴起来，燕国的日子没有在赵国当武安君的时候繁忙，清闲得很。

燕易王也经常请苏秦去参加宴席，对苏秦的才华大加称赞，人们知道苏秦受时局限制才有此落魄，也没有瞧不起他，都对他的遭遇唏嘘不已。

可清闲的日子过了没有几个月，大事终于发生了。

秦国完成了攻打赵国的把戏之后，并没有将魏国和齐国的军队撤回去，而是召集魏王和齐王，魏王和齐王不知道这次秦国又要做什么，只好来了。

秦惠王先给魏王与齐王斟满酒，亲自敬酒，二人哪里敢当，站着将酒饮完。秦惠王说道："自从二位大王将军队托付给我，所幸我秦国的将军没有辜负二位的愿望，攻打赵国，获得了很大的成功，只是，只是寡人如今有一个很好的计策，不知道二位愿不愿意听一下？"

魏王和齐王转头一看，周围全是刀斧手，哪里敢不依？魏王对于攻打赵国的时候，将自己国家的军队放在最前面非常不满意，此时见秦惠王威逼，又气又怕，说道："大王不知有什么好的计策，尽管说就行。"秦惠王见魏王的语气不善，知道他心存不满，便哈哈一笑，说道："赵国惧怕我们三个国家的实力，不敢和我们硬碰硬，那我们不去管它也就罢了，可如今有一块肥肉在面前，二位可想吃一口？"齐王早就有依附秦国之心了，对秦惠王当然是言听计从，当下笑嘻嘻地说："大王只管说，说完了，我们二国商量着做。"秦惠王满意地哈哈大笑，魏王心中更加愤懑。

秦惠王说："燕国是距离赵国最近的国家，想来赵王惧怕我三国，我们从赵国的边境打过去，不怕赵国出兵断后路，燕国是唾手可得啊！"齐王早就受了秦王的嘱咐，只管点头就是，对这个意见称赞不已。

魏王不知道秦王和齐王的计策，一听就急了，可在秦王面前又不敢发作，只好问道："不知道大王要哪一支队伍当先锋？"秦惠王料到魏王会这么问，便说："攻打赵国的时候魏国的勇士们以一当十，勇气可嘉，立下了战功，可也有伤亡，这都是需要考虑的问题，这次不如我们换一种方法，不再以作战的勇猛程度区分，我们三个都写一个纸条，上面写上自己心中的那个国家的军队，好不好？"齐王叫好，说这又公平又简便，魏王还以为齐王和自己想到一块去了，如今当然是秦国的战斗力最强，而且魏国和齐国是受秦国的要挟才出兵的，齐王一定也会选秦国的，于是点头答应。

秦国令人拿来帛和笔，三人各自写了，交给了随从，随从将三张帛书放到一起，秦惠王命令侍卫读一下。侍卫读出第一个是秦国，秦王脸色不改，魏王脸上全是喜色，齐王一直笑着，看不出变化，侍卫又读出第二个，魏国，魏王心想着肯定是秦王写的，也不多想，只顾听第三个，侍卫又读出第三个，还是魏国，魏王的脸霎时变得通红，秦王和齐王都哈哈大笑，魏王才明白过来自己又被算计了，于是托身体不舒服，告辞了，秦惠王便命令齐国将领带领军队，攻打燕国。多少年不见打仗的燕国早就习惯了太平日子，所以攻打的军队势如破竹，一下子就攻克了十座城池，燕国上下都处在恐慌之中。

燕易王想，用苏秦的时候到了，便亲自备了车马到苏秦的住处，苏秦连忙跪着迎接，燕易王说："先生今天一定要拯救燕国啊。"苏秦心中纳闷到底发生什么事情了？问道："大王有事情尽管说，我苏秦在所不辞。"燕易王带着哭腔说道："齐国和秦国勾结，攻打赵国不成，现在派军队来攻打我燕国，探马回报，燕国的十座城池已经被打下来了，我祖辈们辛辛苦苦打下来的江山，一下子就被我给毁了，我是千古罪人啊！"苏秦听了连忙安慰道："我苏秦曾经靠着一张嘴取得了六国相位的地位，追根溯源，都是因为燕国给我的最初的支持啊，我虽然是一介书生，但也懂得士为知己者死的道理，大王放心，我一定替大王把丢失的土地给收回来！"

燕易王哭着说："如此，我替我父亲先谢谢先生了！"

苏秦当即备马来见齐王，齐王知道苏秦的来意，也不阻拦。苏秦见到齐王，什么话都没说，先拜了两拜，弯下腰去，这是表示祝贺的动作，苏秦向齐王表示庆贺，齐王有点莫名其妙，他明明是来帮助燕国说话的；但随后苏

246

秦仰起头来，又向齐王表示哀悼。

　　齐王纳闷至极，问道："先生的这两个动作到底是什么意思？为什么庆贺和哀悼相继这么快呢？"苏秦坦然说道："我听说饥饿的人，宁愿饥饿而不吃乌头这种有毒植物的原因，饮鸩止渴的事情，只有傻子才能做得出来，乌头越能填饱肚子，人死得就越快，这还不如饿死呢。我举了这个例子，希望大王能够理解其中的意思，事先说明，在下对大王并没有丝毫的嘲笑的意思。"苏秦自从被秦惠王吓到过，就想，在游说的时候一定要加上这句话，那些当君主的最爱面子啊，可之后几乎没有游说的经历，今天实践一把。

　　苏秦见齐王没有不耐烦，便接着说道："现在，燕国虽然弱小，但就像您所知道的，秦惠王将自己的女儿嫁给了燕易王啊，换句话说，燕王娶秦王的小女。大王来到这里攻打燕国，我知道是受了秦国的指派，您想一想，秦国为什么要攻打自己女婿的国土呢，这是不合常理的吧？答案很简单——让六国结仇，这就是很多依附着秦国的术士们想出来的所谓"连横"政策，做父亲的怎么能够不向着自己的女儿呢？表面上您现在跟秦国相处得很好，可别忘了，您占了燕易王十座城池，这个便宜会让您长久地和强秦结成仇怨。"

　　齐王恍然大悟，思考了一会儿，又问苏秦道："你说的这件事情有道理，只是你刚才说的乌头的那件事，到底指的是什么呢？"

　　苏秦说道："如今的形势您也知道，尽管是秦惠王唆使您来攻打燕国，可他们是亲家之国，秦惠王有自己的目的，纵观当今天下的形势，弱小的燕国像大雁一样飞行，而强大的秦国呢，跟在它的后面做掩护，秦王的心思你还不理解吗？这是要招致天下的精锐部队攻击你啊！大王想想，这与吃乌头是何其相类似啊。

　　齐王的脸色一下子变得凄怆而严肃，他仔细想想苏秦的话，的确是这么个道理啊，秦王和自己算计了魏王，可其实在秦王的眼里，魏国和齐国不都

是秦王的一颗棋子吗？狡兔死走狗烹，当秦国达到了自己的目的之后，齐国和魏国都会成为秦国刀俎下的鱼肉啊。于是齐王离开自己的座位，带着无助的语气对苏秦说："我是一个十分愚笨的人，不明白大的事理，刚才听先生陈明利害，方才明白自己的危险处境。先生请告诉我，我面对如此情况，应该怎么办呢？"

苏秦笑着对齐王说道："大王不要着急，我今天来就是要将我的计策告诉您的。我听说古代善于处理事情的人，能够把灾祸转化为福事，通过失败变为成功来获取自己的最终利益。大王果真能听从我的计策的话，请您立即归还燕国的十座城池。燕国什么东西都没有损耗，却白白地收回十城，一定很高兴。秦王知道齐国这样，也就没有话说了，这就叫做放弃仇恨而得到牢不可破的友谊。进一步说，大王依附着秦国只是一时的策略，如果大王归还了燕国的十座城池，那么大王在诸侯里就会有响当当的名声，您对天下发出的号令，没有敢不听的。这就等于用虚夸不实依附秦国，实际上却用十城的代价取得天下，这难道不是称霸天下的功业吗？"

齐王听了，面露喜色，高兴地说："好，就依先生说的办！"于是就归还了燕国的十座城池。

燕易王知道了苏秦此行将十座城池带回来的消息，十分高兴，大摆筵席，将苏秦的座位专门与自己挨着，以示对苏秦的尊敬，宴席进行得非常热闹，有宫女们伴舞，有作乐的，苏秦十分得意，只是在席间没有看到齐姬，便问燕易王，太后哪里去了。

燕易王故作不经意地说道："母亲可能太累了吧，这些天齐国人打到我们燕国的地方，母亲可是十分担心呢。"苏秦说道："大王有这样的母亲，当真是幸运之极啊，燕国有这么贤明的国母，也是燕国的幸运啊。"丝毫不吝啬自己的赞美之词，燕易王听了哈哈大笑，说："我燕国有先生这样的人才，也是燕国的幸运啊，不是吗?"苏秦跟着笑。

因为饮酒有点过量，苏秦没有回家，在先前住过的地方住宿。正当昏睡的时候，忽然听见外面有人敲门，苏秦想一定是齐姬，赶紧拢一下头发，整理衣服，开门迎接。苏秦的下意识是准确的，齐姬担心苏秦到齐王那里，如今回来，为了不在燕易王面前露出破绽，那宴席就没有去，她随身带了苏秦曾经给自己写过的信，要给苏秦一个惊喜，自己一直好好保存着，并不曾丢失呢。

苏秦见果然是齐姬，慌忙将她拉进来，说道："你也太大胆了吧?"脸上却满是关切，"路上没磕着碰着吧"，齐姬温柔一笑，说道："我没事，只是这些天听说你去面见齐王，要他归还燕国的十座城池，我整天担心得要死，主要是……我整天做同样的一个噩梦啊!"

苏秦搂住齐姬，温柔地说："哦? 什么噩梦? 把你吓成这样?"齐姬沉默了一会儿，然后说："我梦见你被齐国的人射了一箭，伤口破裂而死……"齐姬接着说："以后少管这些事情，好么?"苏秦哈哈一笑，说道："你这是听说我去了齐王那里做的联想罢了，哪里就会出事呢? 我从鬼谷出来游说各国，什么样的事情没有经历过啊，各种险情也见过，还差点成为了秦惠王剑下的一鬼，没事，我命大着呢。"齐姬只好不说这事。忽然她想起来要给苏秦的惊喜，边说"你看看我给你带什么东西来了"边从袖子里往外掏，可掏了半天也没找到，齐姬的脸刷地变白，坐在凳子上一语不发，凝神思考。

苏秦见齐姬这样，知道有什么重要的东西丢了，便问："怎么不笑了?"齐姬皱着眉头，对苏秦说："重要的东西……你给我写的那些信……"苏秦一听，就如五雷轰顶，一屁股坐在地上，喃喃说道："这可怎么是好……这可怎么是好呢……"齐姬叹了口气，说："我本来以为我们两个可以这样了此一生，没想到……"苏秦慌忙说："没事，我出去找!"不待齐姬回答就往外跑，跑到门槛就停住了，转过身子问道："你是从哪条路来的？"齐姬走上前来，说："这样，你安心睡你的，我去找找，那是一个锦囊，我先找，如果找不到，就传出话去，齐姬夫人丢了一个锦囊，捡到者有重赏，但愿能够有好的运气。"说完不待苏秦回答就离去。

齐姬还是把事情想得太简单了。原来那个跟踪苏秦和刘中的王濯，自从上次被认定做了"假情报"，一直很没面子，而刘中回去之后将素日里几个经常和自己过不去的都一顿收拾，王濯挨打当然是最重的，他记仇在心，一直要报复苏秦和齐姬。

当天苏秦住到先前的屋子，事先有管事的人收拾，王濯知道之后便想，这肯定是两个人幽会的大好时机，便在苏秦的院子外面等，果然等到一个人，只是这人穿着不像齐姬，王濯正纳闷的功夫，来人甩袖子的时候不经意甩出一个锦囊，王濯待他走进去了，上前捡起来，拿回去一看，心花怒放。

王濯终于得到报复苏秦的机会了，他第二天亲自通报燕易王，说有重要的事情禀告，燕易王一听说是这个人，心底一振，他有种不好的预感。果然，侍卫呈上来一个锦囊，外面绣着五彩鸳鸯，拿近时便可以嗅到异常的芳香，燕易王不好的预感更强烈了，他打开一看，是密密麻麻的叠起的信件，便明白是怎么回事了。燕易王何等聪明，他早就对这事情有了心理准备，今天不过是查实，什么东西最好都不要打破，因为苏秦对整个燕国的社稷都起着非常重要的作用。况且，这种事情一旦传出去，整个皇族的脸面还会在吗？于是让侍卫把王濯叫进来，王濯以为得逞，喜不自禁，连忙进来跪下，这可是他第一次进这么大的场合。

燕易王故作惊喜地说："这东西是你在哪里捡到的？"王濯激动得连声音都颤抖了，说："在……在苏秦……大人的门前。"燕易王脸色突然变得恐怖吓人，他呵斥王濯道："不做好事，偷鸡摸狗，总管是怎么教育你的？苏秦先生是国家的重要人物，你岂敢在他门前偷窥？！来人哪，给我拉出去，斩了！"十几个刀斧手一下子涌了进来，将王濯拖出去斩了。

燕易王激动的心情还没有平复，他想，如果苏秦不知道收敛，岂不是太瞧不上我了吗？便叫侍卫来，说是赏给苏秦一千金，侍卫们奇怪，但还是照做了，领了金子去送给苏秦。

苏秦一宿没睡好觉，等齐姬来通知自己，说那锦囊找到了一类的，可一宿的功夫齐姬再也没回来，苏秦的心也提到了嗓子眼，忽然，外面有人通报：燕王赏苏秦大人一千金。苏秦一听，浑身瘫软，差点没站住，只得整理衣服，出来，接了赏赐，然后问一个侍卫，燕王为什么突然赏赐自己呢？那侍卫说："燕王自然有他的道理，我们不知道，肯定是苏大人为燕国要回了十座城池的缘故吧。"

苏秦笑着答应，又问道："今天燕王没说什么事情吗？"那侍卫说："没什么事情，就是斩了个人。"苏秦的脸色陡然一变，"什么人？"那侍卫说道："嗨，也没什么人，就是一个打杂的，说话好像不干净，被燕王叫人拖出去斩了。"苏秦一阵晕眩，接着问道："说话不干净？各位可知道那人说的什么话吗？"几个侍卫都不知道，忽然，其中一个说道："好像是什么锦囊？我猜莫不是王濯偷东西了？"另一个说道："应该不是，我听近侍说是那人偷窥苏秦大人什么的？"苏秦马上就明白这是什么事情了，他打赏了几个侍卫，收下了一千金。

话说公孙亮见苏秦一夜没回去，怕是有什么事情缠住，等到天明便往这里赶，远远看见苏秦站在那里，地上还有一个大包，里面硬梆梆的不知道什么东西。公孙亮见苏秦呆在那里，好像丢了魂魄，便问道："老爷在此处可有什么重要的事情吗？昨夜一宿没回去？"苏秦没有作声，指了指地上的包袄，公孙亮正想打开看看，便伸手过去揭开，两个眼睛便花了，这么多的金子。公孙亮低声问苏秦道："这，到底是怎么回事？"

苏秦的魂魄好像还没回来，他断断续续地描述了一下昨天晚上和齐姬的事，还将燕易王对王濯的处置也说了。公孙亮听完倒吸一口冷气，苏秦从出世到现在，遇到的最大的危机莫过于这次了。

公孙亮说："老爷打算怎么办？"苏秦眼神呆滞，只是摇摇头，说："没想到啊，我还以为帮助燕国赚回来十座城池可以算是我命运的转机，没想到啊，没想到啊……"

公孙亮被苏秦的样子吓坏了，可听他说话依然有逻辑，肯定没傻掉，便将苏秦扶到屋子里面，郑重其事地说："老爷，你如果再这样下去，我们都必死无疑，燕易王给你这么多的金子，你知道什么意思吗？"

苏秦摇摇头，公孙亮说："古时候有一种刑罚，对好财的人，绑起来，一块一块往上压金子，直到将五脏六腑都压出来，这人才死，有的人就是宁愿杀头挨一刀都不愿意受这种刑啊！"

苏秦一听，猛然呕吐起来，公孙亮给他捶着，过了半晌脸色才转红色，眼睛也活泛了过来，一把抓住公孙亮说："我不会受那种刑罚吧？"公孙亮这才放心，原来苏秦急火攻心，痰迷心窍，公孙亮一激他，将痰吐出来，苏秦的心脉就畅通了。

当下苏秦闭着眼养了会儿神，说道："公孙，现在我们只有一个办法了，燕易王好像不愿意杀我，不知怎的，他觉得他对我总是分外地推崇，如果他想要杀我，肯定先派人解决我，也不会浪费一千金的财宝了。我只能去面见燕易王，探一下他的口风，如果他想杀我，咱们真的得死了，如果他不杀我，我们就去齐国。"公孙亮点了点头。

当下苏秦连觉都来不及睡，赶到燕易王的宫里去谢恩，燕易王见苏秦来了，立刻召见。

苏秦跪在下面，头磕得梆梆响，旁边的侍卫们都惊呆了，燕易王故作慌张问道："先生是怎么了？不必这样啊！"连忙走下去扶起苏秦，发现苏秦满脸泪水。

苏秦说："我苏秦就是个农夫，因为燕文侯的赏识才有了今天，齐国如此的不仁义，将燕国的十座城池夺走了，这真是前古未有的奇耻大辱。我苏秦去将城池要回来是分内之事，大王不仅亲自敬酒给我，而且还赐给了我一千金，我觉得不配啊！"

燕易王见苏秦灰头垢面，也哽咽说道："先生不必多想，先生一生的大部分时间都奉献给了我燕国，我给先生什么东西都是应该的啊！"苏秦想自己这招果然奏效，燕易王果真没有杀自己的念头，便又跪下，磕了三个头，说道："为了报答大王的恩情，苏秦有一个提议，请大王准许！"

燕易王心道我没杀苏秦，他果然心底明白，看来我先前的决定是对的，杀了苏秦，是整个大燕国的损失，也伤害了自己敬爱的母亲。尽管，有时候想想，她不值得自己那么尊敬。于是燕易王说道："先生请起来，我们慢慢说不迟，如果先生拿自己的性命为燕国冒险，我认为是不值得的啊，您就是我手中的一个栋梁之才啊，就是一万金寡人也敢赏！"

苏秦仿佛重新获得了一次生命，他仍然跪在那里，说道："苏秦已经受了太多的燕国的恩赐了，我想，如果我留在燕国的话，就我的这个名声，不会给燕国带什么好名声，六国合纵的失败，基本上已经宣告了我生命的结束……"

燕易王说道："凭着三寸不烂之舌，将十座城池要了回来，这难道不是先生生命的价值吗？先生何苦必定要离开燕国呢？我燕易王岂是不能容人之人。"苏秦听燕易王说最后一句话，愧疚感便像潮水一样淹没了自己的心，他

254

更加坚定地说："大王请听我说，齐国不择手段，来攻打燕国，这仇是绝对不可不报的，假如我去了齐国，便可以让齐国内部混乱，国家空虚，那样才对得起大王！"

燕易王强留不住，只好同意了苏秦的请求。走出燕国的边境时，苏秦在车子上，望着两条越来越长的车辙，面向燕国，想："齐姬啊，我们的命运为什么这么坎坷啊，这辈子我们应该见不到面了吧！"

到了齐国，苏秦假装得罪了燕王而逃跑到这里。齐宣王没有怎么怀疑，便任用他为客卿。苏秦也过了一段平静的生活。

不久，齐宣王去世，湣王继位，苏秦想，报复的机会终于到来了，就劝说湣王把葬礼办得铺张些隆重些，这样才能表明自己的孝道，才能树立自己的好名声。要高高地建筑宫室，大规模地开辟园林，只有这样才能表明自己得志，齐湣王十分听苏秦的话，便一一照做，因为苏秦受宠爱，大臣们大多数敢怒不敢言，整个国家乌烟瘴气，苏秦自以为得志。

过了没几年，一个十分伤悲又让人重燃希望的消息传来，燕易王去世了。

苏秦第一个想到的人是齐姬，他再也没有心思做别的事情了，便对湣王说："苏秦尽管在燕国犯过错误，可燕易王对我情深意重，如果他死了我不去奔丧的话，真的就不是人了。"湣王认为苏秦说的十分有道理，便答应了他，他哪里知道，苏秦这次回去是想有去无回。

距离燕国越来越近了，苏秦的心久久不能平静，是的，自己就要见到齐姬了，为了自己，齐姬付出了那么多，自己为了保住性命，一个人逃到了齐国，不知道齐姬怨恨自己吗？如果按年龄来算，她不过三十五岁啊，想想她近二十年来的青春都给了自己，苏秦心中全是酸楚，这次只要没有性命的危险，一定要好好补偿齐姬。

苏秦到燕国之后，却得知了一个非常痛心的消息，齐姬在三个月之前死去了！苏秦听说此话之后只觉得头被人重击了一下似的，顿时失去了知觉……

苏秦醒来后，见到公孙亮守在自己面前，失声痛哭，他真的一无所有了！公孙亮的胡子也已经一大把了，他安慰苏秦说，没事，今天咱们就去齐姬的坟前看一看，让她知道你一直想着她。

下午二人乘车到了齐姬的坟前，那是一座相当气派的墓，四周整洁，就像齐姬一样完美无瑕，苏秦拄着拐杖，号啕大哭起来……

忽然，苏秦大哭的声音停止，公孙亮回过头一看，苏秦已经倒在地上，口角正汩汩往外冒着鲜血。公孙亮扶起苏秦，却摸到了后背上的一支箭，他心下一惊，想，肯定是燕国的一些争宠的人来谋杀苏秦了，于是赶紧将苏秦扶上马车，快马加鞭往齐国奔去……

苏秦初时还有清醒的记忆，他在马车上做了两个梦，一个是齐姬哭着对自己说："我做了一个梦，你被人一箭射死了……"，一个梦是鬼谷子给自己写字，苏秦在一边数，写完了，是十六个，苏秦看时，上面写的是：思我渡河，心诚意和，君莫为凶，终是德道。

苏秦醒来，还在念叨这十六个字，马车还在不停地奔驰，苏秦逐渐觉得背上的伤口发麻，忽然，他仿佛充满了无限的力量，叫公孙亮道："公孙！停车，我有话说！"

公孙亮一惊，赶紧停车，苏秦笑着说道："我明白了，其实是四个字—思—诚—为—道！"说完不待公孙亮反应，创口崩裂而死。

张仪得知苏秦死去的消息之后，大病了一场，期间秦惠王亲自来看望了三次。等张仪病好了之后，秦王单独召见他，说道："如今六国分崩离析，我希望你能和你的师兄一样，将六个国家尽量说服，归顺我们秦国，如此天下太平，战争不兴矣！这是我们之间的谈话，去或者不去，也在先生。"张仪思量了一整天，答应了秦王的命令。

张仪踏上了一条与苏秦完全相反的游说道路，他不想这样，哪怕是形势之必然，哪怕苏秦已经死了，可他不得不这样，为人生。

萧萧秋风，时间行走得如此缓慢，却又如此善变，当年在鬼谷里面朗朗读书的时候，谁能想到今天？

张仪的思绪不稳，他命令停车，在一个高高的山坡上站定，从地上捧一手土，凄然地感叹道："人生啊！"

后记

关于苏秦的故事，大致可以告一段落了。

在写苏秦的时候，一直处于矛盾当中，虽然苏秦的人格框架可以基本确定，但怎样添加进去血肉，怎样让这些血肉有筋有脉络，却并不是一件容易的事情，怎么办？

中国的传记向来是史传，并往往求大求精，很多人物没有从小说里演绎，这无疑是一个损失，可也是一种庆幸，联想需要真实，几千年前的那些最接近苏秦真实的材料往往使我振奋，尤其是当中充满抒情的部分，让我有灵感接着写下去，每当设计出来比较精彩的一个章节我都会暗自庆幸，我们的史传毕竟还是负责任的。我想，我的想象工作虽然没有做到严丝合缝，好歹符合了叙述逻辑，庶几可以不至于大大地惭愧一番了罢。

当这个问题解决之后，另外的一个问题又出来了——苏秦的性格在这十六万字中怎么展现才能不至于重复，厘清思路，合理分配故事是一方面，性格的发展逻辑是一方面，叙事话语详略得当又是一方面，在详略得当方面，我基本用了三种方法：第一，发挥张仪这个人物的辅助作用，张仪是本书的第二号人物，和苏秦是同门师兄弟，在前言中我曾经说过，张仪和苏秦是两种截然相反的性格，互相吸引又互相排斥的性格，他山之石，可以攻玉，张仪在侧面给苏秦装了一面镜子。第二点，在苏秦的人生历程上，我基本上遵循"小人物的发迹史"这个原则，进行细节勾画，从而托出苏秦的形象，这也可以算是苏秦故事的一条线索。第三点，草蛇灰线，伏脉千里。这是《红楼梦》中运用得非常熟练的一种创作手法，几百年来为红学爱好者称道，我在这本书中也只是小小尝试了一下，典型的地方并不多，比如苏秦在家乡遇见的那个猎人告诉他的十六个字，他最后才明白这是个藏头的四句话，意思是给自己的告诫——思诚为道。这个插曲使得整个故事显得有张力，这是第三点。

　　死去何所道，托体同山阿，如果可以的话，这部书可以看作是我给苏秦作的挽词吧。韩非子曾经将苏秦一干纵横家列为国家的五蠹之一，我并不这么认为，因为苏秦的口才可算作亘古的典范，因为纵横家这个词本身就有气魄，因为每一个在世界上闯荡的人，都不容易，千秋万古，你我都千般的无奈与愁苦。

　　而生活还是要继续的，那么，愿各位读者永远有一个强大的自我。